Siegfried Unseld

Der Autor und sein Verleger

作家和出版人

[德国] 西格弗里德·温塞德 著
卢盛舟 译

人民文学出版社

著作权合同登记：图字 01-2017-8516 号

Der Autor und sein Verleger

Suhrkamp Verlag Frankfurt am Main1978
All rights reserved by and controlled through Suhrkamp Verlag Berlin.

图书在版编目(CIP)数据

作家和出版人/(德)西格弗里德·温塞德著；卢盛舟译.—北京：人民文学出版社，2017.9
(出版人书系)
ISBN 978-7-02-013260-7

Ⅰ.①作… Ⅱ.①西… ②卢… Ⅲ.①散文集-德国-近代 Ⅳ.①I561.65

中国版本图书馆 CIP 数据核字(2017)第 205119 号

责任编辑	卜艳冰　潘爱娟
装帧设计	吉　洋

出版发行	人民文学出版社
社　　址	北京市朝内大街 166 号
邮政编码	100705
网　　址	http://www.rw-cn.com
印　　制	上海盛通时代印刷有限公司
经　　销	全国新华书店等
开　　本	889×1194 毫米　1/32
印　　张	9.125
字　　数	140 千字
版　　次	2018 年 10 月北京第 1 版
印　　次	2018 年 10 月第 1 次印刷
书　　号	978-7-02-013260-7
定　　价	62.00 元

如有印装质量问题，请与本社图书销售中心调换。电话：010-65233595

献给约阿希姆

目　录

1
第一章　文学出版人的职责

47
第二章　赫尔曼·黑塞和他的出版人

81
第三章　贝托尔特·布莱希特和他的出版人

129
第四章　莱纳·玛利亚·里尔克和他的出版人

193
第五章　罗伯特·瓦尔泽和他的出版人

第一章
文学出版人的职责

假如人们不身怀由衷的兴致和某种有失公允的热情去谈论作品或情节,那它们根本就不值一提,乐趣和对事物的兴趣是唯一真实的而又能创造出真实的东西,其余皆是虚妄徒然。

——歌德致席勒,1796 年 6 月 14 日

我感恩能拥有一位出版人;生活在有出版人的世界,是一件幸事。

——沃尔夫冈·克彭致亨利·戈武兹,1977 年

1. 作家与出版人的冲突

前不久，一位社会学家在给一家出版社的信中称：拿破仑曾下令枪毙过一位出版商，单凭此举，他就堪称伟大。歌德对书商（他指的是出版人）的愤怒更是家喻户晓："所有的书商都是魔鬼，必须给他们单独造一间地狱。"黑贝尔知道："与耶稣行走于浪尖，要比同一位出版商过活容易得多。"古典时期的作家是如此看待出版商的（在这方面，从前的出版人的工作似乎要容易些，因为我们得出版当代作家，同时也要出古典作家的作品！）。马克斯·弗里施在他的第二本日记里描述了他对法兰克福书展的印象："一位作家和一匹马的区别在于，马听不懂马贩子在说什么。"若干年前，伟大的英国出版家弗里德里克·瓦尔堡给他的回忆录命名为《绅士的职业？》（当然得加个问号），现在，他的同行们可是不敢这么做了。如今，出版人的形象成了"富有、精英、保守、权威"的代名词，他被说成是从事审查工作，是资本主义的剥削者和受益人。纽伦堡的出版商约翰·菲利普·帕尔姆在不惑之年被法兰西军事法庭判处死刑，理由是其"撰写、印刷和传播对领袖大不敬的污秽文章"。如今，我们会对帕尔姆的出版行为作出有别于法兰西军事法庭的判断，同时也得一分为二地看待歌德当年的愤怒，这并不是因为他在同出版商打交道上发展出了一套独特的方法（克里斯蒂安·迪特里希·格拉贝将他与科塔就《与席勒的书简》出版一事所作的讨价还价描述成"不成体统"），而是他首先有权利为盗版感到愤怒，因为盗印者无需支付稿酬，他们以低廉的价格出版倾销那些产生歧义的书，同那些得到作者授权、由于稿酬义务而更加昂贵的书进行明显的不正当竞争。但是：出版商剥削作者，"他们用忍饿挨饥的作家们的头盖骨啜饮香槟"。在文学史上不乏对这种"剥削"的反抗，以及通过建立个人出版社以应对作者与出版人之间的冲突的努力。

我们知道莱布尼茨1716年建立"学者联合会"的计划，知道1781年创办的"德绍学人书局"，知道1787年"德意志联盟"的个人出版社以及克劳普斯托克为"学者共和国"创办的个人出版社，按歌德的话说，这是一项极其"失败的行动"。这些努力均告失败，让作家们大受损失。莱辛在1767年和公使馆参赞以及印刷家约翰·约阿希姆·克里斯蒂安·波德一同在汉堡创立的由一家出版社和一家印刷厂组成的联合企业也无法幸免。正如他在1767年12月21日的家书中所说的，他"花光了财产中的每一个子儿"，并把它们都投进本应出版他的《汉堡剧评》的企业。当企业以失败告终后，他在1770年1月4日给他的哥哥的信中写道："我在这儿债台高筑，实在想不出带着尊严全身而退的方法。"无奈之下，莱辛夜遁逃离汉堡，他在沃尔芬比特尔当图书管理员挣得的薪金和变卖所有藏书得来的钱都无法帮他还清这笔债。八十年后，诸如此类的经验教训促使叔本华放弃了个人出版。他的出版商布劳克豪斯拒绝出版他的《哲学杂谈》，并建议将其交付个人出版社。在1805年7月8日的回信中，叔本华对此建议不予采纳，"因为我极其厌恶所有的个人出版社，我情愿把我的手稿束之高阁，等它成了我的身后之作，出版商们自会趋之若鹜"。

卡尔·马克思和弗里德里希·恩格斯在印行《德意志意识形态》时遇到了前所未有的困难。为了出版此书，或者说为了创办一家新的出版社，他们历经数载奔波。1847年10月26日，马克思从巴黎致信格奥格·海尔威："鉴于当前德国的形势，出版发行书籍是不可能的，我通过股票集资创办了一份月刊。倘若资金允许，就再建一间自己的排字车间，供印刷个人文章之需。"但如同其他努力一样，这个杂志出版项目也以失败告终，《德意志意识形态》未能出版。从那时起，马克思和恩格斯把手稿——按照马克思所写的那样——"交给老鼠啃咬，任其批判"，事实上，七十六年后，也就是1932年，当这部手稿被交付印刷时，真的被老鼠咬破了。

随着不断机械化、日益昂贵的图书生产方式的兴起，个人出版社江河日下。如今在欧洲，这样的出版社只有两家——阿姆斯特丹的德贝兹格比出版社（意为勤奋的蜜蜂）和斯德哥尔摩的费尔法特弗拉基出版社（意为撰稿人出版社）。虽然这些出版社为作家所有，但它们没有给其他形态的出版社树立榜样。在联邦德国，作家们从1970年斯图加特的第一届作家代表大会起就宣告了"知足的终结"，为贯彻自身利益成立了德国作家协会。个人出版社至今尚未被提到计划议程中。

作者和出版人之间时有发生的不愉快来源于出版人这份工作奇怪的两面性。他必须——正如布莱希特所说——生产并且销售"神圣的商品——书籍"，也就是说，他必须把思想和买卖捆绑在一起，使得文学家得以维持生计，出版商得以维持出版。1913年，阿尔弗雷德·德布林用他的方式描述了这一情形："出版商用一只眼睛盯着作家，用另一只盯着读者，但他的第三只眼——智慧之眼——总是目不转睛地盯着钱囊。"

但是，思想加买卖这个公式未免以偏概全。按照拉尔夫·达伦多夫的描述，出版人具有"社会地位"，他的个人活动和经济活动具有公共职能。任何具有社会地位的人，必须满足一定的期望。达伦多夫谈到了"期望"中的"必为"、"应为"和"能为"。以出版公共书籍为己业的出版人特别受制于这些"期望"。欲使文学成为可能，他就需要一个以盈利为目的的企业。出版人根据自身的个性和特点（他是对这份职业的艺术层面、技术层面或者经济层面感兴趣，还是对纯粹的文学层面）产生了不同的身份认同。彼得·迈耶尔多姆在他的论文《出版人的职业理想和主要准则》中首次发展出一套出版人类型学。他立论道："在制定出版人类型时运用族群认同的现象，相较于定然不恰当的'商业/文化'模式，能更好地考量其不同动机。"出版人的地位是特殊的，因为他为企业行为承担着思想上以及经济上的责任，因为他凭一己之力为这些书和他的企业担保，不仅要承担政治责任、道德责任、思想责任和法律责任，还要承担全部经济责任。只要书籍还具有商品性，这样的情况就会持续下去。作者和作为商品生产者的出版商交织在我们社会的经济中，只有当这个社会的结构改变了，书籍的商品性才能发生改变。但这是否值得期待，对此我们心存疑窦，因为我们目睹了现如今某些国家的作家为了改变书籍的商品性付出了多么沉重的代价，查禁、审查、自审、沉默，这一切并不鲜见。在此，我们已经引入了第二个问题：一个像其他所有企业一样以资本为组织、以盈利为目的的出版社，在多大程度上能生产出继承伟大传统、为弱势群体发声的文学，特别是那些明确反对利益最大化、反对毫无节制的增长、反对剥削我们生态基础的技术和文明、支持新的个人基本权利的政治文学。出版商支持那些巩固个人基本权利、使甘为邻人做事的个体变得愈加强大的书籍，支持那些讨论我们社会和经济的新形式、新理论的书籍，但他面对的是一个在经济领域以盈利为目的的企业。他出版那些主张不断突破社会强制以获得自我解放的书，同时作为一名企业家，他又必须强求效益和工作纪律。这难道就是迪特尔·E. 齐默尔所指的"出版人不能承受的角色冲突"吗？

2. 出版人的"角色冲突"

我认为，出版人向来就必须承担这种角色，包括那些反映或推动一个时代的文学、文化史发展的文学出版人。文学史向我们表明，贫瘠之年如铁律一般会紧随诗意的年代到来，那时，次要之物会粉墨登场。有的时代，作家肩负政治介入的责任，有的时代，作家必须踏上"通往内心之路"。1830年后的德国文学，"青年德意志"的自由革命派作家尾随浪漫派而至，随后一个向内的时代重新到来，直到最终又让位于自然主义之潮。

在瑞士文学史中，我们能观察到同样的进程。裴斯泰洛齐在《林哈德和葛笃德》一书的前言让我难忘："告诉人民一些重要的真理，晓之以理，动之以情，本书愿为此尝试作历史奠基。"七十年后，年轻的凯勒在他的日记里写道："那些不把自身命运和公共团体联系在一起的人是多么不幸，因为他不光不会寻找到安宁，反而会失去内心所有的坚持，遭受人民大众的鄙夷，宛如路中央的杂草。"还是七十年后，准确地说是1914年12月14日，卡尔·施皮特勒在苏黎世的一个行会大厅发表了影响深远的政治演说，它引发了一系列充满政治关键词和人性思想的宣言，其中最美的一份宣言来自莱昂哈德·拉加兹的《新瑞士》一书，书中提到了"世界公民权"，并要求这种权利必须高于所有公民权。一晃又是七十年，马克斯·弗里施为了重建瑞士人的自我意识，考察并分析了瑞士神话。

1945 年，战争结束后，当面临重建家园的那一代人的震惊消散、创伤愈合后，文学变成了纯粹的文学。这种新文学以沃尔夫冈·博尔歇特的《在门外》一剧起头，紧随其后的是海因里希·伯尔的短篇小说、君特·埃希和保尔·策兰的诗。直到后来，文学和作家作为那场青年解放运动的先驱者和伴奏家，才日趋政治化。

当代的出版社必须从自身出发，反思凡此种种的进程。出版人必须在心中划清讨论的界限，恰因我们德国人凡事都倾向于极端，无法获得赫尔曼·布劳赫所言的"折衷式的激进"。恰因我们肯定了这个社会，想给予它改良的机会，所以我们必须出版那些传播进步理论的书籍，以供人讨论，因为现如今我们看到，在某些国家，这样的讨论是无法进行的：我们每天都能听到作家和作品遭受打压的新闻。索尔仁尼琴曾经是，现在也依然是一个具有国际影响力的例子。还有其他许多案例，比如罗马尼亚作家保罗·格玛，他在一次采访中强调，他希望自己的书能重新在罗马尼亚出版，当然，他不知道他的哪些书在何时能得以出版，能印多少。捷克斯洛伐克的作家们的处境能激起我们每天都走上街头抗议一番的冲动。德意志民主共和国曾通过法律手段获得了布莱希特遗作的出版权，但直至1977年，它甚至连苏尔坎普出版社早已出过的文章都没出全。有些出版人希望只出版文学作品，却发觉自己受旗下作家牵连，也被卷入到了政治漩涡中。不管是帕尔姆、葛申①还是科塔②，出版人总是身处这种冲突之中。主张社会变革的人即便不是先锋，也是小众，因为文化历来就不属于大众，它属于少数派，属于富有者，往往是一种偶得的幸福。谁主张改变，谁认为文化必须民主化，谁把文化理解为日常生活的人道化进程，谁就几乎不可避免地陷入到与自身时代的冲突中，这句话特别适用于那些不追求畅销书籍的出版人、那些为进步书籍出力的出版人。资本主义经营方式和出版进步书籍并不抵牾。因为人们应该想到，一家以资本主义为经营模式的出版社若能致力于澄清个体心灵的发生结构和社会的发生结构，从而对它的自身基础进行反思，那么客观来说，它对社会的进步所做的贡献要大过由于自身基础就放弃进步的行为，因为这种自身基础能使它产生影响，而这种影响能通过改变个人进而有机地改变社会本身。里尔克（在1915年6月28日的信中）写道——这句话会

---

① 葛申（Georg Joachim Göschen，1752—1828），德国著名出版商，以出版歌德、席勒、维兰德等古典主义作家的作品闻名。
② 科塔（Johann Friedrich Cotta，1764—1832），德国著名出版商，政治家，以出版德国古典主义作家的作品闻名。

让没有读过里尔克作品的人大吃一惊——"我们的工作如果不是促进单纯、伟大、自由的变革,那还会是什么?"因为变革是一切伟大文学的动因。伟大的文学通过让人不安而使人强大,伟大的文学讲述现在曾经,也述说将来何为。

3. 患疾之书或者可有可无的出版人

我想先谈谈另外一个问题：彼得·海尔特林——一名作家，同时也是一家出版社的社长——曾谈到过一个概念，叫"患疾之书"，即那种变得软弱和不合时宜的书：从前，出版人自豪于自己作为书籍制造者的威望，现如今，他们不过是销售额的奴隶。对某些人来说，出版人这个职业甚至完全是过时的。1977年，对于当时的乌尔施泰恩出版社的出版人约布斯特·希德勒来说，大出版社的消亡还没开始！出版社是在走向灭亡吗？书生病了吗？出版人是可有可无的吗？

当古登堡的发明使机器决定书籍的生产后，那些手抄他人手稿的修士们就声称漂亮的书已不复存在。以手抄本为蓝本、印数在一百五十到两百册之间的印刷书籍第一次替代了手抄本。十九世纪初叶，当代表着重要技术革新的滚筒印刷机（1812年）和莱诺铸排机（1884年由麦根塔勒尔发明）诞生时，人们又开始相信漂亮的书已不复存在，却在十九世纪末和二十世纪初迎来了装帧艺术的高峰。之后，无声电影、有声电影、唱片、广播和电视接踵而至，每当人们讨论新媒介时，总有人散布卡珊德拉式的警告。如今，音像多媒体，电视和电影家庭录影带，磁盘记录器又为对漂亮书籍的终结的新一轮哀叹提供了背景。马歇尔·麦克卢汉，加拿大传播学家，在十年前曾预言1980年将是书的终结之年，现在，人们缄口不提他的预言！顺便说一句，他死于1980年12月31日，位于多伦多的"马歇尔·麦克卢汉文化技术研究中心"也被迫关闭。人们时而也会谈到纸张作为信息载体的终结。卡尔·施泰因布赫写道："信息将脱离纸张而灵活如电。"诚然，新的试听系统必然会到来，但其发展也必然有别于当今宣传家们的断言。

我在这儿只想谈谈两位二十世纪七十年代初的宣传家，汉斯·J.里泽和汉斯·阿尔滕海因。在《德国书业交易报》登出的一篇赘述中，汉斯·J.里泽论述了"出版社的结构性转型"。在里泽看来，书的终结业已来临。他几乎没掌握什么新资讯，只顾引述德国未来研究协会主席的话："决定性的信息不必再通过文字繁冗地进行人际传递，而是可以非常迅速地通过计算机加工。"于是乎，美国人E.B.魏斯开发了属于未来的沟通工具——"家庭交流中心"，1978年，它会进入千家万户，"每家每户都会安上集成感应支架。它接收电视发出的讯号，接收远距离的打印讯息，能进入数据中心、广播、音响以及带屏显和按钮的新型电话。"根据魏斯先生的言论，书将会消失，所以汉斯·J.里泽要求出版社"从中总结经验教训"。"柏拉图的思想变成人类的精神财富，花了两千多年的时间。十年或者十五年以后，借助电脑，任何天才般的思想将即刻转入脑中。"

这就是"里泽谬论"。里泽总结道，出版社必须因此进行"转型"："只有那些及时认清时代精神的出版社才有未来可言。"我认为，里泽是不在理的。他没有说明为什么柏拉图的思想成为人类精神财富花了两千多年的时间，或者一个天才般的思想（比如爱因斯坦的相对论公式 $E = mc^2$，这个二次方程式，能量 E 等于质量 m 乘以光速的平方）是如何能通过电脑和电视被立刻移植进人脑。作为自己预言的要证，汉斯·J.里泽列举了"德国大学出版社"诞生的例子，它利用新兴媒介——麦克卢汉所谓的"神奇的渠道"，"生产和传播实用而现代的学习参考资料和教学工具"。事实上，这家出版社的领导者汉斯·阿尔滕海因也在1970年书展的出版人集会上宣告了祖父辈出版人的死亡，并发展设计出一套出版人的新形象。按照他的说法，出版人就是工程师，他利用一张无纸张手稿、集各路通讯工具于一体的电子书桌，管理一个信息中心的指挥台。然而时至今日，"德国大学出版社"已不见影踪，阿尔滕海因也重操旧业，回归到了传统的图书出版业。

那些讲述书籍必将终结的童话故事自己却走向了终章。在我们的世界，书还会牢牢占据几十年的位置。我甚至愿意预言在接下来的几年内，图书生产量还会增加。当然图书的呈现方式会有所改变。正如图书影响着社会的发展，社会的发展也影响着图书的形态以及它的生产和销售。我们社会的民主进程，进入大学读书深造和进入业余大学接受成人教育的强烈意愿，以成熟的姿态面对乃至克服日益被技术操控、被政治垄断的世界，对于这些基本的动力，书永远是启蒙的第一源泉。认识到这一点并为此做好准备的出版社不必为它们的未来忧虑，但它们必须比现在更加清楚地投身到自身特殊的任务上。鉴于各个领域的费用增加，通货膨胀，鉴于石油危机引发的纸张紧缺和生产物美价廉之书的当务之急，为了不能让书价承担所有费用增加的后果，出版社比以往任何时候都要督促自己必须如履薄冰，如临深渊。能轻松出版书籍的舒适时光已经一去不复返，今日那些声望在外的出版社所陷入的困境即是明证。对于个体来说，这些大出版社不再一望即知。有鉴于此，莱因哈德·莫恩，贝塔斯曼集团的领导对"大型出版社"的观念显得很有趣。

大型出版社有三项任务：给予资讯，传递知识，提供娱乐。

也就是说，会有新的产品加入到"出版人的图书生意"中去，比如报纸、杂志、唱片、电影以及未来的视听磁带、系列电视剧和数据库。

莫恩认为，在这样的大型出版社，改变的不仅是它们的销售和技术，还包括"出版计划"。"从前安放在一个人身上的领导要求和出版计划如今已无法保留。绩效的要求大幅度提高，它已经超过了个人的力量。"

莫恩只考虑到了营业额这一个标准，所以他所说的德国五大出版集团即（按营业额排序）：阿克塞尔·施普林尔（Axel Springer），贝塔斯曼（Bertelsmann）、格鲁纳&雅尔（Gruner&Jahr），保尔（Bauer）和布尔达（Burda）。很明显，这些大型出版集团和传统的文学出版社有很大区别。它们不生产或者不单单生产"神圣的商品——书籍"，而主要靠报纸和杂志生存，也就是说依赖广告费用。因此，它们并不非常需要一位文学出版人，而更需要一种以盈利为目的的经营模式。莱因哈德·莫恩所说的大型出版社对我而言难称伟大。严格地说，在莱因哈德·莫恩的描述以及其他报告中（包括前面提到的阿尔滕海因的报告），有一类人并未作为一种尺度出现——出版社、文学出版社和出版人就是为他们而生的，这一类人就是——作家。

4. 同作家打交道

一家文学出版社在同作家打交道的过程中也定义了自身。在理想情况下，它与作家之间是一种相互影响、相互作用的关系。对我而言，菲舍尔出版社的成立就是一个深刻的范例（相关内容可以参阅彼得·德·门德尔松的《菲舍尔及其出版社》一书）。人们从未预料到萨穆埃尔·菲舍尔[①]有朝一日能成为一位出版家，一位如此伟大的出版家。随着施坦尼茨与菲舍尔公司的创办，菲舍尔的名字第一次出现在了德国的出版行业里。这家出版社旗下的首批出版物之一是一份家庭年鉴，于1884年11月冠名《纪念品》出版。1886年10月22日，S.菲舍尔成立了自己的菲舍尔出版社，头几年里，他出版了易卜生、托尔斯泰、左拉、陀思妥耶夫斯基、格哈特·豪普特曼和克努特·哈姆生的作品，还包括《敬烟的艺术——在穆可尼奇家的定期碰头会》和插画月刊《幽默德意志》。出版社设有一个技术部，在其成立的第二年出版了《木头、兽角、骨头和象牙的

---

① 萨穆埃尔·菲舍尔（Samuel Fischer，1859—1934），德国著名出版人，1886年成立菲舍尔出版社，今总部设在美因茨河畔的法兰克福。

染色和仿制》以及《硫酸铝的制造》。1901年的出版目录里又新增了两本杂志：《照明灯具杂志》和《机床工具杂志》。

菲舍尔师承一位叫威廉·弗里德里希的出版人。弗里德里希做了十五年的文学出版，十五年间出版了"青年德意志作家"和"现实主义作家"系列的一千部文学作品；十九世纪末，正是他使德国文学斗志昂扬，然而，他在四十五岁前却因疲于应付旗下作家相互间你死我活的持续斗争，宣告失败。他为利利恩克龙还债，为赫尔曼·孔拉蒂出丧葬费，在臭名昭著的"现实主义者审判"中给他的作家缴纳罚金。1895年，他卖掉了自己的出版社。"他手下的作家在俯仰之间消失。"瓦尔特·哈森克莱弗尔说道。马克思·道滕代在他的回忆录里写道："作为一场现代运动方兴未艾之际的积极支持者，莱比锡的出版人弗里德里希却因他手下的现代主义作家们而遭受失败。大众读者总是落后新的诗人精神数年，他们不想去理解，也不想为其买单。可喜的是，在柏林，S.菲舍尔的出版社从弗里德里希出版社那里接过了接力棒，迅速活跃起来……"这一切S.菲舍尔都看在眼里。1890年，他的出版社出版了由奥托·勃拉姆编纂的《摩登生活的自由舞台》；在第三个发行年，这本杂志有了个副标题——《献给时代的发展斗争》；尤里乌斯·哈尔特和奥托·尤里乌斯·比尔鲍姆是当时的编辑，1894年，从这本杂志里诞生了《新德意志眺望报》。

一场文学讨论曾在这份报纸上展开，它就是后为我们熟知的自然主义。托马斯·曼认为，菲舍尔堪称是"自然主义时代的科塔"。

这场潮流、这些杂志、这个时代的作家，还有他的编辑莫里茨·海曼深深影响了菲舍尔。菲舍尔领导他的出版社，使出版社的历史和这个时代的文学历史发生了化学反应；对我来说，这是一家文学出版社最为重要的意义所在。萨穆埃尔·菲舍尔做到了这点。在一份未完成的记录中，菲舍尔写道："从前，我周遭的人或事向我指出，应该把提高生活水平当作所有工作的目的。当时我眼里只有这个目标，可以说是利欲熏心。渐渐地，我的心变得明净、开阔。如今我深知，我身上好的天赋还未成熟，因为它太晚才被唤醒。"

日后，菲舍尔把这种"明净和开阔"表达为："诗人并不为公众的需求而创作。他把自己的灵魂表达得愈加独特，自己就愈难被人理解。让公众接受其所不欲的价值，是一位出版人最重要，也是最美好的使命。"

胡戈·巴尔在描写菲舍尔和赫尔曼·黑塞初次的相识时，界定了一位出版人可以获得的影响力。出版人"应在作家尚未动笔之前赋予作品一种现实维度和精神标签，让作家感受到其创作的意义和大众对其创作的期望"，没有这些应许，作品可能根本无法诞生。

出版社旗下作家之间的内部往来能带给每位作家支持、自信以及沟通的基础。当然，这些作家必须被凝聚成一个整体，而不是充满偶然性的集合。

人们也从未料到出版会成为彼得·苏尔坎普[①]的毕生事业。他的工作，他与时代的逆流抗争，那些先后成为他朋友的作家们，都对他影响颇深。不过，苏尔坎普在和作家打交道上自成一格。这里，我要讲一则发生在近八年来和苏尔坎普亲密共事中发生的故事，一句如闪电般切中要害的命令句，一句既有教育家的严肃又有创造者的诙谐的话。那是1953年1月，我们在讨论一位青年作家的处女作时无法达成一致，于是，苏尔坎普决定请那位年轻人来一趟法兰克福。在他抵达的前一天晚上，我们——苏尔坎普、当时的主编弗里德里希·波德祖思和我——聚在一起商量如何接待他。我建议开门见山，这一建议遭到了苏尔坎普的坚定否决。批评，小心翼翼的批评，应留给他来做，而我们则接受了一项严格的命令——在见面的当天上午只能和那位年轻人谈论天气、家庭，诸如此类的东西。接着，苏尔坎普说道："尽管他还年轻，但是您要记住：每个作家，他的创造力都比我们在座的三位高出一座塔楼。"苏尔坎普是这么说的，也是这么想的，当时是1953年，他六十二岁，在跟作家打交道的问题上已经是老手。

然而，对创造力的高度尊重并非意味着苏尔坎普是个永远

[①] 彼得·苏尔坎普（Peter Suhrkamp，1891—1959），德国著名出版人，苏尔坎普出版社创始人。

点头称是的人。关于这一点，乌韦·约翰逊1957年7月在西柏林第一次见到苏尔坎普时就领教到了；乌韦·约翰逊对苏尔坎普在一个月前写给他的一句话几乎是谙熟于心："我渴望把它变成一本书，并且这本书应尽快在秋天出来。"对约翰逊来说，苏尔坎普的这句话"意味深长"。"这位对访客报以礼貌问候的老先生，却能让作者自己否决掉自己写的作品。"《英格里特·巴尔本德埃尔德》就从来没出版过。

我给出版社的作家朋友们讲过"塔楼"的故事。但他们却不愿意承认这所谓的一座塔楼的高度。用瓦尔特·本雅明的话说，我们生活在一个艺术品丧失了光晕的年代，为了从"高尚"里挖出点儿能改变我们大家的"实用"，这种光晕也应当消逝。但其实越来越多的作家在写作中放弃传递讯息。马克斯·弗里施说，他并非是带着"使命感"写出成功的作品来的，他从事作家这一职业，只是因为"写作比生活要来得成功"。

萨缪尔·贝克特在小说《瓦特》的末句中警告："真可怜呀，那些看见象征的人！"在早前的书中他写道："我感觉，什么也没有，也没有什么可以诉诸表达的。没有表达的力量，没有表达的意愿。"

马丁·瓦尔泽认为"作家是行为研究者，他的研究对象就是他自己"。同时，他回忆起罗伯特·瓦尔泽的一句话："一旦我停止作诗，我就会停止我自己。我欣然于此，晚安。"

不含讯息的写作，希尔德海默尔如是说道，写作"变成了一个不断尝试，不断敲击的过程"。但正如穆齐尔所言，这些尝试作家必须视自己的能力而定。"当我还没有崩溃的时候，我就不应该假装崩溃。"当然，我们不可能归纳出到底是什么驱使作家进行创作。创造最终是个谜案，作家得密令而前行。我们只能说：伟大的作家基本上寻找的不是真理，而是他的真理。他试图在自己作品的虚构世界中完结他的私人经验。他放弃了讯息，但表达他的欲想。他的真相肇始于现实的彼岸。这个显现的现实通过语言的力量和魔力变成了一个再造的诗意现实，一个通过艺术实现的现实，即让·保尔所说的"此在的第二世界"。诺萨科的小说《失窃的音弦》谈到了一项"严格的任务"，这项任务是：不引人注目，为自己生存，不背叛"我们唯一的相同点——孤独"。"我们不能把自己当成路标，但当一个刚进城的人向我们问路的时候，我们有时可以告诉他方向，仅此而已。"

詹姆斯·乔伊斯在他的世纪之作《尤利西斯》中表达了他的欲望。现在，他的书信的德文版三卷已经出齐，我们终于得知这部作品是如何诞生的。三大主题贯穿了长达1800页的书信：1. 对贫困的描述和无比难堪的对金钱的持续需求。2. 他作品的出版史。出版《都柏林人》花了整整八年；1905年11月28日，他把手稿寄给出版人格兰特·理查兹，后者接受了手稿，却不相信它能畅销。之后，承印商对"她经常变换双腿的姿势"诸如此类的表达很是光火，并请求换掉"该死的"一词。乔伊斯辩解道："我打算给我祖国的道德风俗史谱写上一段篇章，之所以选择都柏林作为故事的舞台，是因为我觉得这座城市就是土崩瓦解的中心。我试图透过四个层面把它呈现给那些冷冰冰的读者：孩提时代，青年岁月，成熟时期和公共生活。整个叙事也是按照这一顺序进行编排的。绝大多数时候，我都以一种谨小慎微的卑鄙文风进行描写，并坚信，倘若一个人在描写上胆敢篡改或者尽可能地扭曲他平日的所见所闻，那他必是一介莽夫。我别无所能。我无法追改自己写下的东西。"这本书直到1914年才姗姗来迟；乔伊斯大失所望。他所说的笼罩着这本书的"特殊的腐朽气息"并没能打通财路，出版后第一年仅卖出区区499册。《尤利西斯》——这本被T.S.艾略特誉为"整个欧洲文学最伟大的作品之一"的书，其诞生和出版过程同样命运多舛。1922年2月2日，苦经七载之力，《尤利西斯》得以出版，乔伊斯在它身上耗费了两万个小时，也就是2500个八小时工作日，某些章节甚至重写了九遍。在它问世后，埃兹拉·庞德决定取消公元纪年法，而改以《尤利西斯》的诞生作为纪年的开始，但公众对此书置若罔闻。当庞德公开提议授予乔伊斯诺贝尔文学奖时，此书因有伤风化的罪名，在华盛顿和南安普顿各被查收了500本。

在汉斯·埃贡·霍尔特胡森对乔伊斯书信集精彩的评论中，他提出了乔伊斯信件中的第三个主题。他把乔伊斯对诗意原则着魔般的绝对化("看在上帝的分上,别跟我聊什么政治……我对政治不感兴趣。我唯一感兴趣的只有文风。"致斯坦尼斯劳斯的信,1903年)和高特弗里德·贝恩的"表达世界"以及里尔克的"如果不是变革,你紧迫的任务又是什么?"联系在一起。霍尔特胡森把"搅动地狱"看作理解乔伊斯、贝恩和里尔克的关键词,这也是西格蒙德·弗洛伊德为他的传世之作《梦的解析》从《埃涅阿斯纪》中挑选出来引用的口号:"我若不能让天上的神祇低头,也要使地下的魔鬼让路。"然而,我们不可像彼时的英美审查机构那样,单单从中臆测出淫荡和污秽。乔伊斯在《尤利西斯》里表达了他肯定这个世界的渴念。在《尤利西斯》最后一个重要段落,"帕涅罗佩"一章,我们读到:"……and yes I said yes I will Yes。"此处在格奥格·果耶兹的译本里为:"想到他在摩尔城墙下吻我的情形我想好吧他比别人也不差呀于是我用目光叫他来求真的于是他又一次问我愿意不愿意真的你就说愿意吧我的山花我呢先伸出两手搂住了他真的我把他搂得紧紧的让他的胸膛感到我的乳房芳香扑鼻真的他的心在狂跳然后真的我才开口答应我愿意我愿意真的。"

关于本书的结尾,也就是"帕涅罗佩"一章,我们能从乔伊斯于1921年8月16日给弗兰克·布德根的信中获得一些启发:"帕涅罗佩是全书的高潮。第一个句子由两千五百个单词组成。这一章共八句。它由一个从女性口中说出的'是'开篇，也以它结尾……虽然这一章极可能比所有过往章节更加淫秽，但我觉得它就像一位完全健康的完全不道德的能受孕的不可信的吸引人的撕裂的局限的小心的冷漠的妇人。我是一块永远称是的肉。"乔伊斯在他给布德根的信中把"妇人"和"我是一块永远称是的肉"都写成了德语。

我从未见过一位作家把他的渴念表达得如此极端。对于在写作者的内心渴念和外在需求、在文学目标和经济目标之间徘徊的出版人来说，正因为他目睹了一位作家生活和创作方面所遭遇巨大困难，无论是社交上的还是经济上的，所以在他眼中，作品都是带着光环的，作家也是别样的人。谁为了写下经历和体验，曾在一张空荡荡的白纸前枯坐过（霍尔瓦特曾说："而且这张白纸还真他妈白"），谁就会懂得尊重创造性，懂得尊重那些对创造者提出的要求。他会反驳马丁·瓦尔泽所说的"创造性"一词只是个"经营不善的比喻"。

这种尊重应当体现在出版人对他旗下作家的忠诚上。一般的文学出版人若以这种态度行事，就不会把希望寄托在单单一本书上，而是会寄希望于作品，寄希望于作家的整体面貌。出版社通过一系列作品成长。每本单册的书是年轮，随着时间的推移，才会有机地形成我们所说的一家出版社的侧像或面貌。这并不像听上去那么自然而然。让我们想想，弗朗茨·卡夫卡的出版人，也是我非常敬重的举足轻重的两位出版人——

恩斯特·罗沃尔特①和库尔特·沃尔夫②，他俩谁都没能留住卡夫卡，既没能把他留在他们一起经营的出版社，也没有把他留在后来两人分道扬镳后各自建立的出版社。马克斯·布罗德在1912年11月15日给卡夫卡的女友菲莉斯·鲍威尔的信中说（这封信可以在卡夫卡唯一真正完成的"小说"——《致菲莉斯的书信》中读到）："弗兰茨非常苦恼于他每天要在办公室坐到两点。下午他要喘口气，所以那一张张脸庞只能留到晚上才能诉诸笔端。不幸啊！他在写一部能让我所知的所有文学作品都为之失色的小说。假如他能获得自由，并被小心呵护，那他能做出更大的成绩！"对于卡夫卡的状况，马克斯·布罗德洞若观火：卡夫卡的生活重心在写作上，他在给女友菲莉斯的信中说道，他对文学没有兴趣——他即文学。布罗德知道，为了写作，卡夫卡需要一个安静的地方。"他所有的规划都在朝一个安详、无忧无虑并完全献身于写作的生活迈步。目前的情况下，他的生活或多或少是一种困苦，偶有幸福的瞬间。"

马克斯·布罗德很早就开始努力为卡夫卡联系出版社。1912年6月29日，借魏玛之行，他把卡夫卡引见给当时一同

---

① 恩斯特·罗沃尔特（Ernst Rowohlt，1887—1960），德国著名出版人，1908年创立罗沃尔特出版社。
② 库尔特·沃尔夫（Kurt Wolff，1887—1963），德国著名出版人，他创办的沃尔夫出版社是表现主义文学的出版阵地，活跃于1913年至1940年间。

领导罗沃尔特出版社的恩斯特·罗沃尔特和库尔特·沃尔夫。当时,卡夫卡以一个不同寻常的句子和库尔特·沃尔夫作别:"我对您退稿的感激将会远远大过于对您出版我的手稿的感激。"这类作家总会对交稿感到为难。罗沃尔特让卡夫卡感到身欣体悦;这次邂逅之后,卡夫卡向朋友布罗德建议道:"移居到国外吧,马克斯,远离容克,带上所有或者尽可能带上所有。他阻拦你认识这个世界。"

1912年8月14日,卡夫卡把他的短篇散文①寄给恩斯特·罗沃尔特。"当我为此目的把它们收集在一起时,有时我既希望让我的责任感得到宽慰,也怀着希望在你们美丽的书籍中有一本我的书的贪欲,我在两者间左右为难。当然我并非总是作出完全纯洁的抉择的。现在我却只求这些东西能使您满意,能够付印。不管怎么说,即使对我极其熟悉,极其理解,也不会一眼就看出这些东西的缺点。作家最普遍的个性就在于每个人都以完全独特的方式掩盖他作品中的缺点。"

罗沃尔特表示愿意出版,卡夫卡也同意了罗沃尔特提出的条件,"能把您的风险减至最小的条款是我最乐于接受的",他请求用"条件允许下最大的字体",并且希望采用深色的纸板封面和染色纸,类似罗沃尔特出版的克莱斯特的《轶闻集》里的纸张。

---

① 即《观察》。

这段出版关系并不走运。1912年11月1日，罗沃尔特离开了罗沃尔特出版社，该出版社更名为库尔特·沃尔夫出版社。虽然卡夫卡的处女作《观察》于1912年11月出版，并注明"版权所有恩斯特·罗沃尔特出版社，莱比锡，1912年"，但恩斯特·罗沃尔特在这本书出版之际已经离开出版社，库尔特·沃尔夫一人独自扛起领导大旗；首印的800册卖出300册，其余的在1915年换了一个新的封面，上面注明"库尔特·沃尔夫出版社"。除《饥饿艺术家》外，卡夫卡在世时出版的所有作品都由库尔特·沃尔夫出版。起初，他们亲密无间，1917年7月27日，卡夫卡还写信给库尔特·沃尔夫说，他抱着辞职的念想。他想去柏林，虽然到时他不是光靠写作过活，"我或深藏于我身上的那个公务员（两者是一回事）对那个时候怀着一种心情抑郁的恐惧。我只希望您，尊敬的沃尔夫先生，届时别完全抛弃我，当然前提是，我值得您留恋。您的一句话，能超过现在和未来所有的不安，对我意味深长"。库尔特·沃尔夫准备给他持续的经济支持，他感到必须为销售的失败而道歉并给予卡夫卡鼓励，所以他在1912年11月3日写信给卡夫卡："我郑重地向您保证，我个人只与我们旗下不到两三位的作家拥有像我和您以及您的创作一样热烈、紧密的关系。"但是这个鼓励来得太迟了，卡夫卡无法决定是否应该完成三部小说中的一部或者给他的出版人审阅。他和出版社的关系转淡，《观察》的销路很不景气，第一年卖出258本，第二年102本，第三年69本（直到1924年，首印的800册方才售罄）。最后出版社简直羞于把微薄的稿酬汇过去，便在1922年7月1日关闭了卡夫卡的稿酬账户。为了"表示我们补偿您的良好意愿"，出版社准备寄给他一些书。卡夫卡当然想自己挑选，他选了荷尔德林的《诗集》、艾辛多夫的《诗集》、沙米索的《失去影子的人》，还有其他一些作品。卡夫卡的一张寄给"最尊敬的出版社"的明信片是他们之间最后的联系，邮戳日期是1923年12月31日，也就是他去世前半年；他在明信片中抱怨书还没寄到。"能否烦请您检查一下，邮寄到底出什么事了。顺致崇高的敬意。F.卡夫卡"。

假如库尔特·沃尔夫能成功给卡夫卡带来自信、安全感和施展才能的机会，就像S.菲舍尔——按胡戈·巴尔的说法——带给黑塞的那样，其结果对于文学和整个人文史来说都是不可设想的。卡夫卡的话"您的一句话，能超过现在和未来所有的不安，对我意味深长"，点到了我们在这儿之所谈：这个一言九鼎的人，到底承担着何种职责？

5. 关于出版人职责的关键词

作家选择了一家出版社，就意味选择了这家出版社的所有，选择了他的出版人。也就是说：

一、选择了出版社旗下的作家圈子。
二、选择了出版社呈现他的作品的方式。
三、选择了一家出版社的出版能力，选择了出版社的员工。
四、选择了一位出版人，他是作家的第一合伙人，在业务上对上述三个标准负责。

关于第一点：旗下作家的声望和影响，他的书的讨论热度及反响，决定了一家文学出版社的声望。一家文学出版社不靠单单一本书，更不依赖于畅销书籍；今日的畅销书单往往是明日的墓志铭。一家文学出版社的出版计划以及它的规模随着作家内心的年历生长。当然，在出版计划上的巧妙混搭也很重要，这是出版人最古老的秘密：把青年作家和年长的作家混搭在一起，把畅销的和笃定没有销路的书混搭在一起，把满足当下政治需求的作家和那些只跟随内心意志（"别跟我谈政治"）的作家混搭在一起，把乐意成天出现在公众面前的作家和毕生拒绝抛头露面的作家混搭在一起，把事前就会提出最高的、有时甚至是荒唐的酬劳的作家（托马斯·伯恩哈德在他的剧作《惯性势力》中写道："当事情跟钱发生关系时，连天才都会发疯"）和克制物质需求的作家混搭在一起。但这种杂糅不是开杂货铺，而是把不相连的各部分组合到一起，把几乎不相容的部分组成一个整体，一种纲领，一个总和。这就是出版人的任务，也是胡戈·巴尔在谈到S.菲舍尔时所说的"标签"。

从这点出发，我们也回答了一个问题，即为什么一个不受国家政府资助的出版社，能通过年复一年地提挈"青年作家"来推动公共文化的发展。初出茅庐的人受惠于同家出版社大作家的名望；年轻作家也往往被他们的榜样吸引。另一方面，年长的、被公众日渐淡忘的作家也需要一家除他的作品之外不断出版新鲜文学的出版社，这些新鲜文学能带来创新，带来新的思想碰撞、新的动力和新的语言形式。

因此，一家严肃对待己任的文学出版社，即便在最困难的时候，也不会停止出版青年作家的作品，虽然他们在通向读者的道路上并不好走。从某种意义上说，年轻作家和年长作家是靠处于鼎盛时期的作家生存的。但例外也是有的，文学史和当代文学一再证明，老作家也会焕发青春；我在这里只想提醒大家注意一下赫尔曼·黑塞作品在现今的影响。

文学出版社也靠林林总总的读者接受潮"生存"。当彼得·苏尔坎普在1950年重建他的出版社时，黑塞热刚刚开始，这给他的重建工作帮了大忙，也帮助他出版了布莱希特的作品，多年来，布莱希特的作品在斯堪的纳维亚半岛的销量比在德国的销量还大，这也帮助苏尔坎普争取到了一些青年作家，比如马克斯·弗里施。当黑塞的销量开始走下坡路的时候，布莱希特和弗里施的作品崭露头角，这又让出版社可以考虑刚开始卖不出去的书，比如普鲁斯特和瓦尔特·本雅明的作品；我们今天还能敢说到瓦尔特·本雅明的影响。对布莱希特的接受让霍瓦特的全集的出版成为可能，对布莱希特和霍瓦特的接受又让出版玛莉露易丝·福莱塞的全集变得可行。

如果人们在出版社对作家的人事安排上能看出一种计划，那这种计划绝非偶然。这种有机形成的、由出版人制定的计划有它的固有规律：对外，它以公众期望的形式发生作用；对内，它也作用于作家自身以及在日常工作中努力实现这一计划的出版社员工身上。

关于第二点：作家选择出版社，就是选择了出版社呈现他的作品、保护他的权益的方式。作品的呈现必须和作家书中所用的呈现手法相辅相成。图书制作中的每一环节都很重要，比如审稿过程——成书过程——一本书的外观——它的封面、字体和介绍性文案——书的外表是它内心的表达。困难在于，书的外在呈现不仅要与内容相符，还必须能招揽读者，也就是说，要能激发读者的购买欲。它必须让作家欢喜，称他的心意，但也要通过市场的考验。

一家出版社的意志最能体现在它所出版的系列文集上。在这里它可以追随自己的构想，总有许多新的文集诞生，许多老的文集也会终止。这样的系列文集对建立出版社的整体面貌有着重大意义。它们通过被某一群体接受而获得影响。一套文集能跟随或引发一个时代的潮流。

一家出版社的面貌取决于它的书的内容，也取决于书的外观。外观不必追求整齐划一，但要能在多样化中看出统一，尤其是和谐。苏尔坎普出版社从出版平装本《普鲁斯特全集》和《布莱希特全集》出发，陆续出版了贝克特、布洛赫、弗里施、黑塞和霍瓦特的全集；专家们在出版社和大学购书时都推荐"苏尔坎普"版本，国内外出版社也对其外观竞相模仿，这些都证明了它在图书外观上的影响力。

关于第三点：一位作家怀揣他的手稿选择了一家他所信任的、有能力在未来使他的书变为现实的出版社。同时，他也选择了一家出版社的员工。从前，一家出版社只是顺便经营文学书，主业是专业书籍，在我看来，这在未来是行不通的。出版社必须更加关注旗下多数作家的利益，这也就意味着，出版社员工的特点必须符合绝大多数所出书籍的"气质"。这对一家文学出版社意味着：

a）出色的编辑群体，他们在自身领域和学科内是专家，能给作者提供建议，能给外国作家作品给予翻译上的保障。

b）优秀的生产商，即能负责把手稿变为书籍这一环节的工作人员。

c）优秀的广告、媒体和销售人员，他们能把作者介绍给公众，能把书作为商品卖出去。

d）版权部的专业人士，能为作者和出版社利用好我们常说的作者的周边权利，并保护作者的基本权利。苏尔坎普出版社的版权部把德语书籍介绍给了大约两百多家国外出版社，还有诸多的经纪人和译者。一家出版社在自己母语文学方面的出版计划越强大，它的人脉就会越广，这同样适用于它和国内外读书会、袖珍书公司的关系。出版社可以为它旗下的作者——当然也是为了自身利益——管理和使用的周边权利包括：事先出版权、再版权、翻译权、其他体裁改编权、广播电视电影权、戏剧上演权、微缩复制稿本权、唱片权、磁带、袖珍书出版权、读书会、普版、特版、再版、中小学教科书版、文集特版、商业和非商业用途的图书借阅、照片、配音、即将到来的多媒体权益。出版社也进行一般性的权利保护。比如，苏尔坎普出版社在巴黎抄袭诉讼案中成功地在著名导演让·维拉尔面前保护了海纳尔·吉普哈特《奥本海默事件》的版权；导演鲁道夫由于他的导演工作想成为马克斯·弗里施的传记的共同作者的控告被卡尔斯鲁厄的联邦法院驳回。出版社要负责处理作家的入境许可和居留许可，对棘手问题的法律鉴定，以及应对不同国家施行的不同的版权法，还有对书名和作品的法律保护。

e）一家出版社比任何时候都需要一个好的制度。它必须最大限度地满足需求，我经常想到艾略特针对诗歌说的一句话："制度和想象力同等重要。"制度是第一位的。

重要的是各部门的通力合作，以便解决发行、仓储和日益昂贵的库存问题；财务部门必须让出版社的企业行为变得透明和可控；重要的还有一个电子数据处理系统，它能越来越独立地进行清算、催款、统计、营业额和稿酬结算以及出版和再版的工作。

关于第四点：在这些之后，出版人的角色就很容易描述。出版人是作家的第一合伙人。他是评价手稿的第一伙伴，修改手稿的第一伙伴，以便让作家在内容和质量上达到他的最大潜能；他是评价一本书、一次演出、一个电影的商业机遇的第一伙伴；他是资助一部作品的伙伴。一般来说，一家出版社的作家们会想知道谁对以上事务负责；但奇怪的是，我们持续迅速扩张、吞并小出版社的出版大鳄们却一直没能证明他们有"制造"新的作家的能力。

一位作家对一家出版社的信任集中在为整个出版社承担智力和经济责任的出版人身上。这个人能给作家安全感，他必须经常鼓励作家完成一部刚起头的作品，创作新的作品，或者在失利、放弃、批评和溃败后从头再来，作家对出版社的信任也集中在尊重创造的人身上，这个人知道创造性往往来源于疾病，来源于神经紧张；如果一位作家在写作中成功调和了他带有攻击性的能量，如果他的经历化成词语，那他在日常生活中已经为他的局外人形象、为他的孤僻和反常付出了足够的代价。

当然，这种出版合作方式不可能在所有的作者那里得到体现；在大的出版社，员工要承担起这种职能，上述活动往往结束于新老交替时，这也是可以理解的。如今，文学出版社为了保持自主性，为了满足作者的愿望，为了能在竞争中生存，为了在销售和媒体竞争中不任人摆布，就必须具备自己的规模。未来会出现更多小型的个人出版社和不断扩张的大型出版社。但是，出版社扩张的空间是由出版人决定的，他在旗下最重要的作家那里必须发挥上述职能，此外，他还要能看清员工之间的关系。作家的眼里只有自己，这是我经常经历的事；基本上，他希望出版社只出他的书。不妨再举一下乔伊斯的例子。青年时期的 T.S. 艾略特在 1921 年第一次碰到乔伊斯后，称后者是"一个讨厌的家伙……一个根深蒂固的狂热分子，坚信全世界都应该支持他的写作"。理查德·艾尔曼说，乔伊斯在二十年代初的巴黎对文坛的事保持沉默，"一种惊人的沉默，还有对他的个人问题——金钱、小孩和健康——的直言不讳"。

当然，除了他超人般的作品，他还能评价谁的？为了生存，乔伊斯只能看到自己。在托马斯·伯恩哈德的作品、态度和书信中有着同样冰冷的绝望。在他的小说《在奥特勒》里，他是这样谈论文字的："文字基本上来说是为了被销毁的……文字是为了被销毁的文字……展示或出版精神产品的困难，不必去自杀，经历可怕的羞愧，而不必去自杀，去展示自己，出版自己，他说……走完出版的地狱，走完这个地狱……必须走完出版的地狱，毫无畏惧地走完所有的地狱。"后来托马斯·伯恩哈德写信给他的出版人："此刻，我只想跟您一边走来走去，一边把不清楚的想法解释清楚，把疑点解开，以开放、坦诚和谨慎的态度为我们未来的合作确定一些必要的东西。"

一位作家曾要求出版人颁布对别人的写作禁令，以使他的书成为唯一。一位作家曾写信给出版人："此外，我在生趣与绝望之间摇摆。发疯一般地想要真正开始下一部作品，用暂时被捆住的双手……见鬼！原来我是相信你会在这重要——也许是我个人发展中最重要或者最关键——的一进、一步、一跃上给予我支持。"这就是出版人的任务——鼓励他人，产生动能。在安东·基彭贝格[①]的贺寿集《航行是必须的》里，我找到卡尔·舍弗勒的一篇题为《职业理想主义》的文章："出版

[①] 安东·基彭贝格（Anton Kippenberg，1874—1950），德国著名出版人，1905至1950年间领导岛屿出版社。

人的职业本质是，他要有塑造精神产品的冲动，他想要生产，却没有直接塑造自我意愿的器官。他必须动员那些有这种器官的人——诗人、艺术家、作家；他必须有最强烈的兴趣和表达欲，但只能通过别人言说，他自己是沉默的……一方面，活力属于他的职业，另一方面，断念也从属其中。这份职业在于通过支持别人而为自己发声。"

为了出版社的工作进程，出版人寻找一个个员工，尝试把他们融入出版社里，并协调各部门的工作。

出版人必须为出版社创造财政基础，创造资助作者的可能性，创造更大的销售额以平衡越来越高的支出；给员工合适的工作地点和与绩效相应的报酬。为了保持独立以及尽可能保证我们旗下作家的独立性，我们必须首先有强大的财政基础。我们想要继续出版我们想做的书。

由于作为企业家的出版人对一切都负有责任，所以他最终决定出版社出什么书，以及出版社的投入。这一切他只有通过团队方能完成，通过生产商、销售人员一起，通过一起讨论每一篇手稿和整体计划的编辑。即便从天性上来讲，比起拒绝，出版人更倾向于肯定，但做决定时他必须敢于说不。在这点上，赫尔曼·黑塞给了我很大的帮助。彼得·苏尔坎普去世后，我成了他的接班人，黑塞写信给我说："人们说，出版人必须'跟着潮流走'，但他不能光光简单接受潮流，当它有失体面时，要能对其进行反抗。一位优秀的出版人的职能，或者说他职业上的一呼一吸在于：适应潮流，批判潮流。您应该成为其中一位。"

出版人不仅对他旗下职员的工作岗位的稳定性，以及对他们的住宿、保险和社会绩效负责，他还要熟悉作者、译者和编辑的经济状况，以及作者、译者、编辑的继任。出版人和作家的私人关系起着决定性作用。因为作家知道，对于出版人来说没有工作时间和业余时间的分野，他必须随时在私人事务上听候调遣；这样一来，他在文学上就更像一位助产士、分析家、商人和资助者。出版人与作家的关系越紧密，作家就能越好地为出版社服务。他们能成为出版社的天线，进行传递和接收，传递自我，接受新鲜事物和即将到来的文学潮流的讯息。

与其说出版人用他的书满足需求，不如说他更想为他的书创造新的需求。所以他要使人信服，教育人，塑造人，这是一种教育学；至少他必须渴望去教育；作为细节的爱好者他要谨记佩斯塔罗兹的话，"以大见小，以小见大"。重点是：出版人要持续地、创造性地思考他的出版社。他为别人而思考。他要带着创造力为新生事物做好准备，忠诚又让他心系传统。他总是把旗下作家的创造力和出版社的实际能力放在眼里，铭记在心上；他必须有一颗大心脏，为作家特殊的生存方式操心效力。

6. 出版人想出版什么样的书？

一位出版人最常被问及的问题是，他在选书时遵从什么样的原则。从前我的答案是：我想要做能带来欢乐的书。今天，我更多着眼于整个出版团队（员工和作家）所期待的，亦能被实现的书。我想做有影响力的书。卡夫卡的一句话总回荡在我脑海里："一本书必须是打破内心冰封大海的斧子。"或者如马塞尔·普鲁斯特在《追忆似水年华》的结尾处所言："回过头来说我自己，我对自己的作品实在是不抱奢望，要说考虑到我的读者，那更是言过其实。因为我觉得，他们不是我的读者，而是他们自己的读者，我的书无非是像放大镜一类的东西……读者通过我的书阅读自我。"这就是出版人想要出版的书。内容与质量是衡量它们的标准，每份手稿都必须按照这个标准经受检验。出版人想要出版能够渗透并改变我们意识的文学，那些通过让人感到不安而使人变得强大的文学。

文学总是作家根据自身经验创作而成的，而出版人遵照作家内心的日历工作。我们已经说过，诗意盎然的时代之后可能尾随着贫瘠之年，一种语言也可能在影响方面让位于另一种语言，比如，十八世纪和十九世纪初是德国文学的天下，接下来的时代属于伟大的俄国文学，本世纪初，美国文学、伟大的爱尔兰文学和法国文学纷纷走向前台。在当今欧洲的文学交响乐中，我们完全可以听到来自德语的乐音，而在德语这块区域，瑞士和奥地利作家又扮演了日益重要的角色。但我们回过头看，德语文学在二十世纪七十年代初其实身陷囹圄，且这种危机不仅限于德语文学。许多作家面临着写作瓶颈，一些顶尖作家已沉寂良久。如何使关于现实的种种观念和现实本身和谐共处，这个老问题日趋复杂。当今作家所怀抱的社会主义观念已经充分败给了我们眼前所见的社会主义现实；在一段时间内总有一种错误的观念，即文学必须给日常生活实践开出具体药方，并为之奔走呐喊。迅捷的全球化沟通带来了别样的困难，那些以电脑、通讯卫星的速度和人类科技发展的速度而不断更新的新闻、数据和事实让我们的意识难以追随和承受。亚历山大·米切李希在他的《试论如何更好地承受这个世界》一书中得出结论，在面对这个管理和数控势力日益强大的世界时，我们必须要求增强"自我力量"，重新培养权利意识。马克斯·弗里施写于1945年的那句"一切取决于人类……大洪水有可能再来"又有了现实意义。数世纪来，人类力争完美，在我们生活的世纪，人类登上了月球，凡事都以最优化为原则，我们的日常生活被电脑数据库所控制。艾尔哈特·卡斯纳谈到"事物的反抗"。米切李希作论道，完全可以想象，"能否选择一个可承受的人类生活将取决于那些人，他们在对事物完美化的热情之外还懂得唤醒对自我认识的热情。"我坚信，自我认识的过程主要是依靠文学进行的。

我再重申一遍：文学总是作家根据自身经验创作而成的。我们经常对同时代的文学心怀成见。我们应该避免去预言事物的发展。的确，文学的民主化和启蒙势头会日益强大，这种文学表现的是处在社会压迫和社会罗网中的人；我们会继续拥有和语言保持强烈亲密关系的文学，它源于这样一种认识，即内容的变革只有通过语言形式的变革才能得到合理再现。但在我看来，文学也肯定会重拾游戏和饱含经验的想象。这种文学不包含直接的讯息，它能唤醒读者对自由的诉求，也能让想象力重新得到运动。彼得·汉德克期望从一部文学作品中获得新的东西，"能让他察觉一种从未意识到的关于现实的可能，一种观察、言说、思考和生存的新的可能"。在《文学是浪漫的》一文中，他说："介入者不是游戏性地对待道德秩序，而是有目的意识的……不存在一种介入的文学，这个概念本身就暗含矛盾。只有介入的人，没有介入的作家……介入的目的是变革社会现实，而目的和艺术是格格不入的。艺术是非严肃的，非直接的，即没有既定目标，它是一种形式，作为这种形式它没有目的，最多只是一种严肃的游戏。"

在这一过程中，在想象和游戏的筹备中，会产生一种新的文学，它既适用于诗歌和戏剧，也同样适用于长篇、中篇和短篇小说。

在自在的想象和严肃的游戏中超越现实：我认为这是文学的一种重要可能。超越是布莱希特晚年的一个重要的座右铭，他总结道："真正的进步不是完成时，而是进行式"，"超越，而非超验"。

在赫尔曼·黑塞的小说《玻璃球游戏》里，老约瑟夫·克乃西特最爱的一句话是："我的生活应该是一种超越，一种递进。"

对超越的强调，对想象和游戏的强调，在我看来既非偶然，也非倒退，而是未来文学发展可能的客观信号。前不久，人们宣布文学死了，先是市民文学的死亡，后是整个文学，就连卡夫卡和贝克特也未能幸免，因为他们的作品中有对社会异化强权的沉默和妥协。但我持不同看法：异化通过文学描写被人所意识，在我看来，这是克服它的第一步。谁只需要政治文论，只把作家当作"群众的代言人"，认为文学的功用可有可无，谁就会惊讶于，为什么列宁的哥哥在上绞架时会把海因里希·海涅的诗装进上衣口袋，谁就会惊讶于，为什么布莱希特在日记里说："谁丧失了对文学的感觉，谁就迷失了。"那些不去享受美、不去满足力比多需求的人，那些为了实现无阶级社会的理想而不在此时此刻想象和嬉戏的人，只会为阻滞自我认识推波助澜。我们不该怨恨那些在乎"社会意义"的批评家，包括那些我们熟知的"文学已死"的鼓吹者，因为他们清楚地指出，社会学重新让虚构和杜撰成为可能。带着幻想和游戏的文学给人们带来了一股新生力量，一种从真实出发、抵达可能性的文学。阿多诺在他身后出版的《美学理论》里如是说道："想象是且主要是对结晶于艺术品中的所有可能答案的无限占有……艺术通过存在者超越为非存在物。"

出版这一类文学是我最大的目标。我想在我的工作中摒弃直接的意识形态，摒弃德国人特有的对极端与过激的偏爱，勇于妥协，在想象和"严肃的游戏"中行事。我坚信，书籍，特别是有格调的书籍，在我们这个人人拥有越来越多的业余时光、人人都一心渴望成熟的社会，一直会占据一席之地。贸易市场和媒体越追求经济，书籍以内容和质量取胜的机会就越大。强大的、甚至是革命性的新技术导致书籍的生产方式发生了变化，但这也能帮助我们创造出美的、有用的东西。我们知道，写作在我们这个时代由于种种原因而日益困难。马克斯·弗里施写道，人类生活在一个个"我"身上。今天，这些个体努力摆脱权威的宰制，敢于成为自己，敢于别具一格，敢于在思考和行动上走自己的路，这条路把强大的"我"引向了充满邻人之爱的"你"，把强大的个体引向一个更为正义的社会——这种个体难道对文学和作家来说不是一种全新的挑战吗？我们知道，如今要获得真知，发展一套理论是越来越难，这是因为对于一个日趋复杂的社会来说，构建合理的身份认同越来越难，但这种困难对科学和科学家来说难道不是一种全新的挑战吗?

　　文学总是作家根据自身经验创作而成的。文学出版人的任务虽然在诸多细处可能因为文学交往的流变而有所改变,但本质上还是那个老课题:为作家时刻准备着,为他作品中的创意时刻准备着,并帮助他取得影响。

第二章
赫尔曼·黑塞和他的出版人

"一位优秀的出版人的职能,或者说他职业上的一呼一吸在于:适应潮流,批判潮流。"

今天,如往常一样,既然谈到了我的工作,我就要谈谈我的老师。

当作家所体验、所思考、所描写的独特经历达到了示范性的程度,他们就成了教师。贝托尔特·布莱希特在他的晚年对一位想为他著书立传的女士说:"请您把我描写成一名教师,这就是我。"出版家萨穆埃尔·菲舍尔的信条——"让公众接受其所不欲的价值,是一位出版人最重要,也是最美好的使命",就是一种教育信条。我的恩师彼得·苏尔坎普正是一位纯粹的教育家。他曾当过学校教员,他在小说《蒙德洛》里对教师这份职业也有过描写,这份职业影响了他一生。他的出版社好比一所学堂,他的出版工作就是一种教育。他的老朋友卡尔·孔尔恩称他为"出版家、作家、教师",赫尔曼·黑塞在为苏尔坎普撰写的悼词中说道,他"在雷厉风行、循循善诱和渴望安逸的隐居生活这两极之间"走过了他的一生。教育无疑是他生命中的基本元素。

您还能记得您读的第一本书吗?我读的第一本书名叫《圣马尔库斯的雄狮》。我们的住所遭遇空袭后,它就不知下落,所以直到现在,我都不晓得谁是此书的出版人。1946年,我的德语老师(他也是一位伟大的教师,崇拜歌德、莫里克和黑塞,同时也是一位开明人士)跟我谈到了黑塞,当时,奥尔根·采勒向我解释黑塞的作品,还把他的书借给我看,我一本接一本地读,作为一位二十二岁的年轻人,第一次在德语课上找到了方向感,因为我读他的书,就好似在读我自己。当我翻开书时,我注意到蓝色的亚麻布封面和书脊上带烫金字样的图案,却没留神封面上"菲舍尔出版社,柏林"或者"苏尔坎普出版社,前菲舍尔出版社,柏林"的字样。我相信许多人都有过类似的经历,我认为这没什么不好。今天,我作为一名出版人努力去做有内容、有质量的文学作品,能让个体从中找回自我,产生对理性社会的兴趣。正因为这是我所追求的,所以我认为,年轻读者应该首先折服于作家及其地位,另一方面,这种难以控制、只跟随自我兴味的读者对出版社来说不啻是一种挑战。读者必须不看出版社的名头,作出自己的判断。君特·埃希就读者的职责做过正确的考量。他曾批评黑塞的《东方之行》,在某些方面对这本书进行了否定。对于埃希的批评,赫尔曼·黑塞在去信中谈到了"批评的原罪"。埃希被这一真诚而严厉的回复所触动,于是在信中写道(我在这儿摘录的是埃希于1932年10月30日致黑塞的一封未出版的信):"但是,对于那些身置于唯利是图的世界、徒感写作之无用的人来说,在他对自身所为的忧伤的怀疑之外,还有一个恼人的问题,那就是：责任和良心是否每时每刻，在每言每句里都具有足够的生命力。"这个关于责任和良心的问题恰恰是每个读者都必须毫无顾虑地向出版社提出的问题。那么，一位作家是如何看待这个问题的呢？对我而言，黑塞同他的出版人的关系是具有示范性的——在作品的出版策略方面，在经济独立和道德独立方面，在忠诚方面，他们的关系都具有示范性。

黑塞与他所有的出版人的关系多种多样，不乏意外。与其他人不同，他显然知道世上还有出版人这个职业。1903年，黑塞在他重要的论文《书的魔力》中写道："在所有非自然馈赠，而是人类从自我精神那里创造出的世界中，书的世界是最广袤的。"通过他的父母，通过他的自我教育（仰赖博览群书的自我教育），更重要的是通过他做书商的经历，黑塞很早就与书的世界结缘。1895年10月，黑塞进入图平根的海肯豪尔书店当学徒，一天的工作漫长而艰苦，时长十到十二个小时。他的学徒期结束于1899年7月31日。从1899年9月15日到1901年1月31日，他在巴塞尔的莱希书店担任书店营业员。对于这份职业，他在1899年写道："这份职业很有趣，但我并无法热爱它。这主要得怪我的同事，他们中间有三分之二的人都缺乏教养、举止粗鲁；其次因为我虽然是个内行的读书人，但却是个蹩脚的生意人。"

我们待会儿会说到，黑塞后来在维护自身作品的经济利益方面其实非常在行。当年，他在出版人身上只看到了生意人的影子。1899年，在黑塞宣布自掏腰包承担一部分出版费用后，他的第一部诗集——写于图宾根的《浪漫之歌》才得以在德累斯顿的E.皮尔森出版社出版。他拿出了175马克，这在他的学徒保证金里占了很大的份额。一些日后在菲舍尔出版社成名的作家都是先以自费的方式在E.皮尔森出版社出版了自己的处女作。《浪漫之歌》共印600册，第一年卖出43册平装版，11册精装版，共计54册；他的版税共计35.1马克。

彼时的黑塞同海莲娜·沃伊戈特有鱼雁往来，这位年轻的女士（当时她年方二十二岁）在《诗人之家》杂志上读到了黑塞的诗句，便在1897年11月22日写信表露了对他的好感。从黑塞给这位"尊贵的小姐"略显傲慢的回复中（他当时"由于工作而精疲力竭"）生出了一场真诚的通信，两人互陈创作上的努力，并相互启发。黑塞与这位"令人惊艳的"、未来的"北德年轻女诗人"从未谋面，当她在通信的第一年与出版商迪德里希①结婚时，他也毫不惊讶。她向他表示，愿意把《浪漫之歌》推荐给自己的丈夫。黑塞对此做出的反应很能说明他的个性："您想让我把我的手稿交给您丈夫的出版社，这让我感到既欣喜又荣幸。我也很乐意如此为之。但我感觉，我的第一本书——诚实地说——不应该受惠于您的帮忙，我想自力更

---

① 奥尔根·迪德里希（Eugen Diederichs，1867—1930），德国著名出版人，以出版尼采著作闻名。

生，不知您可否理解？"他的第二部作品——收录了九篇散文的文集《午夜后一小时》，后来还是由迪德里希在莱比锡出版。奥尔根·迪德里希这样做主要是想讨他夫人欢心，其实他对黑塞一无所知，况且此书与他的出版计划并不相符，因为当代文学并不在他的规划之内。"坦白说，我不太相信这本书能取得商业上的成功，但这反而让我更加坚信它的文学价值……我也没料到会印出600册。但我希望，这本书能单单通过引人注目的装帧来弥补作者并不响亮的名头所带来的不利。"

在与迪德里希的通信中，黑塞又一次展现出他特有的行文风格："我对您的帮助心存感激。此外，我要感谢您如此诚实地描述了您对我的印象。"黑塞要求出版商提供字体和印纸的试样。对于迪德里希提供的合同条款，他"斗胆提了一些问题"："我完全同意您的建议，仅仅是出于兴趣想要澄清一些东西。您写道：'1. 10本赠书。2.所有版次的权利。3.根据出版人的原则，新版附送作者一定报酬。'我应该怎么理解第二点呢？这是说：您永远拥有版权，还是我在书每次再版后都有权得到10本赠书？再者就是出版人的原则。这是视具体情况而定，还是有一个固定的计算规则？我问这些，仅仅是出于好奇，并且想一劳永逸地了解这些术语。您实际上已经得到了我的应允。"现在我们就能料到，黑塞会毕生反抗所谓的"出版人原则"，如果这种原则限制了他的自主权的话。

由W.德鲁古林悉心印制的《午夜后一小时》于1899年7

月出版，第一年共收获53名读者（当年在皮尔森那儿出版的《浪漫之歌》还卖出了54册）。但不同的是，《浪漫之歌》并没有得到批评家的注意，而《午夜后一小时》却无疑找到了一位举足轻重的评论家——莱纳·玛利亚·里尔克。"这些词语如同金属一般被锻造出来，读起来缓慢而沉重。不过，这本书的文学性不强。最精彩的段落显得急迫而富有个性。它令人肃然起敬，它心怀大爱，其间所有的感觉都是虔诚的。要之，它已处在了艺术的边缘。"当《午夜后一小时》出版时，它恰好也处在作者记忆的边缘。当时，黑塞开始为迪德里希出版社出版的图书撰写评论，"为了减少我那可怜的书使他蒙受的损失"。黑塞遭受了一个双重打击：一方面，公众并不重视此书，另一方面，他在卡尔夫的父母对这本书"徒感愤怒"。1899年6月16日，在一封写给他母亲却从未寄出的信中，面对母亲"你写了一本邪恶之书"的指责，黑塞义正言辞地为自己辩护道："我无法继续写作。你说这本书从一开始就显得很自负。比起你掂量你那封可爱的信，我对我的书的权衡恐怕要周全得多。遗憾的是，这一切都无法弥补了，道歉也于事无补。我不相信我的书带给你的痛苦能及你的态度带给我的痛苦的一半多。多说无益。你们肯定知道'清者自清'这句话，而你们竟把我归到了不洁者之列。"

若干年后，《午夜后一小时》售罄，黑塞收回了版权，不允许再版，这本书直到1941年才在苏黎世作为研究资料得以再版。它在黑塞的文集里消失多年，对此，黑塞在新版的导言里解释说这有其"私人原因"。他想在书中创造"一个艺术家的梦幻国度,一个美丽岛,他的诗意味着逃离白昼的风暴与洼地,遁入夜中、梦里以及美妙的孤独中去。这本书并不缺少美"。这本书的销声匿迹要归咎于销售上的失败,以及他母亲和亲戚们的抗议。他的下一本书是一个经由第三者手抄二十遍的手稿,名叫《诺图尔尼》。黑塞标价20个弗朗克,于1900年秋在朋友圈子内小范围销售("未被邀请者的订购不予接受")。虽然他在同年8月16日从巴塞尔给迪德里希又寄了一篇文章(《莉莉亚公主》,即《劳舍尔》的"露露"一章)并且打算自费出版,题名《施瓦本短篇小说集》,可后来他不但改变了主意,改换了标题和出版社,还另署其名,把自己隐藏在编者的面具后面。1900年底(版本说明上写的是1901年),《赫尔曼·劳舍尔的遗著和诗歌——赫尔曼·黑塞编》在巴塞尔的莱希出版社出版。这本书没有广为流传,"完全仅仅为巴塞尔考虑"。小范围的出版却带给了黑塞便利。"我的作品能逃过商业投机和胡言乱语,只供朋友和友善人士阅读。"

人们不应该太过较真于此时他对出版界的个人态度,这不过是阶段性的。但是,黑塞做什么事都会表现得很坚决、彻底。渐渐地,出版人的形象在他的心目中发生了转变。不久,他和奥尔根亲自会面,他"带着惊异与享受倾听一个人如何倾诉生意和规划上的衷肠"。不久,他又会在萨穆埃尔·菲舍尔那儿获得同样的感受。每本书自有其命运。《劳舍尔》仅仅为巴塞尔而作,印数甚少,除了瑞士的文学爱好者之外,鲜有人耳闻。然而一个瑞士人——乡土作家保罗·伊尔戈干了一件非比寻常的事,他同萨穆埃尔·菲舍尔既无私交,也无业务上的往来,却把《劳舍尔》寄到了菲舍尔的出版社。菲舍尔对里面的诗文印象深刻,也许出版社的编辑,莫里茨·海曼也读了这本书,并向菲舍尔推荐了此书的作者。大约是在1903年年初,菲舍尔写信给黑塞:"最尊敬的先生!我们满怀愉悦拜读了《赫尔曼·劳舍尔的遗著和诗歌》,短短数页,却妙笔生花,所以我们油然生出一个奢望:如果您能让我们拜读您的新作,我们将喜不自胜。"黑塞在1903年2月2日给菲舍尔的去信中说,他很高兴菲舍尔给他写信,不过暂时他没有东西可寄,但他保证,他会寄给他一篇"雕琢数年"的散文诗。1903年5月9日,黑塞就把作品寄了过去,5月18日,菲舍尔对于新作《彼得·卡门青》这样写道:"正值复活节之际,我想及时向您表达我对这份绝妙之作的衷心感谢。您写了什么并不重要,重要的是一些本身不值一提的小事透过一个诗人的心灵得到传递,使得这部作品变得丰沛而光彩照人。伊丽莎白、理查德、纳笛妮夫人、木匠的孩子,还有瘸子,这些人物让我身临其境,欢心喜悦。我向您祝贺,如果能出版大作,将不胜喜悦。"1903年6月9日,菲舍尔向黑塞寄去一纸合约。合同规定给他平装书销售额的20%作为酬劳,首印1000册,黑塞则向出版社提供接下来五年内他所有作品的优先购买权。其实,对《彼得·卡门青》一书，菲舍尔并非信心十足，这体现在他给黑塞的信中。

1903年6月9日和1904年2月5日他曾两次写信给黑塞，暗示《彼得·卡门青》不会取得销售上的成功。在1903年6月9日附带合同的信中，我们可以看出，菲舍尔更青睐和寄望于谁："我非常希望，即便您的《彼得·卡门青》不会带来销量上的成功，他也能找到许多朋友和崇拜者，特别是他能给读者预先留下一种印象。我感到您正走在成为一位优秀散文家的路上。如今，您与埃米尔·斯特劳斯毗邻，他是我们最大的希望。"今天，我很难理解在和作家打交道方面至少颇有经验的出版人菲舍尔会在和一位作家的首次通信中把另外一个人说成是"最大"的希望，而把通信对象仅仅看作"正走在成为一位优秀散文家"的路上。菲舍尔想把这篇小说介绍给《新眺望报》的读者。为了预先把小说刊登在报纸上，黑塞同意删去小说五分之一的内容，而这本书的印刷工作也必须提前到1904年年初完成。奥斯卡·比厄——《新眺望报》的出版人——在1903年9月至11月间分三期刊载了这部小说，稿酬共计487.5马克。1904年2月15日，《彼得·卡门青》以埃米尔·斯特劳斯《朋友海因》使用的开本、纸张和字体为模板发行。与出版人的预期恰恰相反，《彼得·卡门青》一书大获成功，出版两年就卖出了36000册，到了1908年，销量甚至达到了50000册。

1923年，黑塞在《生平札记》里写到此事。"当时，我开始动笔写《彼得·卡门青》，菲舍尔的邀请对我鼓励极大。作品完成后即通过审读，出版社寄来了友好甚至是衷心的信，这本书在《新瞭望报》上预先连载，获得了埃米尔·斯特劳斯和其他我所敬仰的人的肯定。我成名了。""可不光是成名了"，黑塞的传记作者胡戈·巴尔对此写道，《彼得·卡门青》一书让黑塞一夜之间在德国变得家喻户晓。胡戈·巴尔写道：黑塞"现在站在属于他的位置上，站在一个得以继续被人倾听的平台上。这种关系对他来说在另外一层意义上也是很重要的：即便在最艰难的年代，菲舍尔也懂得如何把文化精英凝聚在一块儿。这个圈子在作品还未写就之时，就给了它以现实和团体的标识。出版人的这种坚定意志、对领导和尊严的强烈意识，也许正是黑塞大展身手的先决条件，也极有可能只有这样的出版社才能让诗人感受到他创作的意义和公众对他创作的期望，没有这些，我们今日所见的黑塞作品或将不复存在"。我经常引用胡戈·巴尔的这句话，因为一位文学出版人的职守在这句话中得到了确切的表达。

1904年4月初的一天，黑塞在慕尼黑与菲舍尔见面，当时菲舍尔还把托马斯·曼介绍给他认识。从今以后，作家和他的出版人之间的关系是友好、务实的。和黑塞打交道并不容易。虽然《彼得·卡门青》的巨大成功赋予他新的独立性——他辞去书商的职业，四处云游，并在盖恩霍芬安置家业，但敏感、紧张、时刻处在内心冲突下的黑塞对于出版人来说并不是一个轻松的伙伴。1904年11月,当S.菲舍尔向他询问近作的进展时,他坚决反对这种"匆忙的生意经"。1906年,《在轮下》问世,1907年《此岸》出版,1908年《邻居》出版。然后,正如彼得·德门德尔松所述,发生了一些"怪事"。在1903年6月10日《彼得·卡门青》的出版合约中,黑塞向菲舍尔出版社许诺了未来"五年"内作品的优先购买权。合同到期后,优先权若不被解除,将视为"自动续延五年"。但黑塞解除了这项优先权。《彼得·卡门青》的成功不仅让读者,也让出版人知道了黑塞,早在1904年11月4日,菲舍尔在给黑塞的一封信中就表达了此种担忧:"在《彼得·卡门青》大获成功后,您肯定会从四面八方获得各种建议,包括一些以用诱惑的条件骚扰成功作家为业的出版商,他们会亲自登门求访,以这种外在的方式使您陷入一种惊恐而危险的不安中。"果然不出所料,黑塞多次前往慕尼黑,在为杂志《三月》和《痴儿西木》工作的过程中结识了出版人阿尔伯特·朗恩[①]和格奥格·穆勒,为了得到黑塞,他们展开了强大的攻势。出版商的竞相追求,或者说,资本主义社会的竞争机制使黑塞内心对独立的渴望与日俱增。他在与萨穆埃尔·菲舍尔的合同里为自己争取到了当时该出版社旗下其他作家无法染指的东西。1903年的第一份合约

---

① 阿尔伯特·朗恩(Albert Langen,1869—1909),德国著名出版人,创办讽刺杂志《痴儿木西》(*Simplicissimus*)。

在 1908 年 2 月被延期。黑塞必须把接下来的四部作品中的三部交给菲舍尔，同时有权把四部中的一部提供给阿尔伯特·朗恩出版社，这是其一。另外一点同样惊人：黑塞要求确定一个与菲舍尔出版社所有的优先权等价的条款，据此，菲舍尔必须"在未来三年内以每月 150 马克的标准付给黑塞共 5400 马克。稿酬需另付"。这一数额在当时来说非同一般。菲舍尔无法再按常理出牌，但最后黑塞所陈述的理由还是让他想通了。黑塞要的是自由和独立。如果黑塞在一段时间内为写作而放弃了他的独立性，那出版社就必须给他相应的补偿。在这份合约到期后，1913 年 3 月 31 日，黑塞和菲舍尔出版社"第二次续约"：黑塞必须把"未来六年内的所有作品"交给菲舍尔，作为等价交换的金额在"接下来六年内共计 9000 马克，按每季度 375 马克的方式结算；稿酬需另付"。这笔按月或按季支付的钱本身并不多，但根据门德尔松的说法，菲舍尔声称 1913 年 10 月由于双方意见分歧，他被迫重新给黑塞算清这笔账，数额最后至少达到了 18000 马克。对于一位凡事必须精打细算的出版人来说，这可不是笔小数目。

黑塞一板一眼地履行着合同。1910 年，在把三本书交给菲舍尔后，他把第四本小说——主角是音乐家的《盖特露德》给了阿尔伯特·朗恩出版社。在这段合约上事先约定好的外遇开始之前，菲舍尔就频频致信黑塞，直到最后一刻，他依然反对把书交给朗恩。在 1910 年 1 月 29 日一封未发出的给菲舍尔的信中（后收入《书信选集》），黑塞对菲舍尔的态度表达了不满："既然您极力把事情说成是您心怀慈悲帮我出主意，那我情愿放弃和您的合同，因为您现在想强行把我拴在信和合同上。我跟您的合同让我完全有权利把任意一本书给朗恩。但您现在表现得就好像我把《盖特露德》给他是多么不当，为此必须给您补偿……对这种把您描绘成施恩者，把我描绘成那个必须感恩戴德的人的腔调，我不想继续加以探讨。我在最近的一封信里表现得如此忠诚，我向您承诺，今年将停止一切和其他出版商的谈判。可您对此还是不满。您把我每个忠诚的表达当作绳套使，想把我拴牢在合同上。我不想再继续这种无益的通信。我手握四位德国最重要的出版商的信，在信中，他们都承诺给我25%的版税，我之后还不用承担任何义务。如果您对我不满，不想给我安宁的话，那我就站在一个商人的立场上再解释一遍，我履行了跟您的合同上的所有条款，希望得到安宁。我可以把一本书给朗恩，这不是您的恩赐，只是合同中的一个条款。与朗恩小小的越轨是合同上早就写好的，而通过新的合约来弥补它给您带来的损失，只对您一人有利，对此我不想言听计从。我非常尊敬您的出版社，知道它有多么重要，但在德国，并不是独有您一家出版社，我没有理由让自己对您愈加百依百顺。"

虽然这封信没有寄出，但态度是明摆着的。在寄出的那封信里，黑塞在语气上要友好一些，但对此事依然很坚持。

在很长一段时间里，直至菲舍尔退休，黑塞都和他的出版人保持着务实友好的关系。他在为菲舍尔七十岁生日撰写的简短贺词里说明了这点："我并不认为，我和我的出版人在性格上有许多相似之处。这的确十分遗憾，盖因我们的职责是如此不同。但在某些方面上，我们毕竟还是拥有相通之处：比如我们处事都坚定不移，思维缜密，不易满足，不斤斤计较。我们恪守信用，在合同上也能做到令人放心，所以二十五年来，我不仅和我的出版人保持着良好的关系，还学会了爱他、尊敬他。"1934年菲舍尔去世后，黑塞写道："我认识出版人菲舍尔已有三十余载，我对他的尊敬随着交往的深入而日益增长，从尊敬中油然而生经得起考验的由衷的好感……当时我不是总能和他观点一致，也不是一直都对他满意……但我也渐渐将自己的棱角磨平，懂得了如何抛开私心去理解他作为出版人的职守。我看到，菲舍尔内心一直装着他的出版社的现在和未来，他以高度的责任感和清醒的直觉追随着他的设想。"

菲舍尔的工作并不轻松。他无时无刻不想着他的出版社，他挑选能够追随他的设想、常年跟他保持联系的员工，比如他的编辑莫里茨·海曼和奥斯卡·洛尔克。出版社就是他的一段生命，他的一部作品，一部使别人（即作家）的作品成为现实、成为"神圣的商品——书籍"（布莱希特语）的作品。他的设想必须吻合作家的设想，而他的理念必须拓宽作家的理念。在他的晚年，他努力为旗下的作家出版全集。到1925年，已有22套全集出版，他把这套书冠名为"现代人藏书"。在介绍中，菲舍尔写道："现代人藏书由我们出版的当代顶尖的诗人和思想家的作品全集组成。德国和欧洲精神生活的伟大代表在此共同谱写了当今人类精神最深刻的画卷。"门德尔松说，当时还没有哪个出版商能交出一份与之媲美的答卷。此言不虚。

通过文学创作，黑塞结交了一批与菲舍尔同时代的出版人，比如阿尔伯特·朗恩、格奥格·穆勒、库尔特·沃尔夫、恩斯特·罗沃尔特、奥尔根·迪德里希和其他同仁。他和许多人都保持着真诚的关系，比如阿尔伯特·朗恩，在他那里，黑塞能干成在菲舍尔那儿（由于菲舍尔的较真劲儿）不可能实现的事情，比如"用一杯红酒诱惑他铤而走险"。阿尔伯特·朗恩出版了黑塞的《盖特露德》，并定期把黑塞的文章发表在他旗下的杂志《三月》和《痴儿西木》上，对黑塞来说，他代表着出版人的另一种风貌。朗恩清新而灵活，黑塞写道。"这个拥有瞬间让人为之振奋的能力和利落、具有实干精神的人，完全是为活在一群富有天赋和创见的人周围而生的，他时而是启发者，时而是实干家，时而是推手，时而需要被他人刺激一下。他带着运动员一般任性的热情从事他的工作，时而坚持，时而慵懒，时而有趣，时而戏谑，像神经质一般行事，但却是诚实的、全心全意的。"他"对待文学是真诚的"，不像一个出版商，倒像是一个"爱好者和有天赋的享乐者"。

朗恩和菲舍尔的形象显然相去甚远。菲舍尔周密、坚定、可信。朗恩戏谑、慵懒，是一位有体育运动员气质的享乐主义者。

黑塞还描写过一位和菲舍尔有着微妙差别的出版人。他借编辑迪德里希出版社旗下的一本题为《通往德国文化之路》的出版目录的机会，描述了奥尔根·迪德里希所做的工作。他提到了后者的"快乐的乐观主义"，在强调菲舍尔的出版计划呈线性（这种线性，菲舍尔师承于托马斯·曼所说的"自然主义时代的科塔"）的同时，洞察到迪德里希的出版计划在内容和观点上是多元的。"因为他全身透着一股实干劲，以及对他人的崇拜所带来的虔诚的欢乐，不墨守成规，不屈从于思想家和作家的一家之言。所以，他的出版社并没铺下一条自命不凡的窄路，而是打造了一所花园，这所花园虽只应有善和美，但它也不会放弃追求对立和多元。这位出版界的理想主义者好像忍不住要给他出版社的每一本书或者每一种走向，都找到它的对立面，从而达到一种平衡。"迪德里希是"独一无二的，他对待古代文化的态度是由衷的、积极的，既没有在旧事物中疲于奔命地翻箱倒柜，也没有无力地嗅寻新刺激（这倒是在现在许多出版目录册里作祟）"。

黑塞一直反感于出版人"无力地嗅寻新刺激"，他经常要把这样的出版人从自己的道路上撵开。在《生平短记》1925年修订版中他写道："过了一阵我当然发觉，在精神方面，一种只活在当下，活在新和最新之中的生活是难以承受的，也是毫无意义的，与过往的、历史的、古老的事物建立关系才是精神生活的存在前提。"

黑塞作为世界文学的编纂者和评论家所取得的成就并没有得到充分重视。他的论文《世界文学藏书》一直都可以作为藏书或阅读指南使用。黑塞写了大约3000份书评，福尔克尔·米歇尔斯在《文论》第二卷中整理出大约300篇"从中能应运而生一部文学史"的书评。这部选集的论述对象自《吉尔伽美什史诗》、佛陀语录和中国哲学开始，经卡夫卡、普鲁斯特和罗伯特·瓦尔泽的作品——在二十年代，黑塞应该算得上是他们的发现者——再到瓦尔特·本雅明、安娜·西格尔、阿诺·施密特、马克斯·弗里施，J.D.塞林格，最后以彼得·魏斯的《告别父母》收尾。

同样堪比这份评论集的是《黑塞自编世界文学作品》的编目。福尔克尔·米歇尔斯编的《赫尔曼·黑塞出版或为其撰写前言后记的图书》中就列举了66本书！第一本是1910年菲舍尔出版社的《德国民歌集》，接着是《宗教经典》《少年魔法号角》《东方故事集》《罗马人传奇》《奇人怪谈》(文集)《万兹贝格的信使》《奇迹小书》《中世纪文学》《传说轶事》《阿勒曼恩书》以及歌德、凯勒、荷尔德林、诺瓦利斯和其他浪漫主义作家的作品。门德尔松写道，和菲舍尔讨论并计划出版的《浪漫主义精神》文集不翼而飞。在黑塞的遗物里我们发现了此书详尽的目录，也许我们可以把这个重要的计划付诸实践。黑塞研究最深入的作家是让·保尔。黑塞的许多短文、评论、编辑、导言、后记都与他有关；黑塞不知疲倦地提起当时还不为大众所知的让·保尔："人们应该心怀一种更加欢快的心情来推荐让·保尔。因为他能给诗意以欢乐，给思维以无尽的启发，给庸人以芥末药膏。"让·保尔，"我们伟大的业余艺术爱好者，我们最伟大的大师，是唯一不缺乏激情、天赋和浪漫主义的真情实感，而又活在德国经典人道主义苍穹下的德国诗人"。黑塞为出版人格奥格·穆勒写的悼词，有三分之二都是讲"当代德国古老的耻辱"——数十年来都没有"最具德意志精神的德意志诗人"让·保尔的作品善本出现，现在，格奥格·穆勒的去世让黑塞心怀已久的心爱计划——在这家出版社出一个让·保尔的新版本——蒙上了一层阴影。我在我的博士论文《赫尔曼·黑塞论以写诗为志业》中论述了黑塞和让·保尔之间的关系，并指出，黑塞在研究让·保尔的过程中经常表述自己的诗学理论。

这种置身于文学中并与文学共生的活动（托马斯·曼称之为"一种服务、效忠、遴选、修改、重现并大胆地为此发声——这些足以充实文学家的生活"），带来了数不胜数、被幸运地保存下来的黑塞与出版人的通信，还有同样数不胜数的有关出版人工作的文章。"我作为书商、古董商、作家和批评家以及许多出版人和艺术家的朋友对现代图书业颇为了解。"从他的认知、他的事业和他的文学作品，以及他的作品的样式和出版顺序中，我们能看出黑塞明确的出版策略。

我在这儿只能作一个概要:

关于**书籍装帧**:他希望自己的书在装帧上"不要花里胡哨"。最重要的是合适的开本,"纸张和字体"必须要"上乘",正如他在1902年2月27日给他第一部诗集的编辑的信里所说。一般情况下,都是他向出版人建议开本和装帧,他一般会请他的版画家朋友——比如奥托·布卢梅尔、汉斯·迈特、君特·伯梅尔等来设计封面。

他热爱精装版,但也不排斥平装版。在一次"您如何看待平装书"的调查问卷里,他这样回答道:"当我读一本自己很喜欢的书,但它是平装版,那我每翻一页就会想:真遗憾,它没出精装版!当我读一本很糟糕的书,它还是平装版,那我就会想:真走运,人们没把一部精装版浪费在它身上。"

我们必须事先和他商量敲定**作品的出版预告**,这种方法在最一开始就被敲定,就连彼得·苏尔坎普当时也必须把自己撰写的导语先寄到蒙塔格诺拉去。**广告用语**对他和他的作品来说并非无关痛痒,他痛恨一切哗众取宠、言过其实的东西,出版人不应该像商家叫卖产品一样宣传他的作品,他点了迪德里希的名,批评迪德里希谈起他的作品来就像"传道士鼓吹他的理想,门徒歌颂他的导师"。

关于**薪酬**：我们看到，黑塞并不忸怩，他要求最高的版税；每本书零售价的 20% 或者 25% 对他来说是合适的。他对会把他套牢的预付款并不感冒。他算得很清楚，但从不小气。在经济上他从未陷入窘境，但总有穷困的时候。纳粹德国时期，从柏林寄来的稿酬时断时续。只有当他在 1946 年获得诺贝尔奖后，稿酬才源源不断；此外，黑塞和一些作家的命运一样，他身后的稿酬比在世时要多。此外，他认为稿酬的多寡和社会意识息息相关。在一篇未出版的笔记中，他就 1933 年《科隆日报》调低稿酬一事写道："这就是人文精神在德国所获得的尊重。"

校对工作：作家和校对员互相依存，为了消灭印刷错误，他们必须通力合作。但黑塞在 1946 年 10 月的一封题为《致校对者》的信中禁止任何未经他同意的修改以及任何对他文章的干涉，他拒绝对《杜登字典》里的规范亦步亦趋，声称"这个铁面妖魔在暴力国家成了至高无上的立法者"。

1954 年，瑞士《世界周刊》开展了一次关于德国、瑞士、奥地利语言规范小组制定的正字法改革，即《新正字法》的问卷调查。托马斯·曼和弗里德里希·迪伦马特对改革持反对态度。黑塞言简意赅地回答道："我拒绝新正字法，正如我拒绝所有使语言变得贫瘠的举动。"在另一处他写道："在对语言所谓的'统一'，同时也是将其平庸化的过程中，我相信，诗人肯定都是清一色的反对党……即便一个作家无法总能解释清楚，为什么他有些地方这样写，有些地方又那样写，但他这样做是希望表达自己不一般的艺术性追求。例如在舒伯特的四重奏里，一个乐章的末尾的倒数第三个音符被加了符点，下一个相同乐章的末尾却没有符点，每个音乐家其实都知道，这是可以统一加的，只不过这样会无聊很多。"黑塞还拒绝现在又被重新提倡的首字母小写化。

全集的规划：这件事很值得玩味。菲舍尔早在 1920 年就请黑塞考虑出一本在选篇上比较具有亲和力的选集。他压根就没接受这建议，而是写了一篇《一位诗人关于他的选集的前言》寄给了他的出版人，并把它发表在《新苏黎世报》上。在这份前言里，他劝自己说："收拾行囊吧，孩子，回家去吧。"因为他不愿意把自己的作品互相比较，所以就谈不上出一本选集；每一个研究黑塞的人都应该去读读这篇文章。选集最终没能做成。黑塞只决定出一本诗选。1921 年，《诗歌选集》出版，1902 年之前的青年时代的诗占了三分之一。之后，除了全集里收录的《诗歌》，黑塞再无诗作出版。直到 1961 年，在我的请求下，才有了第二本选集《阶梯——新旧诗选》，这本选集至今仍是通行本。

1925 年，菲舍尔在出版社成立四十周年之际用黑塞的全集完善它的《现代人的藏书》系列，而黑塞终于对菲舍尔的催促做了让步。1924年9月12日，出版社收到了黑塞所写的题为《对我以往作品的界定》的详细规划。1925年，第一本书《温泉疗养客》在这个崭新的全集框架内出版；从那时起，黑塞的每本新书都以E.R.魏斯设计的统一装帧出版：统一的纸张大小，浅蓝色的亚麻布封面，带金字的黑色书脊，封面上有E.R.魏斯设计的代表赫尔曼·黑塞的首字母绣，书中的字体统一为哥特体。这份合同签署于1924年10月25日，版税为零售价的18%，外加一年1500马克的津贴。此装帧设计的有效期为35年，这是很少见的。35年后，黑塞写道，他是多么难以接受把书中的字体调改为圆体。苏尔坎普和我经常催促他能接受这个调整，事实上，1952年的六册诗集和1957年出版的七册全集就已经采用了圆体字。现在，他终于相信瑞士和德国的青少年已经无法看懂哥特体了。黑塞对读者声称，新版全集在装帧上给他造成了困扰，但新版的装帧基本上就是对老的魏斯版作了一个紧跟时代的改动，蓝色的亚麻布封面、黑色的书壳和金字都被保留了下来，只是去掉了封面上的装饰。可以说，今天我们看到的就是1925年的装帧设计。

　　黑塞自己决定他的作品顺序。他追随自己内心而非外界的日历，只在感受到写作冲动时方才动笔。他不接任何约稿，无法容忍编辑的插足，拒绝外界的所有建议。他写下的标题不容改动，寄到出版社的手稿就是最终版本。在这点上，当初刚开始担任菲舍尔出版社旗下《新瞭望报》的编辑彼得·苏尔坎普肯定深有体会。在一封未出版的 1933 年 1 月 28 日致菲舍尔的女婿高德弗里德·贝尔曼·菲舍尔的信中,黑塞先是谈了时代的危机,接着又谈到他对"创作中的素朴幸福"的追求(他当时正处在《玻璃球游戏》的写作初期),再接下来,他向贝尔曼·菲舍尔把苏尔坎普极力抱怨了一番:"至于苏尔坎普,容我再说几句。你描述的他的形象让我感到高兴,也许我从他的信中得出了一个错误的印象——他不是不自信,恰恰相反。比如,他写信给我,谈到了我 11 月写的一篇交与凯泽尔的文章。他说他很乐意出版,因为它与'他的出版计划相吻合'。对我来说,这意味着,今后我的文章能否得到编辑大人的付印许可,都取决于它是否和苏尔坎普的出版计划相吻合……之外,他还建议我应该给那篇短文起一个更具爆炸性、诱惑性和统摄性的名字。让他糟蹋我的标题,然后还让我来承担负责,我当然是一口回绝了。"

关于忠诚

1933 年 1 月,当作家批评他未来的出版人时,黑塞五十六岁,苏尔坎普四十二岁。

在与苏尔坎普往来的第一阶段,黑塞正忙于创作《玻璃球游戏》。他多次写道,这部封笔之作的写作提纲是他在 1932 年 2 月就拟定好了。1942 年 4 月 29 日,作品完稿。5 月,他把手稿寄到了柏林的苏尔坎普出版社。

1932年，菲舍尔指定彼得·苏尔坎普于1933年1月起担任《新瞭望报》的主编。当时，苏尔坎普凭借自己的46篇文章名列杂志作者榜首。他是这样给杂志定性的："这本杂志不是为一场运动、一个学派或者诸如此类的东西，而是为当今充满创造力的个体而生，更确切地说，是为了当下充满艺术性的个体，即文化界各个领域的艺术家应运而生，它既不面向大众艺术，也不面向大众。"这就是苏尔坎普的出版纲领。1933年秋天，苏尔坎普进入了菲舍尔出版社高层。

菲舍尔在二十年代的柏林与苏尔坎普结识。这位身材高大、举止保守的德国人一定很讨预感到山雨欲来的菲舍尔的欢心。1936年12月18日，留在德国的菲舍尔出版社的一部分股份被新的菲舍尔出版社公司收购，苏尔坎普成了股东，也是唯一的出版人。这家出版社在1942年7月1日被迫更名为"苏尔坎普出版社，前菲舍尔出版社"。1944年4月11日，苏尔坎普因涉嫌"叛国罪"而被盖世太保逮捕，押往拉文斯布吕克监狱，后被送至萨克森豪森集中营；他在狱中身患重病，1945年2月8日因病入膏肓而被释放。1945年10月17日，他成了柏林第一位获英美颁发的经营出版许可的出版人。

以上就是黑塞和苏尔坎普在1933年到1945年间往来的背景。我在《黑塞与苏尔坎普通信录》的后记中对这段关系有过描述，所以这里只略提几点。

作家和出版人并不频繁的通信主要涉及以下三个主题：

1.《玻璃球游戏》的创作及其出版准备。

2. 纳粹德国统治下，黑塞作品的境遇以及他和出版社、出版人之间的法律、道德及政治关系。

3. 汇寄稿酬所遇到的困难，最终稿酬根本无法汇寄，黑塞的部分作品要转移到苏黎世出版。

人人都可以在黑塞的《玻璃球游戏》资料卷里读到其迷人的成文史：起初，它的题目叫《约瑟夫·克乃希特》，后来更名为《玻璃球游戏大师》。黑塞最后的这部鸿作体现了诗作本身和德国历史及德国出版社之间的密切关系。70年来，黑塞没有对任何一个政治体制产生好感，他从一开始就对纳粹保持着正确清醒的态度。但他知道，他的作品和他的读者都扎根在德国，他想尽可能地保持住日渐式微的存在感，不管是来自纳粹阵营还是来自流亡者阵营的攻击都没使他动摇，后者在流亡报纸《巴黎日报》上指责他是第三帝国和戈培尔的遮羞布。黑塞以他的方式和统治者斗争。他竭尽所能给《新瞭望报》写文章（总共40篇，篇数位列苏尔坎普之后，包括1934年2月出版的著名诗作《信念》),《玻璃球游戏》也选登于此。他为犹太作家的作品撰写评论文章，当德国报纸下达禁令后，他开始给斯德哥尔摩的伯尼尔出版社的文学刊物撰写文学报道。苏尔坎普必须默许所有这些反抗当权者的行为，包括黑塞对流亡瑞士的德国人的支持，以及他不为盖世太保所知的秘密通邮。这一切使他的出版人的身份变得复杂,也让他和当时神经过于紧张的黑塞的关系变得更加不易。一开始,两人相处很困难,他们的秉性是如此不同。两个人都是天生的坚持派,都必须学会妥协。1936 年 8 月,他们的第一次碰面还处在 1933 年 1 月那段批评的余波中。苏尔坎普当时怀揣一颗紧张的心前去赴会,黑塞后来回忆道:"我目睹你当时在那种受到威胁、但相对而言还算有回旋余地的处境中,作为可敬的菲舍尔的接班人,表现出了骑士般的献身精神,虽然我们当时对未来心怀类似的猜想,但还是没有料到你身上那过于骑士般的忠诚会让你身陷囹圄。总之,你那时就已经是反抗暴政的游击战士了,我也预感觉到了一丝你即将接受的考验和痛苦。"

但彼得·苏尔坎普无法履行合同,因为纳粹当局驳回了出版申请。他们同样拒绝了稿酬的汇寄。彼得·苏尔坎普把所有的外国版权退还给黑塞,因为他在德国已经无法管理它们了。《玻璃球游戏》后以节选的形式刊登在 1944 年 7 月和 8 月的《新瞭望报》上。1942 年 11 月,彼得·苏尔坎普担心《玻璃球游戏》被查禁,亲自把手稿送还给黑塞。《玻璃球游戏》于 1943 年 11 月 18 日在苏黎世出版。这是黑塞与苏尔坎普往来的第一部分。

第二部分就长话短说一下吧:菲舍尔出版社之前的所有者于 1947 年从美国归来,苏尔坎普和他们的合作举步维艰。起初,苏尔坎普准备承认自己只是一个总管,并把出版社归还给菲舍尔的后人；但后来他改变了主意，最终两人庭外调解；其后，老的菲舍尔出版社由菲舍尔的后人接管，新的苏尔坎普出版社由彼得·苏尔坎普领导。此次事件被多方记载，高德弗里德·贝尔曼·菲舍尔写过，我也做过与之针锋相对的描述。贝尔曼·菲舍尔在他的回忆录里写道，他"无法找到解释苏尔坎普为什么要这样做的关键钥匙"，其实这把钥匙的名字——如我们所能证实——就叫作赫尔曼·黑塞。

是黑塞敦促苏尔坎普继续做他的出版人。苏尔坎普可以留在菲舍尔出版社，或者自立门户，最终，他选择了后者。1950年7月1日，新的苏尔坎普出版社在法兰克福成立，黑塞和苏尔坎普往来的终章就此翻开。在这被打上疾病的烙印、"不时在生命的边界游移"的八年半里，苏尔坎普重建了他的出版社，他出版的作家从布莱希特横跨到R.A.施罗德，从黑塞到艾略特，从萧伯纳、普鲁斯特到阿多诺和瓦尔特·本雅明，这是一家只为文学服务的出版社，一家不追随需求，而是创造需求的出版社。阿多诺在给苏尔坎普的悼词中说："彼得·苏尔坎普的成就是一个悖论：出售没有销路的产品，成就无意获得成功的东西，拉近陌生的事物。这种成就只有在一种秘密的客观条件下才能产生：如今，陌生的事物才是能助人发声的事物，而人们把那些异化的、物化的事物错认为是亲切的，而这些事物最终又将人物化……他永不妥协地在如今在全世界流行的、把自身的利益掩饰为读者的需求的大众出版社之间掌舵航行……

他证明了，如今，一个个体的能动性是可以把社会中的不可能变为可能的。"苏尔坎普的建设资金来自"黑塞热"，它肇始于战后的德国、瑞士、奥地利，在 1957 年达到顶峰。1959 年 3 月，苏尔坎普去世，享年六十八岁，根据他的愿望，出版社再次编辑了黑塞的作品并重出一套全集，这就是现在众所周知的蓝色单行本系列。黑塞也大方地通过延期付款的方式为出版社的建设工作出力。"我失去了一个最忠诚、最无可替代的朋友"，黑塞在他的悼词中写道。他恳请大家不要忘记苏尔坎普其实还是一位作家："《孟德洛》这部重要作品讲述了彼得当年轻乡村教师时的生活，我对它的喜爱要胜过许多由彼得帮忙做嫁衣的小说。"紧接着，黑塞写道："在历经希特勒时代的苦难和对老出版社的深深失望后，我能够帮助他重建出版社，这是我生活的光明面。"

1959 年 4 月初，苏尔坎普的去世促使黑塞提笔给我写了一封信，向我描述了出版人的任务："现在您接了他的班。我希望力量、耐心和快乐与您同在，这是一份美好而优雅的工作，同时也是一份困难的、需要责任感的工作。人们说，出版人必须'跟着潮流走'，但他不能光简单接受潮流，当它有失体面时，要能对其进行反抗。一位优秀的出版人的职能，或者说他职业上的一呼一吸在于：适应潮流，批判潮流。您应该成为其中一员。我和您一起衷心哀悼我们的朋友，并希望我们之间的合作一切顺利。"

达到赫尔曼·黑塞希望的"顺利合作"花费了我们将近 4 年时间。这个愿望后来得到了充分满足。诚然，这段关系是一段师生关系，是一个在他的使命中初获成长的年轻人和他所敬仰的作家的关系。这个年轻人前去蒙塔格诺拉或西尔斯玛利亚登门拜访，写过无数封信，多次给妮隆·黑塞女士打电话联络感情。起初，这段关系完全笼罩在彼得·苏尔坎普去世的阴影下，我们迫切地扪心自问道，如何在他离世后做好出版工作。黑塞的作品已经出版，我也对黑塞的书籍生产观和营销观略知一二，所以一些基本问题是不会出现。但日常工作又会产生新的问题，对此，黑塞都给予了友好而明确的答案。黑塞在有生之年不想把他的生平拍成电影，至于以后拍不拍，那就交由他的继承人和出版社办理。1961 年 8 月，一位"来自加州的女士"想要把《悉达多》改编成芭蕾舞剧，黑塞请我们"礼貌而明确"地告诉这位女士："承蒙她的厚爱，但我坚决拒绝任何把我的书改编成剧本的行为。她必须放弃这个令我生厌的计划。"他对将他的作品以袖珍版大规模发售的计划也不感兴趣。这里要感谢妮隆·黑塞女士，在我的倡议下，我们重新得到了翻译权，翻译权交由妮隆女士长期保管，至少我们在之后促成了美国和其他国家对黑塞的翻译。黑塞很少关心自己的作品在海外的命运，就连美国也不例外。他倒是很高兴自己的书能翻译成梵文和亚洲的其他语言。不管是小说、童话还是随笔，他选什么文章，别人不得提出改动建议。1959 年 5 月 26 日，我建议他趁《梦幻之旅》再版之际把他未出版的两篇文章——《我的信仰》和《神学小论》一起辑录进去，他的反应"很不悦"："您有塑形和编辑的渴望，"他回复我说，"但我更多地希望保留并保护那些自然生长的东西。"那两篇文章后来没有被放进去。

他的多虑必须得到重视，所以，任何改动建议只能小心翼翼地跟他晓之以理。至少在1961年，我曾说服过他挑选一些他的诗，以《阶梯——新旧诗选》命名出版。而说服他出一本黑塞画传的工作是旷日持久的，他认为，重要的是作品，而不是人，但最终他还是点头了。出版前，他拒绝威利·弗莱克豪斯设计的画传封面，这可是威利·弗莱克豪斯第一次给苏尔坎普出版社设计封面。但画传真正要出版的时候，他又友好地接受了。

1962年4月，我们激烈地讨论了《玻璃球游戏》能否出一个袖珍版。德国袖珍书出版社给这本书的版权报了价。黑塞认为这项版权许可交易是"廉价甩卖"。"也许我无法阻止它"，他在1962年4月4日的回信中写道，"但我至少想推迟它……至少我想把它保持到今年结束前，我们应当把事情再商议一遍。"一年前，黑塞拒绝了菲舍尔出版社的版权许可的申请。于是我们就自己动手出了一套"苏尔坎普系列"——《论荒原狼》和其他三篇中篇小说是这套系列的第七部和第八部书。之后，黑塞"原则上"同意袖珍版出版，但这个对版权许可的"不"字坚定了我自己动手出袖珍版的念头。黑塞说的"不"字催生了"苏尔坎普图书系列"（edition Suhrkamp）。

在黑塞生命中的最后几年里，我们一直在讨论是否可以把著名的蓝版《黑塞全集》里的哥特体字改成圆体字。在这方面，他不想当"革命家"，他说，谁读不懂哥特体，谁就应该去学，或者干脆就不要读他的小说。我多次（多得连我都记不清了）在蒙塔格诺拉鼓起勇气，小心翼翼地跟他讨论这个棘手的话题，但他每次都坚持己见。有一次，我鼓足勇气，明确地告诉他，现在的德国中学生已经不再学认哥特体了，他这样做只会排挤到他最重要的读者，他听后终于让步了。我们以一种渐进的方式出版圆体版。1962年7月，我们给他寄去了两本首次采用圆体字的书——《思想录》和《温泉疗养客——纽伦堡之行》。他的回信是我收到的他的最后一封长信，他说书已收到："两本圆体字版的书都很好，您写的文章也很好。我非常感谢，我本可以多写一点，但我身体不太舒服，突如其来的高温让我寒热病发作，自感更加虚弱……医生给我打了针。请您包涵，并让我对您的忠诚表示感谢。"

1962年8月9日，赫尔曼·黑塞与世长辞。

第三章
贝托尔特·布莱希特和他的出版人

"它们统统需要修改。"

读布莱希特是一种享受，解读布莱希特相对而言就比较困难，而论述有关出版布莱希特全集的理论和实践更是难上加难。布莱希特曾经写过《描述真理的五重困难》，那么，出版人倒是可以写写出版布莱希特作品的无穷困难了。布莱希特在《伽利略传》中写道："我担心，这一切并不轻松。"要描述布莱希特著作的出版史并不轻松。黑塞、里尔克、托马斯·曼的作品出版史的脉络都是线性发展的，且层次分明，而到了贝托尔特·布莱希特这儿，一切都截然不同。布莱希特的出版人之一维兰德·赫茨费尔德知道："他的出版人跟他打交道可不轻松。"

1. 早期出版物

布莱希特的第一部剧作《巴尔》共计 5 个稿本流传于世，它们被记录在两份打字稿（即佚失原稿的副本）上，有 5 份各不相同的稿本。第一稿写于 1918 年，第五稿，即终稿，写于 1955 年。

1919 年的第二稿可以说是第一稿放纵、恣意的变体。1919 年 6 月，布莱希特把它寄给了穆萨里翁出版社，出版社却在短时间内就将稿件退回，并附了一封相当粗鲁的信函。之后，莱昂·孚伊希特万格尝试帮忙联系德莱马斯肯出版社，但稿件在寄至慕尼黑不久就又碰了壁。接下来，布莱希特试着在格奥格·穆勒出版社碰碰运气，这次他寄的是第三稿——一份诗性相对贫瘠的缩写稿——却获得了出版社的好评并得以付排，可当出版社因另一本书陷入法律纠纷时，它开始想打退堂鼓了；它撤销了合同，无偿为作者付排。莱昂·孚伊希特万格回忆道，这次付排共印 20 到 30 本毛校样，这些校样统统失踪。

布莱希特青年时代的朋友，汉斯·奥托·明斯特尔在出版人弗兰茨·巴赫迈尔那儿所作的一切努力也无疾而终。印刷的纸张可以由布莱希特父母的造纸厂提供，但就连这个并非无足轻重的条件也无法帮他找到一位出版人。

1919年夏，布莱希特进行了第二次出版尝试，他想把《我的阿喀琉斯之歌》发表在兰帕特公司的《奥格斯堡新闻报》上。他的《我的阿喀琉斯之歌》是些情色诗，日后被冠以向阿雷蒂诺致敬的标题《奥克斯堡十四行诗》而为人熟知。整个工作在第一个印张印好后便停滞，版面被销毁，原始手稿失踪，毛校样成了布莱希特档案馆里的珍品。

布莱希特的第三次尝试，在1921年4月初被冠以《乐谱》之名的《阿普费尔伯克叙事曲》，在发行前遭到查禁，被捣成纸浆。直到在波茨坦的古斯塔夫·基彭霍伊尔出版社的一位二十五岁的编辑身上发生了以下这件事后，布莱希特的出版史才初具轮廓："1921年，当时我还是一名出版社编辑，我从一个完全陌生的作家那儿拿到了一份本应在格奥格·穆勒出版社出版的剧本的修改稿，以及一些叙事歌谣和诗歌的手稿。我一下就被它们吸引住了，所以立刻跑去找勒尔克。他对这些不同寻常的诗句也颇感吃惊。它们就是贝托尔特·布莱希特《家庭格言》的草稿。"这名编辑便是赫尔曼·卡萨克，日后他成了一名作家，也成了彼得·苏尔坎普的朋友和同事。卡萨克是第一个和布莱希特共事的编辑。对此，卡萨克写道："当时，我们经常在一起工作和交谈，他是多么擅长维护自己的主张，用辩证法来固执己见，这可真了不起。"卡萨克说服了出版人古斯塔夫·基彭霍伊尔出版《巴尔》。1922年，《巴尔》的两个著名的初版相继发行，先发行了印数为800册的限量版，后发行了常规版，封面有卡斯帕尔·内尔的画（他的名字却并未被提及）。按照布莱希特的同事伊丽莎白·豪普特曼的记录，布莱希特和基彭霍伊尔签订了一份长期合同，合同的基础是"年尾结清、按月计算的年金"。这减轻了创作负担。这两份初版均对"该作者"的《家庭格言》做了出版预告。布莱希特虽然完成了手稿，但在创作过程中，他又构想出一个不同于原来和基彭霍伊尔出版社商量好的出版形式。他想把诗"用薄纸按《圣经·新约》或者教堂颂歌书的开本"印制。"一切都经过了细致的甄选"。正文部分由珀舍尔和特雷普特印刷厂承印，乐谱部分由莱比锡C.G. 勒德尔印刷厂印刷。书名不再叫《家庭格言》，而是《贝托尔特·布莱希特的袖珍格言》，内有说明、乐谱和附录，版本说明是"1925年，古斯塔夫·基彭霍伊尔出版社，波茨坦"。这一版——如封二所注明的那样——是受作者委托的一次性、无商业用途的内部出版物，印数25册，它采用双栏排印，黑体字，标题为红色，书芯由柔韧的皮革包裹装订。一年后，《家庭格言》出版，不过出版方不是基彭霍伊尔出版社，而是柏林的普罗皮莱恩出版社。伊丽莎白·豪普特曼回忆道："基彭霍伊尔出版社拿了别人的钱，这些资金后被证明是反动的，这些资金的目的是抗议《阵亡士兵的传奇》。这件事引发了冲突。布莱希特态度强硬，他终止了和基彭霍伊尔的合同，三本作品的版权被归还给布莱希特，他在合同里——

这就是另外一码事了——把它们都给了普罗皮莱恩出版社，但出版社认为《袖珍格言》这个书名不太理想，布莱希特很爽快地同意把它重新改为《家庭格言》。"他的出版人和他打交道并不轻松。尽管出版社收了"反动的钱"，《尝试集》还是在基彭霍伊尔出版社出版；1932年《尝试集》第六卷出版，内附格奥格·格罗兹的25张插图，1933年的《尝试集》第七卷收录了《母亲》；《尝试集》第八卷只出了毛样。普罗皮莱恩出版社还出版了戏剧《夜半鼓声》《城市丛林》，最后一部是《人就是人》。之后，布莱希特作品的出版地从巴黎、伦敦、莫斯科一直辗转到纽约，踏上了一段流亡之路。

2. 维兰德·赫尔茨费尔德：第一部全集

维兰德·赫尔茨费尔德[①]，出版人，于 1917 年成立马里克出版社，1933 年流亡海外，在伦敦成立了马里克出版集团，分部设在布拉格，1938 年，他知难而行，计划整理布莱希特的作品，并出一套四卷本的全集。头两卷于 1938 年出版（第一卷包括：《三毛钱歌剧》《马哈哥尼》《人就是人》《屠宰场的圣约翰娜》；第二卷包括：《圆头和尖头》《母亲》《称是者和说不之人》《例外与常规》《措施》《卡拉尔大娘的枪》）。版权页上写着："版权归马里克出版社，出版集团，伦敦，C.C.维兰德·赫尔茨费尔德（德）所有，1938 年，布拉格海因里希·梅尔西印刷。"这套全集的修改过程极为复杂，因为布莱希特在流亡丹麦期间对布拉格印刷出来的文章仍翘首以盼，想要进行修改。在从斯文堡寄给身在布拉格的赫尔茨费尔德的信中，布莱希特对出版社寄来的支票表示感谢："在这一艰难时刻，它表现了一种具有历史意义的姿态。我知道该如何珍惜它。"布莱希特

[①] 维兰德·赫尔茨费尔德（Wieland Herzfelde，1896—1988），德国著名出版人、作家，以出版先锋艺术和共产主义文学见长。

虽然等着赫尔茨费尔德出版全集,但他更急切想看到《斯文堡组诗》的特版。"我们必须同舟共济。"布莱希特在这封信中说。但紧接着他写道:"关于其他作品的印刷,请别忘记,布拉格的印刷厂还没证实校对完毕,那些付排的东西,我还没修改完。"可想而知,身处布拉格的赫尔茨费尔德会对来自丹麦的修改愿望作何感想。全集第二卷收录了对第三卷的出版预告,它将包括以下作品:《德国,一个恐怖童话》《巴尔》《英格兰国王爱德华二世的一生》《城市丛林》《夜半鼓声》。

第四卷计划收录的作品有:《家庭格言》《三个士兵》、《给城市居民的读本》节选、《歌曲、诗和合唱曲1933》《流亡组诗》。

维兰德·赫尔茨费尔德后曾通知布莱希特,全集第三卷和第四卷的印刷工作已部分完工,印张已送去装订,但不幸落入了希特勒苏台德地区占领军的魔爪中。弗兰茨·菲曼声称曾在赖兴贝格的工人书店见过全集的全四卷,但它们既没能送到赫尔茨费尔德手上,也没能交付给布莱希特。布莱希特在流亡途中救得第三卷和第四卷的校样,它们后来也成了布莱希特档案馆的珍品。

出版过程中,维兰德·赫尔茨费尔德在两件事上成功说服了布莱希特。布莱希特想把全集命名为《尝试集》,"作品"一词在他看来太过决绝。"但我当时认为,"赫尔茨费尔德回忆道,"是时候不把作品放在这个主导概念下出版了。因为基于我的出版经验，我担心，读者会把它们看成是只供专业人士阅读的书籍。我后来成功说服了他。"但在第二件事上，想说服布莱希特要困难得多。布莱希特坚持名词首字母小写，但出版人取得了最终的胜利，他认为"名词首字母小写是另一种让文学生产远离读者的手段"。赫尔茨费尔德的这个理由产生了很大的影响，它让在信中依然坚持小写的布莱希特日后再也没有提出作品里的名词头字母也要小写的异议。

全集的后两卷于1938年出版，各发行2000册。1939年5月，为了凑齐全家人去纽约的船票钱，赫尔茨费尔德把剩余资产和其他的书一起卖掉。在纽约，他成立了纽约奥罗拉出版社，一家属于作家的个人出版社，除恩斯特·布洛赫、阿尔弗雷德·德布林、莱昂·孚伊希特万格和海因里希·曼外，贝托尔特·布莱希特也是这家出版社的所有人和创立者。这家于1943年12月成立的出版社，在1945年到1947年间出版了12部作品，其中包括布莱希特的一本书——《第三帝国的恐惧和苦难》。之后，维兰德·赫尔茨费尔德被迫解散出版社，以便在1948年获得回程旅费。

3. 布莱希特和苏尔坎普

在他的《工作日志》里，布莱希特这样评价1945年5月8日划时代的投降事件："纳粹德国无条件投降。晨六时，总统在广播里发表讲话。我一边倾听，一边注视着繁花似锦的加州花园。"《伽利略传》也表明，布莱希特的剧本创作和时代精神有着多么紧密的联系。1945年10月，布莱希特和苏尔坎普取得了联系。他写了一封信，单单这封信就值得我们从政治、生平、作品史、道德和语言角度加以研究。我援引如下："您的信是我收到的来自德国的第一封信，您也是我当年在德国最后见到的那批人中的一位。帝国议会纵火案次日，我是从您家启程去火车站的。流亡期间，我没有忘记您的帮助。

我们在丹麦旅居五年，瑞典一年，芬兰一年，等待着签证，现如今我们在美国加州待了四年。当然我写了许多作品，并希望，我们能共读其中的几部（此外，请您在力之所及的范围内转告我迫切的请求：我的剧作，无论新旧，凡未经我同意的作品，请不要上演。**它们统统需要修改**）。"

苏尔坎普在一封没有注明时间的信中回复道："您发出的第一个讯号让我不胜喜悦，虽然我一直清楚，我们终会相逢，但我一度曾担心自己恐怕无法活到那一天了。而现在,我满怀希望,希望这一刻离我们不会太过遥远。现在我重拾我的出版工作,您无法想象我所遇到的实践上、特别是技术上的难题。"

在此期间,柏林上演了《三毛钱歌剧》。布莱希特在《工作日志》中记下了此事。苏尔坎普请求布莱希特进行书面授权,以便帮助布莱希特实现他在第一封信中表达的心愿。

在接下来的一封同样没有注明日期的信中,布莱希特授予了苏尔坎普其剧作的代理权:"这个代理权是临时的,以便您能更轻易地对他人说不。我想在许多事情上我们都必须这么办。德国戏剧的重建工作容不得自由发挥。"另外他建议上演《大胆妈妈和她的孩子们》这部经典剧目,当然,必须请海伦娜·魏格尔[①]参与主演。

他们之间首次意见分歧出现在1946年4月3日苏尔坎普的回信中。《三毛钱歌剧》和费利克斯·布劳赫·埃尔本出版社有个老合同,按照这个合同,这家出版社拥有这部作品的所有版权。苏尔坎普请求布莱希特授予他演出权,"结算",也就是报酬——他会交给费利克斯·布劳赫·埃尔本出版社的。过了不久,也就是4月15日,苏尔坎普又告诉布莱希特,他

---

① 海伦娜·魏格尔(Heleme Weigel,1900—1971),德国著名女演员。1924年,已有妻室的布莱希特爱上了海伦娜,后两人结婚,育有两子。1949年,在民主德国政府支持下,两人成立了柏林剧团。——编者注

碰到了新的困难。他想获得《大胆妈妈和她的孩子们》的版权，却发现，《大胆妈妈和她的孩子们》的版权归巴塞尔的莱斯出版社所有，这家出版社又把版权授予了它在德国的办事处——齐内恩出版社，不光是《大胆妈妈和她的孩子们》,《伽利略传》和《四川好人》皆是如此。苏尔坎普迫切希望澄清这个问题，因为"对您的戏剧需求巨大"。布莱希特尝试澄清这个问题。他致信给一位德国律师，以此证明布劳赫·埃尔本不再拥有《三毛钱歌剧》的版权。

1947年的到来没有带来本质上的改变，海伦娜·布莱希特·魏格尔给苏尔坎普寄去救济包，两人在1947年有多次信件往来。苏尔坎普在1947年5月7日写信给她说："没人能像布莱希特这样让我感到期待。"在这封信里还有一份"行李退还申请单"，这些行李是布莱希特一家从美国带到瑞士，想从那儿带回德国的：共计十三件行李，其中有两个纸箱和两个行李箱是装书用的。

1948年3月17日，苏尔坎普给归国的贝托尔特·布莱希特寄去了他的第一封信。他再次要求布莱希特在合同问题上给出一个答复。之后，苏尔坎普又碰到了新的难题。"首先是一份来自建设出版社的通知，根据通知，它把之前的马里克出版社，即现在的纽约奥罗拉出版社收编为自己旗下的一个部门，所以它拥有您的作品在德国的版权，这与我们商量好的结果相抵牾。您在苏黎世告诉我，您觉得自己有对维兰德·赫尔茨费尔德尽义务的必要，但反对建设出版社做出的这种收编。"苏尔坎普不想逼迫布莱希特，也不想"以任何方式强迫他来我的出版社"；但如果苏尔坎普没有版权在手的话，他又能如何帮助布莱希特控制戏剧演出呢？1948年7月24日，苏尔坎普写信给布莱希特："您还没有回复我的上一封信。假如不是因为您在德国的代理权问题日益复杂，我不会显得如此焦急。这样下去不行，您必须亲自做出最终的解释……请您尽快作答，告诉我们现在如何是好。"布莱希特立刻回信，但他对苏尔坎普提出的最迫切的问题没有给出答案，相反，他向苏尔坎普指出，他正和瑞士的出版人奥普莱西特和莱斯谈判。他写道："我听说您在巴塞尔的贝尔德碰到了莱斯。也许您能在销售方面协商出一个最终结果。莱斯能给我一笔年金。您知道，它会起到举足轻重的作用。"这笔年金"举足轻重"。

同年，1948年9月，布莱希特又写了一封信给苏尔坎普，他想继续出版《尝试集》，这套文集给了他"在出版方面的一定自由，虽然只是暂时的。此外，这样我就可以不失信于维兰德·赫尔茨费尔德，也就是说，他能拿到全集，这套全集他在流亡时期就付出巨大代价着手出版了"。他想跟苏尔坎普共同完成《尝试集》，即他的"主要作品"。其余的问题也在口头上得到了澄清。苏尔坎普写于1949年2月7日的一封信提到了《与贝托尔特·布莱希特的协商备忘录》，根据这份备忘录，《尝试集》由苏尔坎普出版社单独出版，苏尔坎普出版社同时负责尚未完成的全集编纂工作，东柏林的建设出版社从苏尔坎普出版社那儿得到了布莱希特的作品在德意志民主共和国的出版许可。布莱希特的剧作表演权继续由瑞士方面保管。苏尔坎普在1949年接过了《尝试集》的出版工作。《尝试集》第九卷，即《大胆妈妈和她的孩子们》，是布莱希特在苏尔坎普旗下的首秀，版本说明是"1949年，版权所有苏尔坎普出版社（原菲舍尔出版社）。"《尝试集》第十卷，即《潘蒂拉老爷和他的男仆马狄》，使用的也是这个版本说明。《尝试集》第十一卷，即《家庭教师》，在新的苏尔坎普出版社名下出版。从那时起，苏尔坎普和贝尔曼·菲舍尔分道扬镳，1950年7月1日，新的苏尔坎普出版社成立，这个出版史上的重大决定做得十分草率。1950年5月17日，苏尔坎普致信布莱希特。信的三分之二的内容都是想说服布莱希特来柏林剧团导演恩斯特·巴尔拉赫的剧作《拉茨堡伯爵》。结尾处他写道："再谈点儿别的。我知道，在我脱离S.菲舍尔出版社后，您会和您的作品一起继续伴我左右，但我尚缺少一份官方的书面声明。请您尽快把声明寄给我。"布莱希特照办了，他在一封注明"柏林，1950年5月21日"的短信中说："亲爱的苏尔坎普，无论如何，我都愿意留在您领导下的出版社。衷心祝福，您的贝托尔特·布莱希特。"这封信是每个出版人都梦寐以求的！1950年他们在余下的通信中讨论了《尝试集》的出版工作。1951年，苏尔坎普请求获得布莱希特在奥地利的出版和演出权。1951年2月21

日，伊丽莎白·豪普特曼受布莱希特之托写道："布莱希特当然同意由您负责他的作品在奥地利的销售……前提……是在签署每份合同前都必须和布莱希特沟通并得到他的批准……除此之外，未经布莱希特亲自导演或批准的戏一概不能上演，这项原则同样适用于奥地利。这些戏作包括：《伽利略传》《高加索灰阑记》《四川好人》《屠宰场的圣约翰娜》《二战时期的好兵帅克》。《大胆妈妈和她的孩子们》可以在各个地方上演。"

1951年的通信没再讨论新的内容，《大胆妈妈和她的孩子们》也不是轻易就可以上演的，因为老合同还在莱斯手中。其余就是关于付款要求和付款凭单。然后就是以两卷选集的形式出版付之阙如的《尝试集》一到八卷的问题，目前只出了九到十一卷，需要把布莱希特的"主要作品"补齐。但伊丽莎白·豪普特曼于1951年11月11日给苏尔坎普的去信打乱了这两卷选集的准备工作（它们到1959年才得以出版）。埃森市立剧院的经理想要上演布莱希特的《爱德华二世的一生》："这个请求提醒我们应该出一卷布莱希特早期戏剧选集了：《巴尔》《夜半鼓声》《爱德华二世》《城市丛林》《人就是人》。布莱希特认为，这五部剧可以作为他的《戏剧全集》的第一卷出版。他认为，现在正是时候，《家庭格言》的时辰到了。"

在1951年11月29日的回信中，苏尔坎普对出版一卷《早期戏剧》的主意略感不快。他认为两卷本的《尝试集》才是全集的一部分。

在1951年12月4日的信中，伊丽莎白·豪普特曼写道，布莱希特想要两者兼得，即两卷本的《尝试集》和"独立于它的《戏剧选集》，后者只收录剧作。他想让上述五部早期戏剧构成选集的第一卷——或采用不同于《尝试集》的纸张开本，以《经典和即将成为经典作家的戏剧选集》之名出版"。这本书收录的作品已经敲定，伊丽莎白·豪普特曼写道，"布莱希特将不会再参与此事"。在这一点上，伊丽莎白·豪普特曼可是弄错了。

1951年12月14日的信中，苏尔坎普又一次提出异议，他认为："《尝试集》也是作品集的一种，即便它在内容上没有使用惯例进行编排。布莱希特肯定不会想把《尝试集》里的剧作从《尝试集》里抽离出来，放到自成一体的《戏剧选集》里。如果他真这样做了，我肯定会对此深感遗憾。"伊丽莎白·豪普特曼在1952年1月9日给苏尔坎普的信中做出了决定："布莱希特现在想要两种版本：一种是作品集（即《尝试集》），另一种是《经典作家之作品选集》，它必须以《戏剧选集》作为开端。因此，《尝试集》的两卷按照之前的《尝试集》的规格去做，与之相反的，经典版本必须采用相应的经典规格……布莱希特非常关心它的纸张规格以及排印。如果您能马上来柏林商讨这件事情，那再好不过……我们也可以酝酿一下《诗歌选集》，在布莱希特早期诗歌的辑录方面，它要比建设出版社的版本更加全面……"苏尔坎普让步了。他满足了布莱希特的心意。当然，一切无法一蹴而就，装帧、开本、印刷格式方面的问题都必须和布莱希特悉心讨论，样品书要寄给他过目。布莱希特寄来了老的经典版本的复印件，要求印刷格式必须以它为蓝本。通过与布莱希特的密切合作，排版设计最终得到确定。排版设计气势宏大，因为如布莱希特所愿，他的全集至少要有五卷，所以第一卷早期戏剧选的版面设计就应该气势宏大。1953年8月19日，布莱希特向苏尔坎普发去电报："第一卷比以前的版本要好。改动是值得的。"最终出版的不是一卷400页的《早期戏剧》，而是出了两卷，各300页。《早期戏剧》的出版似乎鼓舞了布莱希特。

"我恋上了这版《早期戏剧》，多谢。"布莱希特写道。他在1953年11月接下来的一封信中称："《早期戏剧》非常好，我希望我们能把这一系列继续做下去——不光是因为我们这儿衡量一位作家的影响是要精确到厘米的。与其出版八卷《尝试集》，为什么不把剧作从那里面抽出来出版呢？再附上一册理论卷？再加点诗歌？"由于喜不自胜，布莱希特轻率地设计了一个从某种意义上来说在语文学上经不起推敲的概念。一开始他想都没想要出全集，后来又想把全集继续出下去。直到1956年8月14日布莱希特去世，《戏剧全集》只陆续再出了两卷。在给布莱希特的悼词中，苏尔坎普写道："保管布莱希特的作品是出版社最为关切的事情。他的死让他超脱了日常生活中的琐碎争端。现在，许多人都认识到了这位诗人的伟大。他如今在海外享有盛名，国际批评界把布莱希特看作是当代最伟大的剧作家。我们会加快《戏剧全集》和《尝试集》的出版进程。"

4．全集的出版

这是苏尔坎普第一次对外谈到全集的出版，虽然他只提到了《戏剧全集》。布莱希特去世后，出版社明确了他们的任务：现在，一部伟大的作品已经收笔，目前的工作就是把它加以整理并编辑成集。大约从1922年起，伊丽莎白·豪普特曼就开始了编纂工作，"一位我所认识的最可靠、最勤奋的人之一"——布莱希特这样形容她。

注有"伊丽莎白·豪普特曼编"的全集第一卷是《早期戏剧》的再版，印数为4000到6000册，1957年出版。对于这个全集来说，选择和修改已不重要，重要的是保证尽可能完整的整体呈现。一开始是打算至少要出5卷的，可到伊丽莎白·豪普特曼去世时，我们就出了39卷，这还不是全部。该版本是这样规划分类的：诗集1—10卷，散文集1—5卷，论文学和艺术1—3卷，论政治与社会1—3卷，论戏剧1—7卷，戏剧1—14卷。由于我们的初衷是通过这样的划分尽可能地"求全"，所以在这个版本中，作品之间的重叠在所难免。但十年来，这个版本变得不是那么一目了然，使用起来也不是很方便。

1955年，也就是《早期戏剧》出版两年后，东柏林的建设出版社也出版了《早期戏剧选》。从那一刻起，原先只有个别专家才知道的编辑问题变得广为人知，它还被推到了当时东西德政治冲突的风口浪尖上。持续扩充的苏尔坎普版跟建设出版社的版本相比总是处于劣势。这倒不是因为东柏林出版社采用了广为众人喜爱的亚麻布面装帧——我们可以自夸道，我们纸板封面所采用的"特别坚硬"的涂层纸是根据布莱希特的愿望（以及凭靠彼得·苏尔坎普所做的巨大努力）被染成了绿色，每一册封面的颜色之间都有一定的色差；也不是因为建设出版社相对低廉的书价使得大家在东柏林的书店花很少的钱就能买到亚麻布面书。不，建设版的优势在于文本上的差异，其实不仅限于文本差异，还包括润色、修改、扩充和补充，这些构成了建设版在价格之外的巨大优势。从形式上看，这当然有违我们跟建设出版社签署的合同条款——合同上规定两家的版本必须保持一致，因为从今往后，东柏林的版本都只能是法兰克福苏尔坎普出版社的授权版。但东柏林的"出版时差"使改动变为可能，这些改动部分是契合布莱希特的愿望，部分是他们的编辑对我们版本的勘误。《早期戏剧选》的建设版跟我们的版本相比就有明显改动，日后，苏尔坎普出版的《早期戏剧选》促使布莱希特写下了前言《在审阅我早期戏剧的时候》（1954年3月）；布莱希特读罢苏尔坎普版，随后为建设出版社所出版本做了修改；《巴尔》正文之前的《伟大巴尔的合唱》有18个诗节，我们的版本里只有14个，这也不同于我们出版的

《家庭格言》里的9个。建设版的《巴尔》正文有别于我们的版本，布莱希特把它视为"早期作品"里的一篇，他对剧本里的第一场和最后一场都做了改动。布莱希特写道："剧本里的其余部分我任其自然，因为我没有力气再做改动。我承认（并警告道），这部剧缺少智慧。"同样，建设版的《夜半鼓声》也有一定的改动。

两个版本一经比较，立刻引发轰动，抗议声如冰雹掷地。其后，我们走上了艰难的抗议之路，为我们读者的权益受到侵害而抗议。

5. 布莱希特的创作之道

从1955年建设出版社出版《早期戏剧选》起，日益响亮的批判声音把公众的注意力，或者说至少把与日俱增的布莱希特的细心读者的注意力转到了这位作家独特的创作之道上。"它们统统需要修改"是他创作口号。他的作品旨在改变，追求并非一种静态目标，而是一种持续发展的过程——"真正的进步不是完成时，而是现在时"。从二十年代中期起，他就把他的写作成果称为"尝试"。"他并非出于矫情般的谦逊态度才把他的剧作称为《尝试》，"孚伊希特万格写道，"这些剧作的确是一种把他的内心世界以一种持续变化着的方式展现给观众的尝试。他认为，诗人就像阿基米德、培根和伽利略一样，必须进行实验。"让我们从他众多表述中选出两处。在1930年出版的《尝试集》第一卷的前言里，布莱希特对这个概念做了如下定义："《尝试集》出版于这样一个时代，在这个时代里，某些作品不应再是个人的经历（即拥有作品特征），而更应放眼于对制度的利用和改造，它应具有实验特点，其目的是：不断地在各种关联下解释个体行为。"尝试和实验成了布莱希特作品里的关键概念。1956年1月，也即在他去世半年前，他在作家代表大会上的演讲稿里写道:"如果我们想在艺术领域创造一个新世界,那我们就必须创造新的艺术手段,改造老的艺术手段。克莱斯特、歌德、席勒的艺术手段在今天必须为世人学习,但假如我们要描绘新的艺术手段,光靠学习是远远不够的。艺术的实验必须和革命党改造我们国家的不断实验相互呼应,必须像它一样勇敢,像它一样坚决。拒绝实验,就意味着躺在功劳簿上,就意味着落后。"

由这种观念产生了一种新的创作态度,一种新的创作方法。在这儿我们试着说明一下。它最引人注目的特点是:朋友、拜访者、专家都会摇身一变成为他的合作者。"他通过与人合作来赢得友谊",维兰德·赫尔茨费尔德说道。我们能轻而易举地列出50个布莱希特曾提过的"与他共事者"的名字。谁无法胜任工作伙伴的角色,谁就会被从他的朋友圈里剔除。我们能在他的《工作日志》中看到,布莱希特在流亡美国时的一些行为非常有趣。布莱希特抱怨他与名人之间的往来(比如赫尔贝特·马尔库塞和莱昂哈特·弗兰克)索然无味。最有名的要属他与托马斯·曼之间的争执。托马斯·曼的一句"在德国,五十万人都应该被杀"在布莱希特看来非常"残暴",他们俩因此断交。除却几个例外,布莱希特与许多美国著名的作家都没有接触,他从未发现过海明威、德莱塞、斯坦贝克、福克纳和托马斯·沃尔夫,多斯·帕索斯偶尔会被他提起。布莱希特拿来主义式的智慧让他对无法再加工的作品兴趣不大。当然外语也是一个障碍，在美国的六年里，布莱希特不想学英语，他对"非美活动调查委员会"进行的一番讲话肯定是靠着他上奥克斯堡文理科中学那会儿学来的一点英语知识。布莱希特把对他有用的东西都拿来使用，除非万不得已，否则他绝不会关注陌生事物。面对詹姆斯·乔伊斯跨时代的、同样也是最极端、最重要的文学作品，他只是重复了德布林的话，并在和卢卡奇的表现主义和现实主义之争中提到了他。弗朗茨·卡夫卡在1928年就是一个"真正严肃的现象"——但在这个简短的、批判大过褒奖的赞辞中，他感到"要称之为榜样还很远"。在这些可能是本世纪最伟大的文学著作面前，布莱希特表现得无动于衷。他在与库尔特·魏尔、保罗·兴德米特、汉斯·埃斯勒、保罗·德绍、鲁道夫·瓦格纳雷格尼的合作中表现亦然。当作曲家不再想跟着布莱希特走，或者当作曲没跟着剧本里的歌词来，又或者当布莱希特的音乐观不再和作曲家的音乐追求相契合时，他们的合作就会中断。布莱希特把他的音乐观称为"音悦"("Misuk")——一种音乐的艺术形式，虽然它必须通俗，但不能引起感观上的混乱。

布莱希特改编他人文章的习惯也属于这个关系层面。我们知道他的一句名言——"知识产权上的原则性宽松"。这和抄袭无涉，更多的是一种对他创作的激发。在一封未发表的1938年给德布林的祝寿信里，布莱希特写道："我想让众人注意到我出众的勤奋，我带着这种勤奋研究了您的文学作品，把您在观察、描写我们周遭世界和共同生活时进行的方法革新据为己用。我把您的作品视为充满欢乐和教益的宝库,我希望,我自己的作品能从中获益。剥削您的作品是向您致敬的最好方式。"

布莱希特从事实或者用文学呈现的现实中获取灵感,这成了他的创作模式,《伽利略传》就是最为突出的一例。我们知道,布莱希特在流亡丹麦的第一年里(1938年到1939年)创作了这一剧本。当他和查尔斯·劳顿一起创作美国版时,原子弹在广岛爆炸。"原子时代在我们创作过程中开始了,"布莱希特写道,"从今天起,新时代物理奠基人的传记读起来会很不一样。"它们统统需要修改。伽利略狂热的要求——"我必须知道它"——能很好地刻画布莱希特的观念,同样也能很好地刻画他选取的素材。

布莱希特还有一个特殊的工作方式:他能把一则寓言、一个突发奇想的片段、一段信手涂鸦、一行诗句改上很久,他经年累月地修改,没有一个印行版是最终版,而且他自己对改动之处的记录也少之又少。孚伊希特万格就此写道:"布莱希特选取所有引人入胜的素材和手法,对此加工改编,形成自己风格,如此改造,以至完全变成他的东西。中国戏曲里的面具,印度戏剧里的花道,古典悲剧里的合唱,一切都有助于他构建自己的剧本……"布莱希特自认为,所有他完成的东西都是暂时形成的概念。他早已出版的书,他屡次被上演的戏,就他而言都尚未完成，尤其是他最心爱的作品——《屠宰场的圣约翰娜》《四川好人》《高加索灰阑记》——都被他视作尚未结束的作品碎块。正如许多伟大的德国作家一样，他更关心作品的创作，而不是作品的完成。

我们未必要附和孚伊希特万格的判断，但必须承认的是，布莱希特的创作过程有种原则上的未完成性。在《夜半鼓声》的第一篇手稿里我们可以读到布莱希特手写的附注："打字时：给修改和删节腾出位置。每一幕之间留出一张空白纸。"布莱希特随时准备修改，随时准备质疑已完成的东西。怀疑者的形象也是布莱希特作品里的惯常物："我们要把一切再怀疑一遍。"伽利略这么说，布莱希特也这么说。

"它们统统需要修改。"布莱希特不想像托马斯·曼，写出来的东西可以立即付印；也不像黑塞和马丁·瓦尔泽，绝不修改已经成型的文章，万不得已时顶多把它们拿掉。对于布莱希特来说，创作过程不以收笔为结尾，每一个阶段都是一次新的尝试。一般来说，所有的剧本和诗歌都有无数手记和试作，无数手稿和校样，一个作品的诞生过程要分成许多阶段。因此，创作时间越久，作品版本就越多。布莱希特为创作《鲁库鲁斯的审判》（1939）花了两周时间，在《巴尔》（1918）的首稿上花了两个月，在《四川好人》上花了十二年。第一稿往往很快写就，之后几稿的进展会缓慢很多。校订文稿的最大困难在于，布莱希特在修改阶段并不是直接从上一份定稿出发，他加工的文稿都是碰巧在他手边的或者他突然觉得需要修改的。汉斯·J.彭格写道:"布莱希特工作方法的特殊性在于,他会把手稿(特别是当他创作剧本时)剪成一块一块的,经过重新组装后再干净利落地贴在一起。布莱希特也视自己为'粘贴大师'。"使未来的语文学家特别绝望的一点是,这位粘贴大师会在剪贴时把不要的段落保存下来;它们被保存下来,一存就超过几十年。

布莱希特的每篇文章都有无数稿本。布莱希特为付印采纳的版本,远不能被确定为最终版本。确定的是,在印刷过程中,也就是从交付手稿到第一次校正、第二次校正,直到批准付印的过程中,他总要对文章一改再改,就好像阅读排好的文章总会激发修改的灵感。如果是剧本,那它们就必须经受舞台的考验。在排练过程中,布莱希特也会对语言进行加工,他删掉几幕,再添上新的,改变场次的顺序,扔掉旧的结尾添上新的,不管苏尔坎普出版社是不是已经把一个"最终"版本拿去印了,这往往导致出版的作品在出版后往往已经过时了。他把他的名言"诗人的词语只要是真实的,那就是神圣的"也用在自己的创作中。他的所有作品都有许多版本,准备期、修改稿、片段,最多的还是对修改稿的修改。在表达上需要斟酌的句子被干干净净地打出来或誊写出来,以供选择,谁又能做出选择呢?一篇文章的历史往往只有通过这种方式才能被查清,因为布莱希特在剪贴时努力保持每张纸的特殊大小。

我们知道，如此热衷修改的布莱希特当然不愿丢掉任何东西的。在流亡的每个阶段，他和他的朋友们，都拖着装满手稿还有他收集的评论和剪报的箱子。1941年5月，布莱希特不得不把这堆材料里重要的一部分留在了赫尔辛基，交由他的朋友保存，这份材料也成了日后东柏林布莱希特档案馆的基石。当布莱希特在美国安定下来后，他又重新开始了手稿、修改稿和剪报的收集工作。布莱希特的《创作日志》就是一个例子，它解释了布莱希特是如何对待这些剪贴物的；在回程的13个旅行箱里，有6个箱子装的都是这些"装订材料"。由此看来，海伦娜·魏格尔建立的布莱希特档案馆的规模之大就不足为奇了。布莱希特去世后，这个档案馆的规模又通过捐赠和购买得到了扩充。根据档案馆馆长赫尔塔·拉姆图恩给出的数据，这个档案馆约有2210个各175张稿纸的文件夹。手稿的数量大约在75000张。分三卷出版的《文学遗产清单》列举了18242处修改。

布莱希特档案馆也许保存着一位当代写作者分量最重、规模最大的一部分手稿。布莱希特留给了他自己其实并不怎么敬重的语文学家一块广袤的工作场域（他在1924年写道："……这部剧，如果它真必须跨过什么东西的话，它应该冷静地跨过语文学家的尸体"）。

举一些例子。《豪斯特·魏赛尔传奇》有十个版本，布莱希特用打字机打出来的、没有完全保存下来的第一稿就分四个创作阶段。诗的第九稿呈现出至少三个交叉的修改层面。1967年的《全集》双版选取了第九稿作为最终的版本。或者我们可以以布莱希特对《共产党宣言》的改写——他的《关于人性的教育诗》为例。布莱希特在这部题为《论市民关系的非自然性》的作品是以卢克莱修伟大的教育诗《论事物的自然性》为榜样的。他也采用了史诗的形式和它"令人肃然起敬的格律"——六音步诗行体。最初他计划把四个"唱段"作为主要部分。在第一个唱段里,布莱希特想要表现适应人类社会的不易,他还想从《共产党宣言》的第三章里抽出一个选段。第二个唱段是要把《共产党宣言》的第一章改写成诗。第三个唱段主要是处理《共产党宣言》的第二章。第四个唱段讲的是"社会的高度野蛮化"。第二个唱段已经有较为完整的版本,其余的唱段仅仅是或长或短的片段。有些页面上只有小段标题,有些唱段里没有开头。有些页面上写有"见第一唱段"或"见第二唱段"的注释。1967年的全集收录了布莱希特的第二个版本,里面包括许多布莱希特手写的修改建议和另外的表达方式。

与确定作品版本同样困难的是确定作品的写作日期:确定第一稿的写作日期相对比较容易,想确定之后的版本的日期就非常困难了,因为有那么多不同的修改稿。上述例子应该可以让人大致了解编辑布莱希特作品的困难,也可以了解到未来编辑历史批判版本的巨大困难,这一版本的任务在于不仅要呈现,还要用至今尚未完全掌握的编辑技术呈现出作品的成文史。这一版本纵览式的表现形式和抽象化的文本谱系图会让专业人士倍感激动，但有一点是确定的：不会发生"尼采事件"，也不会出现歌德研究者所发现的"地震"（当恩斯特·格鲁马赫在1950年，也就是歌德诞辰两百年时，出版了他的"歌德版本的绪论"，即他对现存歌德版本的文本批评）。

我们当然必须出版这个历史校勘版，拥有布莱希特作品版权的苏尔坎普出版社在2026年版权保护期结束前，将竭尽所能支持这个版本的出版工作。但今天发出完成这个版本的呼声还为时尚早。在一次有经验丰富的老编辑比如弗里德里希·贝斯纳出席的会议上，日耳曼文学研究者们也得出了同样结论。为了达到这一个版本的学术要求，我们必须具备一定的编辑条件，但这一前提条件是无法在十年内被创造出来的：收集、整理并出版信件；审阅并出版布莱希特的日记、笔记本、创作日志；整理他在柏林剧院时期的所有排练录音。我们不光要出版和研究布莱希特的文章，对确定、核实和校正文章及修改稿的写作日期同样重要的还包括他的朋友、学生、工作伙伴的文章和同时代的人对布莱希特作品的接受反响，以及和布莱希特有过通信或工作关系的人的信件和记录。只有当这些材料都被整理完毕，我们才能去设想一个历史批判版本，这一版本所具规模宏大，初步计划出版超过一百卷。为此，我们还必须找到一种新的编纂技术和新的复制方法。

我们不妨回顾一下历史：席勒的历史校勘版本等待了

一百三十八年方才问世，荷尔德林的历史校勘版等了一百年。毕希纳的作品在今年才出了一本历史校勘版（从语文学角度来看并非无可厚非），克劳普施托克、布伦塔诺、阿尔尼姆——这里只提几个作家——至今还没拥有这种版本，所以就更不用提卡夫卡（1924年去世）、穆齐尔（1942年去世）这些现代作家了。在1969年6月于都柏林举行的乔伊斯研讨会上，一位研究者指出《尤利西斯》的英文版"并非善本"，《芬尼根的守灵夜》"远非善本"。歌德魏玛版的出版用了五十五年，一些爱较真的人声称，我们所见的歌德的文章没有一篇是百分之百跟原文相符的。现在，经过几十年的准备，黑格尔（他被布莱希特称为"哲学家中的幽默大师"）的历史校勘版出版工作才正式启动，最后一卷是不会在本世纪出版了。世上不存在完全符合原文的黑格尔的作品，对此，参与此项工作的人其实也心知肚明。可以肯定的是，马克思、海德格尔、恩斯特·布洛赫、卢卡奇和尤根·哈贝马斯都没读过黑格尔的原文，而只是他学生们的誊清稿。我们其实可以得出的结论是：一个作家的影响力从不出自历史校勘版。

6. 全集的两个版本

1967年,为庆祝1968年2月10日布莱希特诞辰七十周年,苏尔坎普出版社出版了《布莱希特文集》的两个不同版本,一套是亚麻布封面和皮革封面的八卷版,薄纸印刷,还有一套是二十卷本的袖珍版。为什么要出两个版本呢?除了实用原因,即人们可以选择一部精装版,也可以选择一部价廉物美的版本外,还有一个历史的原因。海因里希·伯尔不久前谈到了作家谦逊的终结。我们回望一下文学社会史,就知道这是个老问题。我一直在思考这个问题,即席勒为什么离开了他的出版商格奥格·约阿希姆·葛申而转投科塔。席勒一直向葛申声明两人的情谊,以及他对他"慷慨的付账大师"的义务。葛申在待人接物上的慷慨大方时常出乎席勒的意料,在他生活窘困、疾病缠身之时,葛申也总会伸出援手。席勒总是强调说,出版商的利益就是他自己的利益,他期盼能和葛申终身合作。葛申为他买了一套乡村别墅,席勒向他保证将永远对他感恩戴德。1790年10月27日,席勒还向葛申热情地写道:"您不是在付我酬劳,而是在奖励我,这种奖励远超越了一个永不知足的作家所能料想的……永远是您的。"三年之后,即1793

年,席勒和葛申之间的关系出现了裂痕,最终走向了破裂。究竟发生了什么呢?原来葛申犯了一个对于一个出版商来说最不可原谅的错误:在谁是这个时代最重要的诗人这个问题上(这是一个出版商永远不能用具体的人名作答的问题),葛申竟没有说是席勒,他的答案是克里斯多夫·马丁·维兰德。接着,席勒目睹了他的出版商为出版维兰德的作品日夜操劳,几乎到了崩溃的边缘。这大大伤害了席勒,以至于席勒在1796年3月给科塔的信中写道:"我们的共同目标是,凭借我们的作品在外观上的优雅和葛申出版的维兰德的作品抗衡,教它黯然失色。"1965年末,我读了格奥格·约阿希姆·葛申的孙子为他的祖父撰写的传记,其中包括一段关于他祖父"伟大计划"的历史:克里斯多夫·马丁·维兰德的全集有四个(!)不同版本同时出版,每个版本都有三十(!)卷。堪称"十年历险"的编辑筹备工作耗尽了出版商的精力和财力,重重困难不仅来自维兰德在作品修改上的善变,也不仅源自他对预付款的要求(葛申支付了六千塔勒作为预付款),更多的是来自葛申的出版界同行们的蓄意捣乱,他们声称自己也手握维兰德的作品版权,一次把他拖入了一场场官司之中。当时,普鲁士和奥地利这两个国家和法国之间的政治动乱使德国陷入经济瘫痪,直到17__年《巴塞尔和约》签订后,这个野心勃勃的计划才得以实__。在全集出版后,维兰德对葛申写道:"我朋友中没有任何人如您这样,为我做了那么多。"

我们也要以同样的方式纪念布莱希特诞辰七十周年，这一想法一直萦绕在我脑中，而上述历史事件促使我将这个考虑良久的设想付诸实践。已出版的三十九卷的全集使用起来很不方便，而布莱希特恰恰是看重使用价值的作家。1966 年 2 月，我开始和海伦娜·魏格尔和伊丽莎白·豪普特曼商议此事，之后我们立即开始了再版的准备工作，该版本将于 1967 年 9 月 30 日发行。为了这个正文一致、页码相同的双版，所有文章都经过了重新校订，我们把它们和收存于柏林布莱希特档案馆里的手写稿和打字机打印稿又进行了对校，布莱希特临终前的修改愿望也被采纳，当然我们还参考了迄今为止的相关校勘批评。一个最重要的编辑原则是：避免大而不当的旧版里作品的重复、交叠现象。所以，这个版本不再收录作品的不同稿本和异文；但是，布莱希特为一部剧创作了一首诗，日后把这首诗收录到出版的诗集中时，他又做了修改，那我们该选取哪个版本呢？我们决定，剧里的诗歌只和剧作发生关系，不和诗集发生关系，诗集里的索引也不包括剧作里的诗歌。我们首次出版了一部分作品片断，在编辑工作行将结束时，我们还发现了当时年仅十五岁的贝托尔特·奥尔根写的处女剧本在奥克斯堡学生杂志《收获》上的胶版誊写版，该剧本有一个内涵丰富的标题——《圣经》。

在编辑过程中，我们对作品的改动幅度不大，先前三十九卷全集版本的收藏者们大可安心——他们有他们的布莱希特。

对从遗稿中整理编辑出来的文本，我们做了分开处理。双重版本新增的是对作品影响史的记录以及——只要我们能查明——每部作品的成文日期。

这一双重版本对于作品接受史所产生的意义也许能在将来被证实。但我们现在就可以陈述一个事实，即没有一个德语作家的全集能在其去世后的这么短的时间内获得如此程度的普及。同卡夫卡和里尔克一样，布莱希特也属于那种不是靠一部作品或一种体裁形式，而是凭借他所有作品的宽度奠定其影响地位的作家。所以，为了增强这类作家的影响力，全集的出版（特别是价廉物美的阅读版）势在必行。

7. 对布莱希特的影响的说明

日后书写布莱希特的影响史时，可以注意以下几点：

1. 1967年的文集是一个双重版本。二十卷的作品版在出版后三年内印数达到10万册。1977年达到了132000册。在单行本中，苏尔坎普图书系列的《大胆妈妈和她的孩子们》率先突破百万大关。如今，《大胆妈妈和她的孩子们》的销量为137万册；到今年（1977年）为止，《大胆妈妈和她的孩子们》的资料卷卖出了13万册。

2.《德国语言学和文学研究文献目录》表明，自1967年文集的双版发行后，有越来越多的学者投身于布莱希特研究中去。1967年和1968年总共有143篇论文诞生，也就是说每年平均有71篇关于布莱希特的学术文章出版。1969年为74篇，1970年64篇，1971年88篇，1972年84篇，1973年的篇数一跃至173篇，1974年重新降回70篇，1975年101篇。目录表明，自1945年以来，共计1373篇出版物，短文和评论不列入在内，因为它们不计其数。

1975年由格哈德·赛德尔撰写的《布莱希特研究文献目录》在东柏林建设出版社出版。在前言中，赛德尔写道："在作家去世后的二十年内,就连专家也无法对全球研究布莱希特的文献做一个总体上的把握。尽管到目前为止,我们在研究文献目录上做了很大努力,但已知的依然会被遗忘,重复研究在所难免,我们就连如何走进这个文献迷宫都没有可靠的地图可依。虽然当前布莱希特的作品版本五花八门,但相互矛盾的文本不在少数,这在某种程度上体现了其作品的国际影响力,但只要文本无法变得确定和明晰,这种情况就会阻挠研究进程,由于历史校勘版的空缺,它也会加剧布莱希特作品的风化。"我们理解赛德尔对布莱希特的作品进行"校勘式"整理的愿望。但是,光是他列出的一手文献的书目就有两卷,研究文献的书目又有两卷。从这点就可以看出,以传统的标准编辑一部"历史校勘版"是多么困难。

3. 出版社在布莱希特的作品集出版一年后做了一次读者调研。当时得出的结果是,80%购买这个版本的是中学生和大学生。《大胆妈妈和她的孩子们》巨大的销量是因为这部作品被选入了中学教科书。布莱希特的作品当然是所有德国中学生的校内读物。布莱希特是作品最常被收录于教科书、文集和学校出版物的作家。"读本作家"布莱希特当然不只是必读诗人:在对达姆施塔特的中学毕业生的广播调查中,有三分之二的学生认为布莱希特是他们最喜爱的诗人(他们最喜欢的诗是《爱人》)。

4. 人们引用布莱希特,社论中、政客的讲演中会出现布莱希特的名言。对于许多司空见惯的引用语来说,人们已经不知道它们语出自布莱希特。引用布莱希特是件理所当然的事。

5. 德语国家（德意志联邦共和国、奥地利和瑞士）剧院1971年到1972年间的上演剧目统计标明，布莱希特以1458次演出成为作品上演最多的剧作家，排在莎士比亚（1311）、莫里哀（1000）和内斯特罗（808）之前；在德国，每两个剧院中就有一个把布莱希特的剧列在演出剧目单上；《航迹》杂志在1973年2月17日对这一事件评论道："他是遥遥领先的二十世纪最成功的剧作家。"

6. 布莱希特在二十世纪二十年代末发展的关于叙事剧的理论已经被载入了戏剧史，它尝试用以"事情就是如此"的叙事需求激发观众思考和总结的叙事剧代替只在情绪上影响观众的幻景舞台。说它被载入史册，是有双重含义的。没有一个戏剧理论像它一样形成了一个学派；另一方面，它被使用和夸大，对一些导演来说它确实已成历史。

7. 这场运动和发展体现在讨论布莱希特的随笔文章的主题上。汉斯·迈耶尔的三篇《试论布莱希特》涵盖了以下三个重要主题：布莱希特和传统；布莱希特和人性；历史中的布莱希特（也就是布莱希特的马克思主义观）。最近的一些论文的标题为：《七十年代的布莱希特》(G.E.巴尔)，《布莱希特对于当今西德文学发展的意义》(K.佩佐德)，《布莱希特和他对七十年代社会的意义》(埃里希·舒马赫)。有趣的是，《德语文学研究文献目录》中的"比较研究"一节总能找到新的比较点：

1973年的《布莱希特和自然主义》(汉斯·约阿希姆·施林普夫),《布莱希特和吉卜林》(詹姆斯·K.吕昂),《布莱希特和萧伯纳》(卡尔·海因茨·朔厄普斯);1974年的《亚里士多德和布莱希特》(赫尔穆特·弗拉沙尔),《布莱希特、弗洛伊德和尼采》(赖因霍尔德·格林),《布莱希特和卡尔·瓦伦汀》(丹尼斯·卡兰德拉);1975年的《贝托尔特·布莱希特和贝克特》(汉斯·迈耶尔);《布莱希特和狄德罗》(特欧布克);《布莱希特和海因里希·曼》(克劳斯·施罗德);《布莱希特和莎士比亚》(R.T.K.施明顿)。1976年的《布莱希特年鉴》(由约翰·弗厄基、赖因霍尔德·格林和约斯特·赫尔曼德主编,苏尔坎普图书系列853号)发表了对布莱希特广播理论的发展的描述,还有布莱希特的作品与弗莱塞的比较和马丁·艾斯林对扬·克诺普夫的批判——《贝托尔特·布莱希特——一份批判性研究综述》:"布莱希特看了可能会发笑,他的作品——或者更准确地说,对于他的作品的评论的评论——是如何像野火一样蔓延开的。"(第188页)1977年的《布莱希特年鉴》出版了《恰如其分地评价布莱希特和卡夫卡》(乌塔·奥利维利·特雷德),《布莱希特和瓦格纳》(玛丽安妮·凯斯汀)。布莱希特和毕希纳、布莱希特和席勒的关系还有待论述。

8. 布莱希特的影响力早已不局限于德语国家了。通过《三毛钱歌剧》,他走向了世界。1971年,孟加拉语版的《三毛钱歌剧》在加尔各答上演。布莱希特的作品被翻译成不同语言在各国广泛流传，文学批评和研究紧随其后。关于这个主题有无数论文：《布莱希特在英国》（琼斯·威雷特），《布莱希特在法国》（本哈特·多特），《布莱希特在波兰》（安德杰·维特），《布莱希特在苏联》（卡特·吕立克），《布莱希特在南斯拉夫》（D.仁雅克），《布莱希特在墨西哥》（D.劳尔）。在《布莱希特国际研究会年鉴》（1971年第一辑）中，纽约的文学研究者李·巴克瑟丹发表了论文《布莱希特的美国化》，布莱希特对当前美国意识的影响已经达到几年前想都不敢想的程度。

有一件幸事：历经十年准备，《贝托尔特·布莱希特的诗，1913—1956》在伦敦梅图恩出版社出版，编者是约翰·维莱特和拉夫·曼海姆。它是一本在英国影响深远的示范性图书。剧作家布莱希特为英语世界所熟知，布莱希特被公认为是二十世纪最重要的德语剧作家，长年以来，英国新戏剧、莎士比亚戏剧的导演彼德·布鲁克认为，假如没有布莱希特对戏剧革命所带来的冲击，那我们的戏剧将不堪设想，公众大多或只知道作为剧作家的布莱希特，但这部英文版的编者捍卫了这个观点，即布莱希特最伟大之处在于他是位诗人。编者通过描写诗人布莱希特的人生轨迹——从一个玩世不恭、罗曼蒂克式的街头卖唱艺人和大城市的无政府主义者到流亡中的政治流浪诗人，再到晚年行文犀利、简洁的智慧诗人——来证明他们的观点。书后的出版资料把诗的背景和二十世纪非同寻常的历史联系在一起。这个版本强调了布莱希特诗作的质量，同时，编者又证明了，在这些诗意作品中，欧洲的历史，法西斯主义和其发展对受难个体的影响都得到了真实的记录。约翰·维莱特把这些诗描绘成讲述"我们这个时代的悲剧"的秘密日记。

当《法兰克福汇报》的评论家卡尔·海因茨·伯勒尔在评论这本书时写道："在英语版的布莱希特后面突然站了一长串德国诗人：荷尔德林、施蒂芬·格奥尔格和瓦尔特·冯·德尔·弗戈尔魏德。"（《法兰克福汇报》，1976年10月28日）

9. 将来的编年史家可以证明，在布莱希特去世后的二十年间，非社会主义国家对布莱希特的接受要比社会主义国家来得广泛。但这个接受过程偏转得很快。1976年至1977年，西方其他国家演出布莱希特戏剧的数目有所上升，在德语国家这些戏剧被演出的次数却下滑了。在1977年至1978年间，德语国家对布莱希特戏剧有可能会重涨新热情一轮。

布莱希特剧本演出的数目时升时降，研究布莱希特的出版物的数目起起伏伏，但作品的销售册数确是节节攀升。1977年，戏剧评论家普遍对布莱希特有股排斥感。《法兰克福汇报》在1977年9月27日报道了两场具有典型性的布莱希特戏剧的演出。吉奥·施特雷勒第一次在德国剧院上演了布莱希特的《四川好人》；彼得·帕里茨施，布莱希特为数不多的真正的学生之一，破戒导演了《在乡镇的日子》。批评家认为这两场演出都是失败的，施特雷勒是格调较高的失败，帕里茨施是格调较低的失败。海尔穆特·卡拉塞克在《明镜》周刊（1977年10月3日）上写道："让布莱希特消停一会儿吧。"

布莱希特的影响当然不会以戏剧评论家的言论为评判标准，批评家所做的不过是稍纵即逝的肤浅回应。每个文学作品的接受都是在高低间往复，我们时代的振幅也许更小些。研究热度的时上时下，接受度的时高时低，自然受制于布莱希特的现时意义。

布莱希特在他"沦为名人"（正如他自己在给海伦娜·魏格尔的信中所说）的过程中成为了一名经典作家。马克斯·弗里施早在1955年就写过一篇题为《作为经典作家的布莱希特》的文章，这个标题带着反讽的意味，但他关于"经典作家的无效用"一说却没有在布莱希特身上成为现实。布莱希特是位经典作家。抛开这点，他也可以是个"麻烦"，正如玛丽安妮·凯斯汀在1959年所言："布莱希特在去世后依然骇人听闻，他是个总能激发讨论和争议的麻烦。他流传下来的作品就像我们时代背上的芒刺。"

为什么这些作品能得以流传并成为我们时代背上的芒刺呢？彼得·苏尔坎普对此做出了解释。他在《布莱希特诗歌选》的前言中说："我们很少意识到，布莱希特还是一位诗人，他在诗歌和戏剧里描绘了我国人民自1918年以来所经历的历史，谁曾深刻经历过这个年代，谁就会在比较阅读他的诗歌和戏剧时强烈感受到这点。"把时代的历史铭写到语言中去,这也是经典作家的态度。曼弗雷德·维克威尔克把强调布莱希特作品的经典性硬说成是"对经典作家的神化"。重视布莱希特作品的经典性,并不意味着要把他放进博物馆,而是要在发展和影响中理解他的作品。

8. 布莱希特作为经典作家

布莱希特刚开始尝试写作和思辨时，就与经典文学、经典作品和经典作家结下了不解之缘。汉斯·迈耶尔在早先的一篇论文里就已指明这点。在此，我只作扼要的概括：第一，拉丁语在他的作品中所扮演的重要角色；其次是他对第一分词的使用。布莱希特去世前所创作的诗作中的一首是这样开头的："站在我的书桌前"（stehendanmeinem Schreibpult），在十五岁的贝托尔特·奥尔根的处女作里，第一条导演说明是："站在祖辈们的桌前阅读着。（Am Tisch der Großvater lesend）"（谈到对这种分词形式的使用时，布莱希特回答道："只有拉丁语像我那么好的人，才能这么做。"）第三，布莱希特对罗马题材的喜爱：《荷拉梯人和库里阿梯人》《卢库卢斯的审判》《尤利乌斯·凯撒的事业》《寇流兰》。他的未完成的小说《尤利乌斯·凯撒的事业》，广播剧《卢库卢斯》和日后对《寇流兰》的加工创作是布莱希特的三篇古罗马平民题材的作品。它们都是从被统治、被压迫的人的立场去看统治者和压迫者。正如《一个工人读历史的疑问》的结尾："页页有胜利。谁来准备庆功宴？代代出伟人。谁来买单？一大堆史实。一大堆疑问。"

然后是布莱希特在创作后期对贺拉斯的《纪念碑》的模仿，这体现在他的《读贺拉斯》这首诗里。接下来是1951年9月26日他那封家喻户晓的关于"伟大的迦太基人"的公开信，它成了我们当时处境的象征："伟大的迦太基打了三次仗，第一仗后它还强盛，第二仗后它还可以住人，第三仗后它已荡然无存。"

布莱希特和经典作家的关系：在理论卷的索引里，莎士比亚、席勒和歌德最常被提到。接下来是卡尔·马克思和弗里德里希·恩格斯，布莱希特假借墨子的话说："经典作家生活在最黑暗、最血腥的时代，他们是最乐观、最坚定的人。"

在布莱希特1938年到1955年的《创作日志》的人名索引中，歌德被提到二十次，莎士比亚被提到二十三次，阿道夫·希特勒被提到的次数最多。

他在二十年代带着不无戏谑的口气说："我观察到，我成了一名经典作家，"他反对经典作家的做法，"用尽一切手段把陈芝麻烂谷子给抛出来。"他对任何经典的态度都是挑衅的、批判的。没有敬畏，他不惧一切，只信奉作品的使用价值。他对歌德和席勒的批评是严厉的（他在十四行诗《关于席勒的市民性》中嘲讽道："最后暴君不再是暴君。"）被提到的还有《乌依》里附加的戏仿段（席勒的诗，来自《浮士德》的"花园"一幕和《查理三世》中的一幕），《圣约翰娜》里的对古典的戏仿，还有对古典作曲家在戏剧作曲上的戏仿。在学习了马克思著作后，他和经典作家，以及和传统的关系发生了改变。布莱希特努力强调经典作家的进步精神和斗争精神，并教育大家如何使用他们。布莱希特成了名实实在在的教师，他创作的戏剧也在扮演着教师的角色。他晚年的教育诗歌有：《道德经的诞生》《谷粒的教育诗》或者《共产党宣言》。晚年的布莱希特对凯特·吕里克说："请把我描绘成一位教师。"布莱希特多年的伙伴维兰德·赫尔茨费尔德在1956年写道："布莱希特是充满想象力的诗人，优秀的斗士，同时也是一名教师，一位教育家。"在创作中，布莱希特的许多方式都体现了他对经典的追求。在此也只作简要说明：他在创作中"档案式"的倾向让他连一片碎纸屑也要保留。然后是他全集的装帧和版面设计，我们谈过了《经典作家全集》，对此伊丽莎白·豪普特曼写道："经典作家版本必须具有一个经典的开本。"他对音乐艺术的热爱也属于这个层面。他集剧本创作者、导演、戏剧人于一身，为今天的戏剧打下了理论基础。布莱希特的学生、他在戏剧上的后继人有弗里施、迪伦马特、彼得·魏斯、海内·穆勒、马丁·瓦尔泽、弗兰茨·哈维·克罗茨、福尔克·布劳恩、托马斯·布拉什。布莱希特在诗歌上的后继人有恩岑斯贝格、福尔克·布劳恩，沃夫·比尔曼。

布莱希特早年间的讲话很能鼓舞人心。1951年，布莱希特在莱比锡做了一次少见的公共讲演。他说："古典文学的口号依然适用于今天：我们需不需要一部民族剧。"汉斯·迈耶尔当时这样评价这次讲演:"布莱希特在这里谈到经典和经典性,在把自己当做经典作家的前提下,有意识地引用德国古典文学。"汉斯·迈耶尔还特意对比指出:布莱希特,1951年,在莱比锡;歌德,1795年,欧洲革命,在《文学长裤汉①主义》里写道:"什么时候,在哪儿,才能产生一个经典的民族国家作家。"

之后,1954年,布莱希特又一次回到这个想法上:"我们必须把一个经典作品最原初的思想内容提炼出来,去理解它的民族意义和世界意义。"

布莱希特正是一名经典作家。在歌德时代,一个"经典的民族作家"的经典性表现在,他应该在任何体裁形式里都写出了"值得一看"的东西。这种理想模式一直保持到19世纪末。20世纪的叙事者有卡夫卡、托马斯·曼、赫尔曼·黑塞、赫尔曼·布洛赫和罗伯特·穆齐尔;诗人有里尔克和贝恩。广泛使用各种体裁形式的是胡戈·冯·霍夫曼斯塔尔,但使用得最为广泛的只有布莱希特一人。他在史诗、诗歌和戏剧领域创作出了不仅是"值得一看"的东西。人们再想想他的散文、小说、中短篇小说、童话、传奇、传说、田园小景、史诗、语言、故事、短篇故事、微型故事、逸闻、警句。他的诗歌也囊括了所

---

① 长裤汉(sans-culotte),是18世纪法国资产阶级革命时对革命者、共和党人所起的绰号,因为他们和穿着天鹅绒短裤的贵族不同,穿的是粗布制的长裤。——编者注

有诗歌形式：叙事诗、赞美诗、哀歌、讽刺短诗、评语、英雄诗歌、雅歌、圣歌、抒情诗、艺术歌曲（儿童歌谣、民歌、流行歌曲、歌）、颂歌、诗、浪漫曲、十四行诗和三行诗。（《爱人》就是三行诗：根据恩斯特·布洛赫的叙述，它是布莱希特读了莎士比亚后想要创作"高雅的艺术"，同时为了让《马哈高妮》避免被禁演，在一夜间写出来的）

在诗歌韵律方面，他掌握了三音步诗行、无韵诗、五音和六音步诗。他掌握了格律，抑格与扬格，韵脚和准押韵，律诗和自由体。诗歌形式时而被保留，时而被打破。对象越重要，诗歌的形式就越古典。《共产党宣言》作为共产主义教育诗就是用"令人肃然起敬的格律"——六音步诗行写成的。晚年的布莱希特戏仿贺拉斯的《纪念碑》，把对作品持久性的怀疑用"被缩短的、叫人生疑"的六音步诗行的形式写进《读贺拉斯》中。最好的评论还是布莱希特写的："要想迈一大步，就必须先后退几步。今天通过汲取昨天的养分走向明天。历史也许自有明断，但它又害怕空空如也。"

第四章
莱纳·玛利亚·里尔克
和他的出版人

"……我非常想把我将来的作品在一家出版社下集结出版。"

1. 1905年11月8日的一封信

我的题目"莱纳·玛利亚·里尔克和他的出版人"涉及一位作家和一位出版人之间令人神往但无可复制的友好关系。我有幸能引用一封信作为文章的主线。这封信尚未出版,手稿收存于法兰克福的岛屿出版社档案馆。它是里尔克于1905年11月8日从巴黎这个"辽阔的场所"写给当时和安东·基彭贝格一起领导岛屿出版社的卡尔·恩斯特·珀舍尔的。那时里尔克住在罗丹那儿,为了通过学习罗丹和塞尚的艺术更好地理解自己的创作。这封信所包含的三个主题都很能说明作家和出版人之间的关系特征。

"尊敬的珀舍尔先生……您知道我非常想把我将来的作品在一家出版社下集结出版。"

出版人和作家总是希望把作品在一家出版社集结出版,但无论是过去还是现在,许多重要的出版关系恰恰因为这个愿望而走向终结。

接着是那封信的第二个文处,它紧接着第一个愿望:"而且那家出版社,除具备所有理想的条件外,必须给我某种资金上的迁就(无需过甚),我现在的情况让我无法放弃这点。"

里尔克坚持的这种"资金上的迁就",听上去多么合情合理。事实上,里尔克毕生都仰赖这种"资金上的迁就"。本世纪德语文学的两位巨擘——里尔克和卡夫卡——都无法靠他们的稿酬为生,这值得我们深思。里尔克是最为谦虚,在经济上最为笨拙的人。他的诗歌的财富无比丰厚,而带来的稿酬却是微乎其微。岛屿出版社极微薄的稿酬和基彭贝格甚少的额外关心就能令他感恩万分。1926年6月10日,预感到自己行将就木的里尔克在人生的最后几封信中极震撼人心地写道:

> 慕佐城堡,1926年6月10日。我亲爱的朋友,就昨天的信匆匆补说几句:我们之间的关系像幽灵般伟大,每当我才给您寄出催款信,我就会随即收到您的金额并不得不给您附上我的致歉信(以至于我每每羞愧自己鲁莽地写就催款信!)。刚才银行告诉我,款额已入账,一切顺利。

让我们重新回到1905年的那封信,回到紧跟着只在一家出版社出版和要求资金上的迁就的愿望之后的第三个文处。这封信在此处搁笔:

> ……此书的命运和他日后的出版当然位列其他事务

之前。

这也是极典型的。作家的首要意愿便是出版作品,这点绝对排在考量出版社和酬金之前。在我看来,这封信清晰地展现了里尔克心目中自己与出版人的关系,同样,信中提及的三点动机对任何一段作者和出版人的关系来说都是很典型的。

2. 作品发表初露端倪

在谈到里尔克的早期出版物之前，让我们先回顾一下他的早期创作。他在 1924 年 8 月 17 日给赫尔曼·彭斯（Hermann Pongs）的一封信里提到了这段生平关系："当我十七岁左右的时候，我对自己必须实现的生活和工作毫无准备。五年的军事学校训练最终因为我日益下滑的身心状况被迫中断。接下来的一年是在疾病和迷惘中消磨尽的。军事初级中学和日后的高级中学没有带给我任何有利于我兴趣和天资的东西……此外，学校对学生的管束甚是严格，以至于我既没有读过任何和我的年龄相符、对我成长有利的书籍，也没有见过任何能对生活施以影响的简单现实。"里尔克之后描写道，他如何通过"廉价的私人授课"准备中学毕业考试。但恰恰是在这困难时期，他的创作力最为旺盛。"这时诞生了所有的那些尝试和即兴创作。对于这些少作，我后悔当初本该考虑把它们藏在我的书桌抽屉里。可它们还是被外传了，甚至是被我不遗余力地送出去的。我当时之所以如此愚蠢，不放过任何机会把这些毫无意义的文章投出去，是出于一种急不可耐的愿望，即向周遭对我心怀敌意的人证明我拥有创作的权利。更重要的是：我希望在社会上找到能够帮助我的人，与那些连布拉格条件最为优渥的人也无法入围的精神运动建立联系。这是我一生中唯一的一段时间，不是为了作品奋斗，而是用它们贫瘠的思想来争取获得承认……"里尔克谈到了布拉格的诗人们给他的帮助，谈到了阿尔弗雷德·克拉尔、弗里德里希·阿德勒、胡戈·萨鲁斯和画家奥尔里克以及奥古斯特·绍。"我永远不会忘记，是德特立夫·冯·利利恩克龙先生第一个鼓励我实行我自己也无法预见的计划。他时常寄来诚挚友好的信，信的开头写着'我曼妙的莱纳·玛利亚'，我觉得（我努力让我的家人相信这点）我在这行字里拥有对未来最可靠的指引！"

这期间，里尔克的早期诗文开始发表。他的第一首诗《拖裙现在正流行》于1891年9月10日发表于维也纳的《趣味报》上。我一直不解里尔克参加这次比赛的动机和背景（他的诗受评委的推荐，和其余27首参赛作品一起被发表）。当我1975年去维也纳参加里尔克学术研讨会的时候，我在图书馆里看到了《我们需不需要拖裙》的有奖征文说明。它于1891年8月6日刊登在《趣味报》上：拖裙热的再次发生不仅引起了裁缝的注意，也引起了"有关当局"的关注。"最高卫生总署发出禁止民众上街穿拖裙的命令，警察应关注局势，采取干预手段。"报社密切关注官方对民众穿拖裙的意见，认为"不管是卫生委员会还是警察局都不是能强制实行该规定的机构"。我们应该在这个背景下把这首后来没有再版的诗读上一遍：

拖裙当下流行

虽被诅咒了上千次她再次潇洒地走进最新的杂志里！当这个流行无法被阻止连"严格"的卫生署也发怒了

连警察也参与到这游戏中他们必须待在角落用最大的剪刀急忙来剪

假如他们看到了拖裙。

我们看到，穿拖裙还是不穿拖裙并不是年轻的里尔克思考的问题，但他批评了"严厉"的卫生队，嘲讽了警察。是不是可以说，里尔克发表的第一首诗就代表了个性的解放呢？

这首诗的发表给了他极大的鼓励。这位十五岁的青年写信给他母亲说，他现在"完全是个文人"了。之后，第一批诗歌和小说陆续诞生，里尔克1891年到1892年间写的最初十四篇小说得以保存，但它们没有出版。剧本《塔楼》也在这期间写成。

1892年11月29日，里尔克写信给奥地利作家弗兰兹·凯姆，后者当时在圣普尔滕高级中学当教授。里尔克请他评价一下他的诗作。

12月17日，他感谢了凯姆给他的鼓励性评价，当时年仅十六岁的里尔克还写了一行诗作答：

不！假如时代无法成就伟人，

那么人就要成就一个伟大的时代！

12月30日他写信给圣普尔滕中学的德语教师瑟拉科维奇："我的诗歌尚有进步空间——我的琴弦从未生锈，我用勤劳的双手从琴弦中唤出最和谐的音符，它听上去将前所未有的清澈。"

1893年1月3日，里尔克向斯图加特的J.G.科塔出版社寄出了他的诗集《生活和歌》，他在附信中指出，"这些作品受到了弗兰兹·凯姆、阿尔弗雷德·克拉尔等人的称赞，目前只有少数作品发表见报。"科塔出版社拒绝出版该诗集。这是一个历史性的误判吗？

1893年1月发生了对里尔克影响甚大的事，虽然他在回顾往事时极少提及：他和艺术上极有造诣的瓦莱里·冯·大卫隆费尔德成了朋友，她的母亲是捷克诗人尤利斯·泽耶尔的妹妹。里尔克把《生活与歌》献给了年长一岁的瓦莱里。日后，这130封通信和信中的诗歌不幸佚失。里尔克往后生活中对年长女性的好感从瓦莱里开始，因为他——这个不得安宁、居无定所的人，在这种关系里找到了创作的力量。不久，托马斯·曼在谈到托尼·施瓦贝的一篇小说时说："我们极有可能从女性艺术家那儿得到最奇怪和最有趣的东西，有时她们甚至能成为我们中间的领袖。"依靠瓦莱里·冯·大卫隆费尔德母亲的关系，里尔克与一些新杂志，比如《维也纳德意志诗人之家》取得了联系；1894年，他在《年轻德意志缪斯年鉴》的第一期上发表了组诗《音符之歌1—6》。出版年鉴的正是斯特拉斯堡G.L.卡腾迪特旗下的诗歌批评和现代生活半月刊——《青年德意志和青年埃尔萨斯》的编辑部。

3. 岛屿出版社之前的其他出版人

据安东·基彭贝格所言,里尔克曾戏称,自己的一生可以按他的出版人划分为几个时期:早期的雌猫时代①(斯特拉斯堡的出版人卡腾迪特);1899年到1904年的容克时代(以《旗手》的出版人阿克塞尔·容克命名)和之后的岛屿时代。

据里尔克研究文献目录可知,1905年前,即基彭贝格加盟岛屿出版社前,至少能找出十九部里尔克不在岛屿出版社旗下出版的作品。第二十部作品《旗手》是在基彭贝格加入岛屿出版社后在阿克塞尔·容克出版社出版的。

1894年9月,里尔克出版了第一部作品《生活与歌——莱纳·玛利亚·里尔克的图片和日记》,埃尔萨斯的斯特拉斯堡和莱比锡。G.L. 卡腾迪特,青年德意志出版社。

之前他跟出版人卡腾迪特有一系列通信,也许里尔克为出版作品自掏了腰包。诗集的献辞是"献给瓦利·冯·R……"。里尔克于1891年在林茨开始动笔,1892年夏天在朔恩菲尔德继续创作,最后于1893年末在布拉格完成。后里尔克拒绝将

---

① 德语中雌猫一词(Katze)和出版人卡腾迪特的名字(Kattentidt)押头韵。

他的处女作重印，也把它排除在后来的六卷本文集之外。

这一版次后被捣成纸浆，现仅存七册。

第二部独立作品出版于1895年的圣诞节。当时里尔克二十岁，是布拉格艺术和文学史专业的大学生，出版了他的第二部诗集《宅神祭品》，布拉格的H.多米尼库斯出版社。在一份自我宣传中里尔克说："这部作品强劲扎根于波希米亚，十分有趣，装帧优雅，很适合于馈赠亲友。"

书末的广告页宣传了第一本诗集《生活与歌》，并对第三部作品做了出版预告。

第三部作品由个人出版社出版，题为《菊苣——献给人民的歌》，作者莱纳·玛利亚·里尔克；免费；一年出版一到两次；作家个人出版社；布拉格。

里尔克将这些期刊赠给了医院、人民协会和手工艺者协会。第一版出版于1896年1月，第二版面市于4月，第三版面市于10月。在前言中，里尔克解释了作品的标题："帕拉瑟苏斯说过，菊苣每个世纪盛开一次，这个传说在这些诗歌里很可能应验了——也许它们将在人的灵魂中唤起更高的生命。但我自己很贫穷。"

1896年1月，里尔克接过《青年德意志和青年奥地利》的编辑工作。但因订阅人数太少，杂志不久就停刊了。

1897年，莱纳·玛利亚·里尔克在莱比锡弗里森汉恩出版社出版了《梦中加冕》，以及他的一些新诗和《基督降临节》；

1898年，斯图加特的阿道夫·博恩兹出版社出版了他的部分中篇小说及《生活之流》的第一稿。后来，1900年4月22日，他向这家出版社承诺"任何一部长篇或中短篇，只要手稿多于五个印张，都会优先向他们供稿"；日后，这成了让里尔克烦恼的义务。

1899年底，出版人格奥格·海因里希·迈耶尔在柏林出版了里尔克的诗集《为我庆祝》。书的装帧由海因里希·沃格勒尔设计。

1902年，两幕剧《日常生活》由慕尼黑的阿尔伯特·朗恩出版社出版。

通过《最后一个》和《影像之书》，里尔克建立了他和柏林阿克塞尔·容克出版社的关系。之后，1906年，这家出版社出版了《旗手克里斯多夫·里尔克的爱与死》（以下简称《旗手》），版权说明是：莱纳·玛利亚·里尔克，写于1899年；该作品曾于1904年刊登在《德意志作品布拉格卷》杂志上。

里尔克回顾道："《旗手》是一个夜晚——一个秋夜的意外礼物，它是我于凌晨两点伴着夜风中挥舞的烛光一蹴而就的作品；数周前继承来的家谱引发了我动笔的念头，在云间穿梭的月亮促成了这一作品。"

1903年3月底，《艺术——绘图专著集》中的《奥古斯图·罗丹》系列由柏林的出版商尤里乌斯·巴尔特出版，附有"两张凹版照片和六张正版照"，献辞是"献给一位年轻的女雕刻家"(给克拉拉·威斯特霍夫)。一年后他几乎后悔出了这本书,"因为这只是一本有关罗丹作品的小书(我愈发这么认为),我更想创作一部宏大的或至少是具有一定规模的关于罗丹的书,完全以我的方式构成。可惜我无法写就两部作品。如果我写了其中一个,另一个构思就要灭亡……"(致阿图尔霍里切尔的信,1904年3月16日)。

1904年,他得到了两份翻译邀请:分别来自出版人巴尔特和"诗艺"丛书的编者,舒斯特罗厄福勒出版社。从内容来看,两份邀请都是请他翻译耶斯·彼得·雅各布森的作品。两份邀请被他一一拒绝。其实他早已打算翻译雅各布森的作品,但必须等到他能读懂后者用丹麦语写的作品和书信的那一天。

我们能看出:里尔克的出版关系是异常活跃、变化多端的,他在文学领域尤为卖力。他写信给朋友和同事,请求意见和推荐。他甚至还不知疲倦地把自认为重要的书或作者推荐给合适的出版人。他请基彭贝格认真考虑出版马塞尔·普鲁斯特作品的德语译本,我们现在也知道,他替缘悭一面的路德维希·维特根斯坦的《逻辑哲学》寻找过出版商。基本上他跟许多出版人都有联系,几乎涵盖了所有知名出版人——库尔特·沃尔夫、萨穆埃尔·菲舍尔(他把自己的第一部剧本寄给他并遭到了拒绝)、布鲁诺·卡西尔和郭尔菲茨·霍尔姆、尤里乌斯·巴尔德和E.J.迈耶尔。里尔克在出版界人脉甚广,所以我们只能考察一些主干关系。

4. 里尔克在安东·基彭贝格之前与岛屿出版社的合作

让我们继续回顾。1900 年 3 月，月刊《岛屿》发表了里尔克的《三个国王》同年圣诞，这本月刊的出版社——岛屿出版社出版了里尔克的两本书：《亲爱的上帝及其他——讲给大人和孩子听》(莱纳·玛利亚·里尔克著)，采用了 E.R. 魏斯的装帧设计和《为我庆祝》—— 这本书是岛屿出版社从柏林的格奥格·海因里希·迈耶尔出版社那儿接手过来的。里尔克和岛屿出版社的关系是如何形成的，为什么这段关系没能长久呢？

即使我们把里尔克的安东·基彭贝格时期从 1906 年二人正式接触起开始计算，安东·基彭贝格在出版里尔克作品上的功绩也不会失色半分。但在描述他对里尔克作品出版的影响上，我们会发现一件有趣的事情，即安东·基彭贝格有意不提里尔克在他之前曾和岛屿出版社进行过接触。其实是两位作家，或者说两位艺术家，把里尔克引到了岛屿出版社——他们就是海因里希·沃格勒尔和鲁道夫·亚历山大·施罗德。

1898 年 4 月，里尔克旅居佛罗伦萨。在波波利公园，他意外碰到了施蒂芬·格奥尔格，他们进行了长谈。在长谈中，格奥尔格责备这位年轻人过早地发表了自己不成熟的作品。在里尔克下榻的贝诺伊特旅馆，一名来自瑞士的艺术爱好者施内里举办了一场绅士之夜，聚会结束后，人们来到了里尔克的屋顶花园。在那儿，里尔克结识了海因里希·沃格勒尔。海因里希·沃格勒尔成了里尔克"耽于幻想之路上的同道中人"。之后他们在柏林碰了面，沃格勒尔邀请里尔克去不莱梅。1898年，里尔克在不莱梅和沃格勒尔共度圣诞，期间，他又结识了鲁道夫·亚历山大·施罗德。鲁道夫·亚历山大·施罗德和他的堂兄阿尔弗雷德·瓦尔特·海默尔——这两个当时都是二十一岁的年轻人是岛屿的创始人，他们先是杂志的创始人，后又成立了出版社，集诗人和出版人于一身。施罗德对文学的热情加上海默尔雄厚的资产，构成了创建一家出版社最好的前提条件。

1935年，鲁道夫·亚历山大·施罗德在《回忆早年在慕尼黑的岛屿出版社》中写道，施罗德和海默尔早在1897年就在慕尼黑商量一个计划："已经成年的我们要做一本有文学艺术气息的杂志，它应该在德国产生划时代的影响。"1899年3月，海默尔找到施罗德并建议说，这本杂志的筹划必须招募奥托·尤里乌斯·比尔鲍姆，一位比他们年长十五岁并具有一定声望的先生。在最初阶段，杂志应当依附"一家出版社或者一家出版企业"。施罗德建议给这家企业起名"岛屿"，并得到了赞同。

在第一期杂志里,编者解释了杂志名称的由来。"我们绝非想追求一种不合情理的孤僻或矫揉造作的高雅,只是想试着用我们成立的这个企业推动更多的艺术创作。把我们的出版物冠名为'岛屿',只是想表明,我们是多么不愿附和时下流行的对现代艺术辉煌成果的夸耀,以及我们是多么清楚文化生活的发展道路上来自外部和内部的诸多困难。"

艾米尔·鲁道夫·魏斯设计了一幅被群山环绕的岛屿的宣传画。从这里,只有乘船才能到达陆地。所以,帆船就成了出版社的标志。

英尔伯克·施纳克在她的岛屿出版社的故事里写道:"三位身为出版人的诗人站在了岛屿的摇篮旁。这三个火枪手——海默尔有财力,施罗德有天赋,比尔鲍姆有经验。对于一家年轻的出版社,这意味着:海默尔是推动者,比尔鲍姆是反应者,施罗德是拯救者,假如比尔鲍姆的妥协意愿危害到了艺术水准。此外,海默尔还乐善好施,他对艺术怀有深深的尊重;比尔鲍姆深谙人事,相比于作为新人的海默尔和施罗德,他更了解文学世界的各种潮流。"

鲁道夫·亚历山大·施罗德回忆道:"世纪之交是一个极其富有、极其幸福的时代:许多古老的宏大遗产还充满活力,在此刻开始真正发挥作用;无数新生力量正在成长,无法一望即知的发展宣告或者似乎在宣告自己的诞生。"

是何物在宣告自己的诞生呢？其实是一个双重现象：一个时代、一个社会的没落，同时也是新兴文学力量的萌发。我再次引用施罗德的回忆。他谈到了在二十世纪初和霍夫曼斯塔尔的一次谈话。他们从维也纳的老城环形道穿过卡尔广场，霍夫曼斯塔尔谈到了热拉尔迪最后的唱段：

美酒将至，我们不复在；夏日来临，我们不可生还。

文学领域的确在蓬勃发展。施罗德谈到了岛屿出版社的初期。但他未提及，初期其实是由出版人比尔鲍姆、海默尔、施罗德掌控着诗人比尔鲍姆、海默尔和施罗德。《岛屿》月刊的作者名单非同寻常，它引发了出版人的文学想象。

第一期以 Th.Th. 海涅、沃格勒尔配的图和鲁道夫·亚历山大·施罗德的诗作《歌德》作为开篇，接着是弗兰茨·布莱的文章、胡戈·冯·霍夫曼斯塔尔和德特李福·冯·利利恩克龙的文章，以及罗伯特·瓦尔泽的四首诗。

在第二期里有理查德·德梅尔、尤里乌斯·迈尔·格莱夫的文章；第三期里有保罗·魏尔莱纳的作品；第四期里又有胡戈·冯·霍夫曼斯塔尔和罗伯特·瓦尔泽的文章；第五期有阿诺·霍尔茨，保罗·舍巴特；第六期有毛丽斯·梅特林克和理查德·绍卡尔·里尔克的诗作《三个国王》。这些作家之后也成了岛屿出版社的支柱。同样要提及的当然还有保尔·海泽尔、赫尔曼·巴尔、保尔·恩斯特、弗兰克·魏德金德、马克思·道腾德。

这家企业本可以成为德国当代文学最兴盛的出版社。和其他世纪之交的出版社相比，它有最强大的作者基础，海默尔的财富又提供了经济基石。但现实却是另一番景象。这三个出版人毕竟是诗人，而非出版人。他们具备识别作者水平的能力，但不懂如何和他们打交道，不知道如何和他们保持长久的关系。仅举罗伯特·瓦尔泽的例子。1904年，他出版了《弗里茨·考赫的作文簿》，其中包括11幅卡尔·瓦尔泽所作的插图。施罗德想出版罗伯特·瓦尔泽的诗，并认为他的诗里"有一种诗性和魔性，诗的内容轻柔而干净，以至于我不知道在我们的语言里有什么相似的作品跟他一样"。但这段和罗伯特·瓦尔泽的关系也以瓦尔泽换了新的出版社而告终。

同样有趣的还有施罗德对里尔克的回忆："里尔克，这个跟我们年龄相仿的人，在某些方面，比如他对霍夫曼斯塔尔怀有永恒不变的尊敬，当时可以算是跟我们志同道合；我们在那时出版了他的第一本散文集《亲爱的上帝的故事》，这奠定了日后他与出版社的关系的基石，至今仍让我感到高兴。"

但这个基石不久就开始动摇。1901年10月12日，里尔克给岛屿出版社提交了《诗集》的书稿。他给比尔鲍姆写信道，这本新作"从一开始就跟岛屿有亲缘关系，因为它里面许多最好的诗，都是由您选定发表在《岛屿》上的"。里尔克继续写道，他之所以找岛屿出版社，是因为只有它"才具备足够的艺术声望，能带着尊严推销孤独的书（《亲爱的上帝》就是这样的一本书）。此外，我的不幸在于，至今为止我的诗集都落到了最错误的人手中，导致我的诗歌作品现在无人知晓……关于装帧，我想不要任何装饰，宏大，肃穆，简单，就像年轻的荷兰诗人出的书一样。合同可以跟《亲爱的上帝》一样，因为这本新书不是写给大多数人的，而肯定是给少数弥足珍贵的人，那些有意寻找和收藏岛屿出版社的书的人"。

里尔克建议比尔鲍姆在柏林跟他碰面，但这次碰面未能成行。这本书后来也不是在岛屿出版社出版的，而是于1902年由阿克塞尔·容克出版社出版的。这件事令人非常难以理解，因为比尔鲍姆当时高度赞扬了《三个国王》这首诗。1899年12月10日，比尔鲍姆写信给里尔克说："您用《三个国王》给我们带来了极大的欢乐。这是一首迷人的诗，一部不可多得的成功之作。"（书信，未公开，收存于岛屿出版社档案馆）岛屿出版社的经济状况愈发举步维艰。杂志一开始每期大胆印刷10000册，后改为每期3000册，在最好的时候，固定订阅人数不过400，最后跌到了80。出版社的精力耗在了寻找文学天才和书籍的艺术性生产上。海默尔给旗下作家很高的稿酬，但对外的销售、营销、广告工作却没有跟上。所以作家们日益不满，经济状况也江河日下。作家们纷纷离去：霍夫曼斯塔尔投奔到菲舍尔出版社，里尔克作品发表被拒。1904年，海默尔把经营管理权移交给一家新的公司——莱比锡岛屿出版社有限公司，它由鲁道夫·冯·普尔尼茨领导。普尔尼茨建议里尔克再版《亲爱的上帝》，此举可以记在他的功劳簿上。里尔克盼望自己能写出这本书的第二部分，但最终也未能如愿。他在1904年1月16日的信中写道："还有一份手稿（这里顺便提一下），我曾经期望岛屿出版社能够出版，但这想法估计至少得缓个一两年了。"这份手稿就是后来的《时辰祈祷书》。里尔克也向岛屿出版社询问稿酬，从《亲爱的上帝》这本书上他只一次性地收到过50马克；如果岛屿出版社无法给他一个"好的前景"，那他必须考虑阿克塞尔·容克的出价。

一年以后，1905年4月13日，里尔克再次找到岛屿出版社。他提到了和冯·普尔尼茨先生的通信（这位先生前一年已过世），并提到《时辰祈祷书》已经完稿："这是一系列宏伟的、经打磨的组诗，它体现了我取得的所有进步，收录了至今个人最好的作品。一系列的颂歌和祷告均在外观上得到统一，为纪念时辰祈祷，这本书被命名为《时辰祈祷书》，小标题是《第一、第二和第三部祈祷书》。"卡尔·恩斯特·珀舍尔积极地回应了这封信。里尔克请求把手稿打印出来。5月16日里尔克寄给岛屿出版社《时辰祈祷书》的"完整付印稿"。针对这本书的印刷，他建议道："我想《时辰祈祷书》应该显得朴素和强大，就像一本高贵的古籍，比如十六世纪的祈祷书……自然要避免任何有意为之的怀旧手法。"他还对纸的大小规格、封面、版心和纸张的质量提出了建议。

卡尔·恩斯特·珀舍尔负责《时辰祈祷书》的付印。他和里尔克讨论了排版和纸张的问题。此时，安东·基彭贝格加入了岛屿出版社。1905年7月1日，他和卡尔·恩斯特·珀舍尔一起全权接过了岛屿出版社的管理棒。在1934年献给珀舍尔的生日演说中，安东·基彭贝格回忆了那段时间："1904年底，岛屿出版社的社长突然去世。在他最后的日子里，您接替了他，并在他去世后担任了一段时间的过渡社长。当时，出版社的未来还是个未知数。虽然您的印刷工场印制的、由瓦尔特·迪曼和马尔库斯·贝梅尔装帧设计的书非同寻常，里尔克、里卡达·胡赫、霍夫曼斯塔尔的作品也零星得到出版……但这些书只是偶然被加合在一起。在书籍爱好者的小圈子里，这个年轻的出版社拥有良好的声望。但在更大的圈子里，它有点故作风雅和颓废。重建门面的基础是足够的，但出版社的经济状况自然是前景黯淡。"

如果我们发现，基彭贝格在1905年——即《时辰祈祷书》在岛屿出版社出版的年份——还不确信里尔克的地位，这其实不会冲淡他的成绩和他为里尔克做的历史性努力。在给珀舍尔的演讲中他提到四件事："建立和尼采档案馆以及歌德学会的联系；莱纳·玛利亚·里尔克《时辰祈祷书》的出版以及创立《岛屿文学年鉴》"。然后基彭贝格热情洋溢地描绘了他当时的想法，岛屿出版社应该提供各作品的概况，介绍岛屿出版社最

重要的作家。在他接管出版社的六周后,《1906年岛屿文学年鉴》就出版了,它的口号是:

忠实保管老作品,友好理解新事物。

但里尔克没有出现在第一期的《岛屿文学年鉴》中。

1906年12月1日,也就是一年后,基彭贝格写信给胡戈·冯·霍夫曼斯塔尔:"我相信我已经很清楚未来要走上何种道路。如果我所见正确的话,岛屿出版社至今主要朝着以下几个部分重叠的目标发展:为歌德所说的世界文学服务,使形式适应于书的内容,提高书籍装帧艺术的能力,少做当代文学,要做就要做流传久远的……在某种意义上来说,岛屿出版社要尽微薄之力完成一种文化使命,但说到底,它是在做生意,就像剧院经理歌德一样,要的是创收,完成诗人和专家无法做到的事情。"

他向霍夫曼斯塔尔列举了他未来想做的书的方向,其中没有提到里尔克,也没有打算继续出版里尔克的书。

我们不妨猜测一下,是什么原因导致一开始他和里尔克之间关系生疏。《亲爱的上帝》绝非一本畅销书,《时辰祈祷书》也没能保证销量。基彭贝格处在岛屿出版社早期"前景黯淡的经济状况中"。也许他觉得里尔克是珀舍尔的人,而他与珀舍尔渐行渐远,两人的关系最后在争吵中破裂。里尔克在1905

年 11 月 8 日给岛屿出版社的信上写的恰恰是珀舍尔的地址。更关键的原因也许在于，基彭贝格想打造一个歌德帝国，对他来说重要的是："我们已经把最好的领航员请上了船，他建议我们，该把什么东西扔下船。"

5. 里尔克，岛屿出版社和安东·基彭贝格

如果岛屿出版社的档案准确无误的话，那么基彭贝格为里尔克做的第一件事就是签订《时辰祈祷书》的合同。这份由基彭贝格和里尔克分别于 1905 年 11 月 7 日和 12 月 11 日签署的合同里有一个我们至今仍觉奇怪的条款，即用"分红"代替稿酬："所得的纯利润合同双方各得一半"。1906 年 4 月 7 日，基彭贝格给里尔克的第一封信继续了这段客观的、几乎是记账簿式的关系："我们很乐意履行您通过《时辰祈祷书》的销售额获利的条款，这点毋庸置疑。"1906 年 8 月 21 日，基彭贝格告诉里尔克，《时辰祈祷书》连同赠阅本一共卖出 280 本。在这封信里，他也告知里尔克，他同珀舍尔已分道扬镳。一年后，也就是 1907 年 12 月 31 日，里尔克得知《时辰祈祷书》的第二版总共得到了 473.25 马克的版税。1906 年的通信中，双方有意保持着距离，出版人和作者之间几乎没有产生化学反应，冲突甚至是一触即发。在 1906 年 11 月 7 日的信中，基彭贝格用生硬地语调写信给里尔克："最尊敬的先生！我很遗憾地，或者更直接地说，很惊讶地从《书商交易报》上获知，您把您

的新书的版权给了另外一家公司……如果是这家公司给您开了更好的条件，那我很遗憾您没告知我这件事。"里尔克的回信肯定让基彭贝格感到惊讶。这是《里尔克给出版商的书信集》一书收录的里尔克的第一封信，也许里尔克的这个反应引起了基彭贝格的好感。里尔克说，他"没有想要忽视或者低估岛屿出版社友好而珍贵的出版兴趣；相反，我非常确定，和您的出版社良好、持续的发展关系对我的作品有着重要的意义"。基彭贝格也没有料到这封信会有这样的结尾："我想把未来所有的作品统一出版，这一想法会以一种极其让人愉快的方式得以实现。我将把它们交到我信任的出版人手中。"随后，里尔克向基彭贝格解释了那个误会。他不是把新书交给其他出版社出版，那只是当年被岛屿出版社拒绝的《影像之书》的再版。然后里尔克向基彭贝格保证："自《时辰祈祷书》出版后我就决定，每完成一部作品，我都会第一个通知您。目前，所有作品还未完稿，但最早明年初，一切都可以付印。"基彭贝格于11月12日回复了这封信。"最尊敬的先生"变成了"最尊敬的里尔克先生"。"在那件对每个出版人来说都并非愉快的事情发生后，我在昨天，也就是星期天，欣喜地收到了您这个月10号如此可敬的来信。您没有因此反对继续这段关系，反而愿意在未来把作品托付给我们，这让我感到安心。"里尔克在这封信里看到了"基彭贝格对我将来的作品充满信心"。看样子，这场很容易导致双方分道扬镳的"误会"（这完全是由于基彭贝格的直接失误引发的，里尔克在1905年11月8日给珀舍尔的信中承认了这点）却使得这段关系变得长久。从那时起，他们之间年复一年日渐频繁的通信反映出了这种工作关系，通信双方虽然依然保持距离，但态度却是越来越坦诚和友好，这有助于里尔克的创作在他俩建立通信关系时，里尔克和基彭贝格都已是而立之年。里尔克在写《马尔特手记》时就预感到这将是他最重要的作品。基彭贝格写道（见他为数不多的自传式记录《一位出版人的学习漫游时代》，1944/1945年）：一开始，一切工作还算简单，"但继续走在这条'命运之路'上，克服所有坎坷，从来就并非易事。出版社成立的头十年，即从1906年到'一战'结束，也是他人生中不想再重温一次的十年"。和里尔克相处的困难之处在于，基彭贝格（跟任何其他出版人一样）必然会体会到，一位重要的作家是不会受外界的建议影响的，哪怕这些建议是出于好心。里尔克坚定不移地创作《马尔特手记》。考虑到里尔克和安东·基彭贝格、卡塔琳娜·基彭贝格对书信的钟情，他们之间诞生了规模如此巨大的通信集根本不足为奇。德意志文学档案馆收存的里尔克给基彭贝格夫妇的信的数量就超过了500封，其中大部分都已出版，包括里尔克给卡塔琳娜的信和她的回信。但这两个版本都不是善本，尚需编辑加工。

我们完全可以从称呼、落款和祝福语上管窥里尔克和基彭贝格这段关系的进展情况。基彭贝格的信中自1906年起就没出现过"最尊敬的先生",取而代之的是"最尊敬的里尔克先生","我最尊敬的里尔克先生","我亲爱的尊敬的里尔克先生",到了1911年11月29日则变成了"亲爱的朋友"。落款是:"您忠实的","用最尊敬的忠实","您最忠实的","衷心尊敬您的","您的","永远是您的"。里尔克在信中的称呼和落款上更事雕琢。1907年通常是"尊敬的博士先生","在诚挚的好感中祝福您","我亲爱的尊敬的博士先生"和"您衷心忠实的"。1910年的拜访后,里尔克对基彭贝格的称呼变成了"我亲爱的基彭贝格博士",一个月后又变成了"亲爱的、高贵的朋友"、"您的朋友",之后一直是"我亲爱的朋友"——里尔克用它表达最真心的祝福。最后一封信的称呼是"我的挚友"。之后里尔克写了题为《1924年3月22日献给安东·基彭贝格》的诗。我个人更欣赏里尔克在《杜伊诺哀歌》完成后写给他的那封信。之后我们会说到这个。

自1910年《马尔特手记》出版后,基彭贝格尝试取得里尔克早年在其他出版社出版的作品的版权,这是一个相当耗时的工作。因为在这之前,岛屿出版社出版了《新诗集》(1907),之后是《新诗别集》(1908)。这些都是伟大的诗篇,显示出了大师手笔——《远古的阿波罗残像》(1908年初夏于巴黎),《海之歌》(1907年1月于卡普里),《威尼斯清晨》(1908年于巴黎),《恋女》(1907年8月于巴黎),《陌生人》(1908年于巴黎),《弗拉明戈》(1908年于卡普里)。尽管催促再三,基彭贝格还是没有收到里尔克的第三本诗集。在1910年前,基彭贝格出版的作品还有里尔克的《早期诗作》《给一名女性朋友的安魂曲》(保拉·贝克·门德尔森)、《祭沃尔夫·冯·卡尔克洛伊德伯爵》,以及《伊丽莎白·巴雷特·勃朗宁的十四行诗,莱纳·玛利亚·里尔克译》。

里尔克在谈到他经济状况时透着轻微的抱怨,甚或是带着批评的口吻。在已出版的《里尔克给出版商的书信集》中,这些部分大多被删去了。但显然,里尔克数年来在经济上都很拮据,作品销售所得的收入无法满足他的生活开销。1907年6月21日,他写信给他的妻子:"我放弃了所有东西,第一是车,第二是喝茶,第三是买书。可最近一算,自己还是花费了许多,真不知该如何是好。"

为了挣钱,里尔克开始办朗读会。从1907年11月8日到18日,他应胡戈·海勒书店之邀在维也纳做了关于罗丹的演讲。演讲刚一开始,里尔克就不住地流鼻血。"见此场景,霍夫曼斯塔尔来到后台安慰说:'实在不行就让我来念吧'。"(给克拉拉·里尔克的信,1907年11月9日)

里尔克早有打算于1908年2月13日在莱比锡初会基彭贝格。当时,里尔克在不莱梅,打算前往莱比锡,但他后来没这么做。莫非是基彭贝格给他翻译巴雷特·勃朗宁的十四行诗的译文出价300马克,这让他失望了吗?总之,他写信给基彭贝格，推说生病，身体不适，无法前往。但 2 月 19 日到 23 日，他应萨穆埃尔·菲舍尔之邀去了柏林。

迟至此处，我们不得不在"里尔克和他的出版人"的故事里再安插一笔，即里尔克和萨穆埃尔·菲舍尔及其夫人海德维希·菲舍尔的关系。菲舍尔夫妇给里尔克的信虽然都被保存了下来，但均未得到整理（一部分收存于里尔克档案馆，大部分交由伯尔尼国家图书馆的南妮·冯德利·沃尔卡特女士保管）；里尔克给萨穆埃尔·菲舍尔和海德维希·菲舍尔的信则是公众可以看到的，海德维希·菲舍尔在 1952 年对它们进行了选择性出版。

这些书信和彼得·德·门德尔松那本《萨穆埃尔·菲舍尔和他的出版社》清楚地描述了这段既往关系。彼得·苏尔坎普曾跟我说过，菲舍尔对诗歌不感兴趣；菲舍尔不曾设法把黑塞在投身菲舍尔出版社之前在别家出版的诗集拿回来。萨穆埃尔·赛格说，作为"灵魂开端"的诗歌对于菲舍尔来说基本上是很陌生的。"他的出版作家名单里从未考虑过里尔克或是施蒂芬·格奥尔格。"（门德尔松，第 465 页）

里尔克很早——也就是 1897 年——就和菲舍尔结识。在这次碰面前还有一段小插曲。不是别人，正是路德维希·冈霍弗尔按里尔克的请求向出版人彭斯推荐了他。但里尔克在 10 月 25 日应该从一封长信中得知了这位出版人不出版诗集的理念，因此他开始继续寻找其他出版人。他和莎乐美一起参加了 1897 年 12 月菲舍尔之家组织的文学聚会。这个聚会开启了他和海德维希·菲舍尔的友好关系，这段往来也一直持续到他生命结束。海德维希·菲舍尔说："我陆续读了里尔克的诗，一开始，它们对我来说完全是个陌生的世界，渐渐地，我才得以深入。在很长一段时间里，对我来说，里尔克的作品比他的人要显得陌生。"日后，里尔克成为菲舍尔的座上客，在格鲁内瓦尔德之家朗读了他的诗，他在意大利和菲舍尔夫妇碰过一次面，还有一次会面是在巴黎，他们保持着书信往来。数年后，菲舍尔请里尔克参与编辑《新观察》，胡戈·冯·霍夫曼斯塔尔希望里尔克能在《新观察》上评论他的散文作品。

1908年2月，里尔克没有去莱比锡见基彭贝格，而是去柏林见了菲舍尔。菲舍尔愿意给里尔克提供经济上的帮助，前提当然是他要在《新瞭望报》上发表或者在菲舍尔出版社出版一部散文作品。1908年3月19日，里尔克在写自卡普里的5页长信里回复说，菲舍尔的提价给他打开了"以往绝不可能的最幸福的可能性：我要去巴黎，把自己反锁在房间里，用前所未有的鲁莽进行创作"。然后他写道："我的出版关系连我自己都不清楚，很长一段时间我都没有出版关系。但在过去的几年中，和岛屿出版社的关系自然而然地就形成了。我感觉这段关系是友好的，并且觉得自己在某种程度上和岛屿出版社休戚相关，如果我向您隐瞒这一点，那我就是个两面派……但我必须……在指出我的窘迫境况之外，向岛屿出版社详细描绘我们之间的信任关系和它在我生活中所占的分量。只有当我了解了出版社的意图和报价,我才能评价我在商业上的自由或束缚。但首先我决定,在接下来的几年内,向您提供一部作品……"里尔克早有意请基彭贝格给他一份稳定的工资。有菲舍尔的报价作为后盾,里尔克在1908年3月11日在写自卡普里的信中提出了获得一份工资的请求("数目很小"——用霍夫曼斯塔尔的话说)。我们理应把这封收录在《里尔克给出版商的书信集》第一卷(第35—41页)的信完整地复述一遍,但这里只能讲一下最重要的段落。里尔克对自己没能前往莱比锡感到遗憾,然后他试着要求他和出版社的关系变得"更确切、更有益",至少这段关系由于"四本书的出版而变得稳固"。里尔克担心自己无法安心继续完成他的作品。当然他在提出物质要求时,也把出版人的利益放在心里:"我明白,当我苛求您洞察我的境况时,您是无法以一种自在的私人态度看待这份信任的,您的行为必须依据商业的考量进行决定和修改。"之后是谦卑的请求:"不知出版社可不可能以一种暗中相助的方式建立我们的关系。"随后,这封信经历了一个伟大的转折,里尔克展望了未来:"我很清楚,每一部诗歌作品,从商业上讲,都可以被看作一个摇摇晃晃的保证,所有在它基础上的协商都具有冒险性。如果人们能看清这点,那我的诗歌作品(就和他们在现实中最终展现的和一直展现的一样)是一个私人的强占,一种对外部世界的克服,在这之后自有另外的任务和办法;因为当我小心翼翼地希望自己能确保充足的创作时间时,我想到的不仅仅是下一部诗集的结尾,而是带着巨大的热情,思考散文的结构以及某些戏剧必要性,这种必要性有可能在某一天转化成强大的艺术张力。"

当基彭贝格收到这封信时,他还不知这个伟大的艺术家身后还有自己的一个强劲的对手。因此,他按自己单方面的想法,报价自1908年4月起每季度给里尔克500马克,并一次结清且寄给他一整年的报酬(见存于岛屿出版社档案里的书信)。里尔克写信感谢这份"您友好洞见的有力明证",并指出"正如您所见,我们之间的关系,由于您面向未来而重获新生"。3月29日里尔克写信给萨穆埃尔·菲舍尔,他必须"接受岛屿出版社的合理报价",下一部作品版权也交给了岛屿出版社,包括《马尔特手记》。"但请您想想,我亲爱的朋友,我很确定,在接下来几年给《新瞭望报》写文章的同时,我能给您一个相应的等价物。"4月3日菲舍尔遵守了他友好的报价,但作为唯一"相应的等价物",他得到了《马尔特手记》的事先刊印,它刊登在《新瞭望报》的二月号上。之后萨穆埃尔·菲舍尔和里尔克间再没有信件往来,里尔克只和海德维希·菲舍尔有部分友好的通信。她在1922年4月询问——从某种程度上来说是私人的——能否从《杜伊诺哀歌》(以下简称《哀歌》)里选出一些刊登在《新瞭望报》上。里尔克婉拒了这个请求。直到里尔克去世后,《新瞭望报》才在1927年7月刊登了里尔克的《致一位女性友人》,这是里尔克在《新瞭望报》

上发表的最后一篇文章。1908年新年：里尔克又一次向基彭贝格表达了"他日常生活上的忧虑"。基彭贝格寄给他一张1000法郎的支票，"以便您支付去年的开销"。他还向他证实，出版社一季度500马克的合同顺延一年（1909年1月2日的信，岛屿出版社档案馆）。

此时，《旗手》在容克出版社出版。在里尔克和容克签订的合同中，基彭贝格发现，"容克先生只拥有第一次印刷300册的出版权，只要这300册书告罄，版权就消失了。因为容克先生特地强调印次只有一次，所以他也不大可能再版此书。我给您的建议是，您给容克先生写信说，在这样的情况下这本书不太可能再版，您有意把它和其他诗融合在一起，让其他出版社出版。也许可以把它和《安魂曲》或者你先前写好的其他文章或诗歌放在一起。我认为，假如印次只有一次，只要书在一年内卖光，就不会有损失"。

里尔克听从了这个建议，他设法从容克那儿弄到《旗手》的版权。但这很困难，因为容克写信给里尔克，他买下了《基督降临节》和《梦中加冕》，并准备将之重新出版。

1909年，《马尔特手记》在巴黎完稿。9月10日，里尔克必须再一次向基彭贝格请求一笔额外的汇款，因为在利波尔德绍浴场的疗养花费比预期要多。9月12日，他写信给基彭贝格，说《马尔特手记》的创作很顺利。"当我下次来德国的时候，我肯定先去莱比锡。上帝保佑，我到时能把《马尔特手记》装在我的旅行包里。它的完成难道不应该是我们得以相见的前提吗？如果我的生活境况能得到略微改善，我想，您离这本书的完稿也会愈来愈近。"

1909年10月20日，里尔克写信给基彭贝格，他的这本书已经完成一大半，他有个困难，不知道基彭贝格手边是否有一个可靠之人能把他的手稿用打字机打出来，或者根据里尔克口述记录他日记里的片段。10月23日，基彭贝格回信道："坦白说，我非常理解并支持您必须通过口述改写《马尔特手记》的困境……在我看来，最合理的方案是，您来莱比锡住八天或者更长的时间，在这里进行口述工作。您当然住在我们这儿，除了您的卧室外，还有一间明亮的阁楼供您使用，我们一直很想接待一位诗人。"里尔克同意了，并于1910年1月11日从巴黎抵达了莱比锡。从1月13日到1月30日，里尔克住在基彭贝格的家里，完成了《马尔特手记》最后一稿。

这里请允许我岔开一笔，谈一谈里尔克和歌德的关系。对歌德，里尔克是如何从早年的崇拜有加，到愈加反感，而且最后里尔克恰恰是在歌德专家基彭贝格的家中，借《马尔特手记》发起了对歌德最尖锐的诗性攻击？原因在于，生活与创作在里尔克那儿是相互冲突的，他认为，歌德完美地解决了这个冲突，而他却时时要面临失败的危险。但基彭贝格夫妇似乎并不反感他们的作家对歌德大肆攻讦，这部分是因为《马尔特手记》大获成功。卡塔琳娜·基彭贝格想通过和里尔克一同去魏玛，使他和基彭贝格一家对歌德的崇拜之声和谐共处，但没有成功。基彭贝格倒是在1913年给里尔克朗读了歌德的情色诗《日记本》，成功启发里尔克去进行情色上的冥想。在他唯一一篇关于里尔克的文章里（1947年9月7日），他把里尔克描绘成一位"出世的"德语诗人，为了表达对里尔克的尊敬，他引用了歌德的诗句。文人相轻，这点在终身都没成为里尔克的朋友的托马斯·曼身上可见一斑，他在《里尔克和歌德的比较》中说道："高度的勤奋、对生命的追求和对虚无的热爱，对一个现代人来说显然不是什么恭维。歌德的孙子瓦尔特经常说道：'您想要什么，我的祖父是个巨人，而我只是一只小鸡。'里尔克也可以这么说，不过这只小鸡倒是下了几个金蛋。"（见：托马斯·曼给哈里斯·洛朔维尔的信，1942年9月8日）对于这句话，我们也许应当一笑置之，但这句话的确也启发了我研究"歌德诗作《日记本》及其在里尔克作品中的延续"。

1911年10月2日，安东·基彭贝格告诉里尔克，他从现在起可以每月领500马克。1910年6月1日出版的《马尔特手记》已跻身当代世界文学之列，它最早成功而可信地描绘了我们现代人的生存问题，这是它的划时代意义之所在。都市人的孤独、疑惧和迷失感通过幻象被一一具体而精确地描述出来。"他是一个诗人，痛恨一切不精确的东西，"里尔克的批评家彼得·德梅兹在1965年写道，"没有一部作品比《马尔特手记》更具未来感。在这里，诗人开启了精确德语散文的一个新时代,在对当代人的现实的极端追问中,他走在了罗伯特·格里耶的道路上。"

我们有必要自问,有哪位叙述者拥有作品主人公年轻的马尔特一样的精准和犀利:"固然拥有发现和进步,拥有艺术、宗教和关于世界的智慧,但我们依然停留在生活的表面,这是可能的吗?我们甚至把这个至少还有某种意义的表面遮上一层乏味得令人难以置信的东西,使得这层表面变得就像夏日社交沙龙里摆放的家具,这是可能的吗?"

里尔克和安东·基彭贝格在1911年和1912年间的通信中不断讨论如何把《影像之书》和《旗手》的版权从容克那儿拿过来。基彭贝格在1911年9月18日致信里尔克:"坦白说,容克的回复并未出乎我的意料。他以北方人特有的坚忍,紧抓住这本他自认为是他旗下最好的书不放,说实话,换我也会这么做。您开了一个好头,容克不让步,这完全不是您的错。现在我建议,我们在这事上不要继续徒劳下去。您没有回复他的上封信,让我们把这件事放一放。我会继续关注《影像之书》,时机一到,我会拿着一张支票出列。在《旗手》的相关事宜上尚存疑问。我想在接下来的几天中和一位在版权方面经验丰富的律师谈一谈此事,向他咨询一下我们应该如何行动。"

1911年11月29日,基彭贝格在给里尔克的信中似乎非常决绝地要钻出版法的空子,重新出版《旗手》。他想要和里尔克签一份合同。"木已成舟后,我会通告容克。对他可能提出的异议，我们必须加以清除。您和他签订的合同——我手头也有一份——可没有给他任何再版的权利。"1912年1月，基彭贝格为他的"三十芬尼丛书"（数周后变为"五十芬尼丛书"，即日后著名的"岛屿丛书"）对里尔克提出建议，提议后者拿出两篇散文故事或者一份40页的诗歌选，每10000册的稿酬是150马克。1月22日，基彭贝格告诉里尔克，400马克能让阿克塞尔·容克最终出让《旗手》的版权。基彭贝格希望把《旗手》纳入到他的"五十芬尼"系列中，并把稿酬从150马克提高到400马克。1912年6月底，第一辑十二卷本的"岛屿书库"丛书出版，用当时最好的字体和不含木浆的纸张。《旗手》作为这套丛书的第一本出版，在出版年就卖出了22000册，印数在1916年达到了88000册，1922年251000册，1934年500000册，1962年，印数过百万。

当基彭贝格告诉里尔克，《旗手》的出版引发了一场真正的里尔克热，里尔克从威尼斯写信给基彭贝格："这四五天来我都想感谢您带来了这个好消息……容克真不知分寸——原本属于他的《旗手》就像骑在一匹无法远行的老马上。亲爱的朋友，您是如何让这个善良的克里斯多夫·里尔克策马扬鞭的。有谁能料到这一切！"不久之后，1912年8月9日，里尔克从威尼斯写信给基彭贝格："您像赫拉克勒斯一样工作，亲爱的朋友。我该说什么好呢？您把一条恶龙埋在金山里，从而把《影像之书》也一同解救了出来，这份勇气几乎让我受惊。"

此后，里尔克开启了事业发展道路上的新阶段，这当然也包括和基彭贝格的关系。1912年到1913年，他还能写出前两首《哀歌》和《玛利亚生平》。之后便开始了那"无名"的十年，沉默之年，失败之年，用他的话说，他在那些年住在"痛苦之乡"。但这些年并不是毫无成果的，在此期间，他最美的诗作诞生了，包括《从书的字里行间抬起的目光》《几乎一切都在朝感觉招手》(慕尼黑，1914年9月)。《流放在心灵之峰》(伊尔申豪森，1914年9月)，一个最重要的片段：

> 看呐，在那里何其小，
>
> 看呐，那语言最后的村庄，更高，
>
> 也更何其小，那依然属于感情的一个最后的农庄。你可认出了它？①

里尔克在这里清楚地强调了词语无法跟上感觉，最终无法将其诉诸表达。如前所述，那不是没有收获的年份，里尔克却感觉，用全部精力开始创作的《哀歌》在把他推向某处，在那儿他可以看到自己的诗歌作品日臻完美，可他就是无法完成。

让我就里尔克和库尔特·沃尔夫的关系再穿插一笔。里尔

---

① 根据陈宁所译版本译出。参见《里尔克诗全集》第3卷第3册，商务印书馆2016年1月，第890—891页。

克很尊敬库尔特·沃尔夫和他"美妙的出版社"——正如他在1913年12月6日给库尔特·沃尔夫的第一封信里所言。他尊敬这家出版社出的书,他自己也是《末世审判》杂志的订阅者,也给这家出版社推荐过文章。1914年1月7日,里尔克拒绝了出版社提出的翻译塔国雷的邀请。尽管里尔克从未成为库尔特·沃尔夫出版社旗下的一员,但他的名字曾有一次出现在出版社的图书目录里。1914年2月10日,里尔克为库尔特·沃尔夫出版社旗下的《白色报纸》提供了一篇"短文"。里尔克的短文写的是洛特·普里策尔的蜡玩偶。这篇文章在《白叶》(1914年第1期,第634—642页)杂志上甫一发表,就招来了基彭贝格的一封警告信。基彭贝格写道:"……坦白地跟您讲,当我在《白叶》的作者名单上看到您时,确实心生不快。唯您数年来远离杂志的工作,在我们这个令人困惑的时代给您带来了特殊而崇高的地位。您未能忠于这项我一直赞赏并支持的原则,对此,不只是我得表示遗憾,那些认可我的人也会表示遗憾。我们已然认为,您现在是从一直以来您自己追求的离群索居的状态中走了出来,开始在杂志上事先发表起您的诗作了……我对您那篇关于玩偶的文章的发表之地也深感遗憾。恕我直言,弗兰茨·布莱办的那本杂志除却极少真诚的作品外,充斥着大量无可救药的二半吊子和无味的自大,它是配不上您的。这样的杂志只想借您增加名气,您对这种显而易见的危险不可不察……"(1914年3月28日)话说得再明白不过。我们完全可以理解基彭贝格坚持要做第一出版人，而不是再版者；但另一方面，这位出版人其实也应考虑到这段时期里尔克举步维艰的创作，尊重这位对他一贯忠诚的作家的愿望。在这件事情上，里尔克没有让步。他于1914年4月1日致信基彭贝格："尽管如此，在《白叶》上发表的文章让我感到高兴，现在依然如此，因为它就摆在那儿。我这次破戒的动力来源于我从韦尔弗那儿获得的欢乐，来源于我去年夏天多方面的改变带来的惊喜，从下一代那儿能获得如此多的乐趣，正如我突然并持续地从他的诗歌里体会到无穷的乐趣。如果人仅仅是为了一种姿态与自持，在某种习惯上给自己画地为牢，那或许是很糟糕的。我的'禁欲'不会就此终结，因为它在我的体内，并非身外之物。因此，当我热情洋溢地违背它时，我只是形同虚设地从它里面暂时跳脱出来。"下一个句子不光是说给出版人听的："人们把一切活生生地保留在内心，包括那些多年坚定的信念，在我看来，这比谨慎为妙的姿态来得更为重要。"

1918年里尔克在慕尼黑把《哀歌》已完成的部分和一些片断的手稿转交给基彭贝格，请他加以保管。当时，他并不打算完成这部作品。两年后，当基彭贝格在贝尔格城堡向他提议出版一套全集，并问询《哀歌》的进展时，里尔克又拒绝了这个提议。

我们知道，《哀歌》的时刻终将到来。1921年7月，维尔纳·莱因哈特为里尔克租下（并在日后买下了）慕佐小城堡，这位居无定所、十年间持续在巴黎、北非、那不勒斯、威尼斯、杜伊诺、西班牙，后在巴黎、杜伊诺、慕尼黑、维也纳、罗卡诺、巴塞尔之间穿梭的作家，终于有了一处固定的寓所。里尔克对此既兴奋，又紧张，这从一封他用法语写给女性友人梅琳娜的信中可见一斑。他写道："到22日的这段时间成了一种等待期……自我从日内瓦回来到基彭贝格夫妇来访之间又是一种等候——当他们到了，也就是1月2日、3日、4日，他们又用许多信息带来一种打扰，导致到1月中旬，写作都一直中断。"

里尔克的不安与日俱增。在1922年一月的最后一天，他决定在二月一封信都不写。2月1日诞生了一首诗，其中，十四行诗的形式初露端倪。2月2日到5日，《致奥尔弗斯的十四行诗》的第一部分产生。然后《哀歌》之风暴在"听天由命"下开始了。2月9日晚上，里尔克给基彭贝格写了信，我想把这封信视为一个作家和一个出版人的关系中最为重要的记录："我亲爱的朋友，那么晚了，不知道我还能否拿得住笔。在几天以来极度服从于灵感的驱使后，我必须在今天、在我试着入睡前就告诉您：我越过了山巅!《哀歌》来临了！今年（或在您觉得合适的时候）就能出版。九首长诗，长度和您已知的差不多；还有第二部分，也属于这个范畴，我想取名为《片断》，每首诗通过时间和声响和长诗相近……整部作品应该叫《杜伊诺哀歌》。人们会习惯这个名字，我觉得。还有：我亲爱的朋友，这，是您给予我的、忍耐我的：十年了！谢谢！您一直信赖我！谢谢！"

翌日，2月10日，他把这消息告诉冯德利·沃尔卡特女士；11日，他又告知了图勒恩和塔克西伯爵夫人；之后，消息遍及四方：《哀歌》来临了。

来临的不仅仅是《哀歌》，还有他重要的诗集《致奥尔弗斯的十四行诗》，它在2月12日到15日之间，即在第十哀歌和第五哀歌之间写成。还有美妙的《青年工人书简》，对我来说它绝对可以和《马尔特手记》等量齐观。里尔克虚构出了一位工人写给在1916年去世的佛兰德诗人维尔哈伦①的信。信的主题涉及我们时代的核心问题——权力和支配。"在所谓的奴役、权力方面，只有一种方法可以对抗它：就是比它走得更远。我的观点是：在任何想统治我们的权力中，我们应该努力看到所有的权力，作为整体的权力，乃至上帝的权柄。""基督的二重性"，债或罪的问题。"为什么我们把性变得无家可归，而不是把我们的节庆放置其中。"

"我们时代的不真实和不安全源自对性的幸福的否认，这个深深的过错不断增大，让我们远离自然。"

然后他谈到了基督教的成见，随后提出："我要在尘世间

---

① 埃米尔·维尔哈伦（Emile Verhaeren，1855—1916），比利时法语诗人，象征主义诗歌创始人之一。

做主的工具。"

这位"工人"曾听过诗人朗诵诗歌,他总结道:"这些诗唤起了我心中的悸动。我的朋友曾说过:给我们一个能赞美尘世的教师。您就是这样的一位。"

基彭贝格夫妇7月21日到25日在谢尔拜访了里尔克。基彭贝格觉得,在里尔克的生命和创作中又出现了一个重要的转折点。"当他已经逼近可以言说之物的边界,诗人会把他的天赋引向何处?"他问自己。当基彭贝格1923年在慕佐拜访里尔克时,他们又一次谈到了全集的最终排序问题。里尔克在此又回答道,他不想再出版任何东西。此时,即使他疾病缠身,但还是翻译了保罗·瓦莱里的全部诗歌,他还完成了重要的用法语写就的诗歌集《果园》——他的最后一部作品。

但在此之前,1923年6月,《杜伊诺哀歌》的特别版——用摩洛哥羊皮做的皮革版——出版了。1923年10月,《杜伊诺哀歌》的大众版出版。《致奥尔弗斯的十四行诗》作为给维拉·奥卡马·克努普的墓志铭于1923年出版。

1924年4月,里尔克和基彭贝格夫妇又在谢尔见面。之后疾病战胜了生的愿望,也战胜了里尔克在他临终的床上说的话:"生命是壮丽的。"

基彭贝格对于里尔克来说,是伙伴,是顾问,是耐心陪伴诗人创作的同行,总而言之,是一位益友。基彭贝格虽然无力减少里尔克的外在忧虑,为他的创作提供安宁的经济基础,但谁又知道，里尔克若处在另一种经济状况下，能否写出《杜伊诺哀歌》呢？基彭贝格所能提供给里尔克最重要的东西是：不断地鼓励他，向他表达耐心和希望，告诉他《杜伊诺哀歌》终有完成的一日。

在以上描述中，我们很少关注卡塔琳娜·基彭贝格，这位"岛屿出版社的女主人"。对于里尔克来说她扮演了一个特别的角色，他会跟她谈论同时代的作家、流行趋势和书籍，在她面前，他更加开诚布公，包括以一种极其优雅的方式对岛屿出版社的工作略加批评，当里尔克徒劳无果地向出版社推荐一些重要的作家，如耶麦、季洛杜、普鲁斯特的作品。卡塔琳娜·基彭贝格也为里尔克免服兵役做出了很大的贡献。1916年1月，里尔克被军方调至军事档案馆，茨威格、阿尔弗雷德·珀尔加以及弗朗茨·索科尔已在那儿工作（作为见证人，泽加·西尔贝尔后来写道，这里工作的人每天都要从前线报道挑选素材，撰写英雄事迹，所以这个部门也叫"文学服务部"或"英雄美化部"）。2月15日，里尔克请基彭贝格夫人替他提交一份申请："岛屿出版社是必须组织迈出崭新一步的部门。"申请书递交了，出版社的领导被卷入其中，岛屿出版社陈述原因道，里尔克对于岛屿出版社是不可或缺的。之后卡塔琳娜确实想给里尔克提供一个具体的职位，但里尔克拒绝完成交给他的任务。他想自发地推荐作品。他的确是这么做了，所以在战争期间在

"岛屿丛书"和"岛屿年鉴"里也出版了英法文学,也就是敌人的文学。

恰恰在这些年间,卡塔琳娜·基彭贝格是给里尔克提供最多帮助的人。里尔克和安东·基彭贝格的关系一直是友好的,但也一直不温不火。奇怪的是,二十年来基彭贝格都努力把里尔克的所有作品揽到自己的出版社名下,但唯独对他最后那部法语诗集不感兴趣。是因为里尔克接受了"伽里玛出版社不期而至的报价"使得基彭贝格受到了伤害,还是因为里尔克——这位他一直视为那个时代最伟大的德语诗人,在他最后的日子里只用法语说话写作,让他感到震惊?关于里尔克的《果园》的评论声音几乎都来自法国,保罗·瓦莱里、安德烈·纪德都对里尔克的法语语言的力量大加称赞。里尔克肯定觉察到了基彭贝格夫妇受到了轻微的伤害,因为1926年6月9日,他写信给卡塔琳娜:"我的法语诗集《果园》于6月7日和公众见面。我一收到样书,第一册就寄给您。"卡塔琳娜对《果园》可以保持距离,很草率地对此表示了感谢。"我也有相同的感觉,就像人们在童话里听到的,仙女变成了一束玫瑰……我很兴奋地设想着这种变形,在另一种语言中沐浴。"这种共振构成了他们的通信的一部分。在伟大的书信艺术背后,他们说出了那些批判性的,或者说不是那么舒服但不吐不快的话。"岛屿的女主人"肯定会扮演知音的角色。

6. 里尔克身后

值得注意的是，安东·基彭贝格在里尔克1926年去世后不再亲自编辑里尔克的作品。里尔克的一些选集开始出版，主要由卡塔琳娜·基彭贝格或者岛屿出版社的工作人员负责编辑，抑或里尔克的后人。英格博克·施纳克总结道，虽然基彭贝格"广交同代诗人，但他的工作重心还是聚焦在歌德身上。他出版的作品围绕歌德这位诗歌的'太阳'运转，这点随着他年龄的增大而愈发明显"。

他愈发把"独尊一人"的座右铭奉为圭臬，这句话成了他的指南针，这种倾向在里尔克去世之后愈发明显。当时收藏者和出版人之间的合作变得日益密切。在二十年代中期，在法科斯密勒出版了巴赫的《马太受难曲》和《弥撒曲》之后，岛屿出版社出版了这些书中最漂亮的一本，作为岛屿的"蓝马克思勋章"——《马内塞古抄本》，是一本古代爱情诗诗人的诗歌抄本，用彩色的珂罗版印刷。卡塔琳娜·基彭贝格就出版社继续批量出版歌德作品说道："在歌德作品选上，人们能清晰地觉察到，它和出版社是多么互补，一件造物能从另一件那儿汲取多么大的养分。"

里尔克作品的整理工作落到了卡塔琳娜·基彭贝格和阿道夫·洪尼西的手里，后者是岛屿出版社的一位工作人员，他早在1921年就出了一本《里尔克早期诗歌、散文、戏剧选》，里尔克给他的这位"艾克曼"写了一首歪诗：

> 当我还是一棵柔弱的小冷杉，在花园一角，无人问津；那个小艾克曼，他姗姗来迟发现了我初生枝芽的结构和强度？有些诗多么让我恼怒这些过早轻率生长的枝芽我早该预料：他在未来会对我意义非凡！我本该更周全地作决定，每天早晨把自己检查一番：
> 我开得够不够好，你说，我未来的洪尼西？
> 慕佐，1922年1月末

岛屿出版社开始了伟大的收藏时代。1927年秋天，基彭贝格和里尔克讨论许久的全集六卷版终于问世了。这原先是为里尔克五十岁生日筹备的，但里尔克建议工作需谨慎，编辑切勿急就。第一卷包括诗歌的第一部分；第二册包括诗歌的第二部分，有《影像之书》《时辰祈祷书》《玛利亚生平》；第三卷是新诗，有《杜伊诺哀歌》《至奥尔弗斯的十四行诗》，还有里尔克最后的诗歌和片断；第四卷是除《马尔特手记》之外所有的散文作品；第五卷是《马尔特手记》；第六卷是翻译作品，包含了许多作家和作品：巴雷特-勃朗宁、盖兰、玛格达·雷娜的爱情，葡语书简，安德烈·纪德、路易丝·拉贝、米开朗基罗、保尔·瓦莱里、魏尔伦、马拉美、波德莱尔、彼特拉克、莫里亚斯。

赫尔曼·黑塞为这部全集撰写了书评："对于长期阅读里尔克作品的读者来说，他是多变的。他时而仿佛蜕掉了一层皮，时而又戴上了一层面具。但当下这部全集展示了一幅令人惊讶的全景图，诗人对自己的本质无比忠诚，这种本质的力量远远大过我们称为变化的能力和变化性的这些东西……从波希米亚民歌的年轻之声到奥尔弗斯，这一路走来，诗人合乎逻辑地从简单之物开始，然后用日渐成熟的语言、日渐成熟的形式对问题钻研得日益深刻。"

黑塞在这里描述了这部全集最基本的文学功能。它展示了一个诗人的成长，同时也展示了诗人的连贯性和整体性。1927年卡塔琳娜·基彭贝格出版了《诗歌选集》，1928年出版了《早期短篇小说和草稿》。书信和日记被收录进《1902—1906书简》，由鲁斯·西贝尔·里尔克和卡尔·西贝尔于1929年编辑出版。《早期1899—1902书信和日记》由鲁斯·西贝尔·里尔克和卡尔·西贝尔编辑出版，1942年出了扩充版。1933—1939年《1907—1914书简》出版，1934年《致出版人的书信》出版，1935年《慕佐城堡书信1921—1926》出版，最后是1937年出版的《1914—1921书简》；1939年《六册书信全集》终于出版了。

1943年12月，位于莱比锡库尔兹大街的岛屿出版社总部在一次空袭中被毁，所有印刷车间和库房都毁于一旦。1945年4月，美军在占领莱比锡后给予部分出版社在德国西部重建的机会，基彭贝格于是在威斯巴登成立了岛屿出版社分社。文集的生产工作，包括在战争期间保存下来的歌德文集，被转移到马尔堡。1945年在威斯巴登的出版社分部获得了经营许可。在基彭贝格离世前三年，他于1947年9月7日在马尔堡举办了一次莱纳·玛利亚·里尔克展。他再一次总结道："青年里尔克当时称他第一本薄薄的作品《菊苣》为'给人民的礼物'，最终，他的作品成了给全世界的馈赠。当诗人去世时，他的外文译本尚不超过20本，其中英译本仅3部。这个数字其实已很不一般，如果我们考虑到，翻译里尔克的诗需要多么大的知识储备和能力。从那以后，他的作品被翻译成二十五种语言，但他的母语作品，即德语作品正在被越来越多的其他国家的读者阅读，双语对照版的数目在增长——一名英国的大学教师在不久前写道，一些他的学生学习德语或努力钻研德语，为的就是能读懂里尔克的德语原文。"

1945年到1949年间出版的里尔克作品大多是盗版，即没有得到岛屿出版社授权的出版物。如果基彭贝格能抓住这些"出版商"，那他会惩罚他们去发放救济包！

安东·基彭贝格于1950年9月21日在卢塞恩去世，卡塔琳娜·基彭贝格先他三年去世。基彭贝格的老友——弗里德里希·米夏埃尔接管了岛屿出版社,在他之后,又有六任社长。

撤去一个例外先不说,1950年前后属于研究文献和书信的时代。1947年第一部有关里尔克的书出版,1948年有3篇论文出版,1950年7篇,1951年15篇,1952年24篇,1953年差不多30篇,1954年一直到1963年都保持在25到30篇左右。之后,里尔克研究逐渐下滑。

1945年之后书信出版的势头也不遑多让,这些书一般不是由岛屿出版社出版的。这些书信文学由《给欧尔男爵公主的信》(纽约,1945年)开始,还包括《和莱纳·玛利亚·里尔克的友谊,埃尔雅·玛利亚·内瓦尔叙述》(伯尔尼),以及《和梅琳娜的法语通信》(巴黎1949年)。在岛屿出版社出版的信件集有:《给西佐伯爵夫人的信》(1950年)和《里尔克和玛丽·冯·图勒恩和塔克西通信集》(苏黎世和威斯巴登,1951年),《里尔克和安德烈·纪德通信集》(巴黎,1952年),《里尔克和露·安德烈斯·莎乐美通信集》(苏黎世和威斯巴登),《致古迪·内尔克夫人的信》(威斯巴登,1953年),《里尔克和因加·容汉恩斯通信集》(威斯巴登,1959年)。但之后就是巨大的停滞,在公众接受方面,里尔克的作品跌入了低谷。

刚才我提到的一个例外要归功于岛屿出版社。1955年全集的第一卷出版,由里尔克档案馆协同露特·西贝尔·里尔克共同出版,由恩斯特·齐恩执行。6本薄纸印刷,近5000页。岛屿出版社在第一卷出版之际写道:"为了创造一个可靠的文本基础，我们花费了数年来进行前期准备工作。我们在早期未出版的作品中进行了遴选，除此之外，所有作品都被收录进来予以呈现，包括了从里尔克的青年时代到 1899 年末所有已出版的作品，以及从 1899 年起的所有作品和数目巨大的遗作。"

恩斯特·齐恩出版了一部可用性强的校勘本，它具备可靠的文本基础和可信的成文史介绍。这个版本对于本世纪的德语作家来说是个榜样。至今为止，许多当代的伟大作家都还无法享受校勘本的待遇。凭借这个版本，岛屿出版社协同鲁斯·西贝尔·里尔克女士做了一件大事，就是让里尔克的作品更好地流传下去。面对愈演愈烈的接受低潮，岛屿出版社可以问心无愧。

7. 里尔克和今天的岛屿出版社

1963年2月19日，安东·基彭贝格最后一位尚健在的女儿和其他许多股东一起把岛屿出版社的股份移交给苏尔坎普出版社。1965年起，苏尔坎普和岛屿出版社由我负责领导。对我来说，岛屿出版社曾是里尔克的出版社。当我通过汉斯·绍尔介绍第一次读到《旗手》时，大概还只有十二三岁；我当时就能背诵全文，至今我还熟悉整个故事的情节：旗手骑马穿过普兹塔，夜晚在城堡内的爱情篇章，最后死于和土耳其人的抗争——"窗户开了？风暴在屋里？"我仍能接受这29篇散文片段是以叙事歌谣的基本形式呈现的。当然，《旗手》的意识形态受到世纪之交活力论的影响。在战争年代，当我有理由去背诵《旗手》里的诗句时，我觉得死亡轻而易举就侵入了节庆般的生活圈里。还有里尔克其他的诗歌，比如《远古的阿波罗残雕》，是从青年时代起就陪伴我的。在图宾根，我"经历"了罗马诺·加迪尼对《杜伊诺哀歌》令人难忘的阐释，之后也"经历"了弗里德里希·贝斯纳在他的系列讲座《里尔克在慕佐》里所作的令人激动的对神化的消解，这种修正对我理解里尔克是有帮助的。对我来说，《杜伊诺哀歌》成了可以经受检验的文学作品。凭借这部作品，里尔克同那些伟大的"峰峦"——卡夫卡、布莱希特、乔伊斯和普鲁斯特一样，跻身于这个世纪的文学图景里。

我们在岛屿出版社出版里尔克作品的工作受到了两个障碍的影响：一个主观上的，一个客观上的。主观的障碍来自里尔克的遗产继承人。他们不光拥有未出版的遗作和存于档案馆的手稿的版权，还拥有任何新版本、特刊和授权版的版权。按照老合同，岛屿出版社虽然可以继续出版市面上已存在的里尔克作品，但只能以现有的形式发行。对于1965年和接下来的几年来说，有一点是显而易见的：为了让年轻一代了解里尔克，必须推出作品选集和特定主题的特刊本，特别是价廉物美的版本。此外，我们必须尝试改变里尔克作品的公众接受度的低潮和里尔克研究的衰退。1945年，里尔克的女儿鲁斯的第一任丈夫卡尔·西贝尔去世。1948年，鲁斯再婚，丈夫是威利·弗里采。我同鲁斯·弗里采·里尔克和她丈夫的接触从一开始就不轻松。我在菲舍尔胡德做了两次拜访，第一次是1963年苏尔坎普收购岛屿出版社后，那时我跟两位都作了交谈；第二次拜访是1966年7月，这次我无法和鲁斯·弗里采·里尔克女士谈上话，弗里采先生单独接受了谈话，他所做的回答都是事先由鲁斯女士想好的。这次谈话事关纪念里尔克逝世四十年祭的出版计划，但其遗产继承人不同意让其他出版社出特许版（即袖珍书版），苏尔坎普出版社也不行。在长时间的举棋不定之后，一部三卷本的选集纳入了讨论范围，导言由贝达·阿莱曼撰写，2100页，亚麻布封面，定价36马克。这套三卷本的新选集希望涵盖那些奠定了里尔克的地位和他对于今日读者来说非常重要的作品。1966年7月11日在菲舍尔胡德的谈话中间我们还提到贝达·阿莱曼的文章，里尔克的遗产继承人不同意刊出这篇文章，还有第三卷的所选篇目，其中还包括遗作里的一些重要作品。我谈到了1967年的岛屿年鉴的计划，想要谈论里尔克的影响。我没有得到明确的回应，而慢慢地，最终倒也达到了出版三卷选集版的目的——它在1966年11月作为《19号丛书》的特刊本发行。我们获得了一次性印行30000册的版权。这个印数对我们来说有点高，但书还是在三年内售罄。里尔克的继承人拒绝给予我们再版的权利。对于承担着证明里尔克巨大影响的年鉴工作，我们拟出版一期《论里尔克》的特刊，选篇的任务由里尔克专家雅克布·施泰纳承担。施泰纳以穆齐尔的一段话开篇："我是多么经常改变我对里尔克、对霍夫曼斯塔尔的判断。一个暂时的结论：没有客观的判断，只有生动的评价。"雅克布·施泰纳想要呈现同时代人对诗人生动的评价，当然，这些声音不全都是"正面"的，否则，其所折射出的里尔克的影响力就会是片面的，科学研究上也是不可信的；负面的声音必须被发表出来。1966年10月6日，我接到了如下电报："鉴于年鉴的所为，我们想着重提醒您，里尔克的出版人必须在纪念里尔克和他的作品时保持无比的忠诚,特别考虑到里尔克和他的后人与岛屿出版社这段长久的合同关系。停手,建议他们删去那些东西,而不是做别的出版人会毫无顾忌做的事。"这里涉及一个原则性问题。就此,我在1966年10月18日的回信中说道:"是这样的,对于作品的忠诚并不意味着一味赞扬,打压批评。里尔克的作品如此重要,数十年之后也会依旧如此,所以,有批评是自然的。请您想想席勒和歌德尚在世时针对他们的那些批判。这是一件自然的事情。每代人对一部文学作品都会有他们的立场,他们往往通过对上一代的批判态度来表明自己的立场……赫尔曼·黑塞曾对我说,他很乐意苏尔坎普出版社出版一些关于他的批判文章;这样一来,既能催生出质量有保证的批判文章,又能把批评的声音融入到出版社对作品的关怀中。我认为,您的观点——别的出版人会毫不顾忌地出版对里尔克的批判文章——不无道理,但现在,在自家出版这样一部批评集,对加强里尔克作品的影响是更有裨益的,因为这些研究是具备一定水准的(比如德梅兹的文章)……"

我未曾收到对这封信的回复。

1968年,我和弗里采先生、他的两个律师和我们的律师一起在慕尼黑最后一次商量了版权事宜。正如所要求的,这是对"从里尔克的遗产继承人和岛屿出版社的合同关系中产生"的法律、经济和文学问题的详谈。这次谈话是必要的,因为老的合同没有规范作品在新媒体中的传播可能。这次"慕尼黑会谈"是我们和遗产继承人的最后一次联系，接下来是杳无音信的四年。最终我们获悉，1972年11月27日，鲁斯·弗里采·里尔克和威利·弗里采一同选择了自杀。

今天，在那么多年过去后，在我更多地了解了鲁斯·弗里采·里尔克的为人后，在我通过由近及远的辩证定义下接受获取更多经验后，我得到了另一种图像。当我结识鲁斯·弗里采·里尔克时，她已经患病。我们的世界已经不再是她的世界。她和她的丈夫常年受不治之症的折磨。"给每个人以他自己的死"——这份来自里尔克的请求，却在他女儿身上被兑现。

鲁斯·里尔克从1927年起就和卡塔琳娜·基彭贝格一起整理她父亲的作品。之后的几年里，里尔克被污蔑成了"犹太人的朋友"、"犹太萌芽"，是"娇生惯养之人"，较之当时那些"坚强如铁"的时代偶像完全是另一个极点。人们对他的诗歌、作品了解甚少，他在公众生活中消失了。然而这十几年的失踪和流放是如何促进了之后公众对作品更为成熟的理解，又是如何为一种崭新的接受铺平道路的，这也许是值得研究的。但假如没有一套里尔克全集，这种接受上的变化能成为可能吗？而全集的出版离不开鲁斯·里尔克的努力。1948到1949年之间，她离开了魏玛，留下了所有个人财产（一栋美丽的房子，一座花园，以及许多无可替代的物质财产），只为拯救一样东西——里尔克档案馆。数年来她为此伏案，这是她的工作，她的毕生之作——收集和保存手稿、修改稿，收集和购买里尔克的书信。没有这个档案馆及其使用可能，就没有齐恩版全集。岛屿出版社的重建，基彭贝格的流亡以他后来从莱比锡到威斯巴登的迁居，本都会使这块地基丧失。我们必须扪心自问，德意志民主共和国会给里尔克档案馆的工作提供了何种帮助，鉴于这个国家官方的文化政策和我们这个时代联邦共和国的某些人一样，是"文学已死"的布道者。直到苏联承认里尔克是进步作家后，里尔克的作品才在东德为人所知。在这种条件下，全集是不可能出版的，公众对他的全新的接受也会随之缺乏基础。

这些事实和思考改变了鲁斯·里尔克在我心中的形象，我今天知道，她的功劳在于克服重重困难，使公众对里尔克的新的接受成为可能。

在鲁斯·弗里采·里尔克女士去世三天前，我寄给她一封信，她可能没有读到。作为里尔克影响力下降的明证，我寄给她 1972 年 11 月 24 日《法兰克福汇报》的一篇标题为《驱逐》的讽刺文章："曾几何时，谈到文学，不提莱纳·玛利亚·里尔克是不可能的，虽然这个情况没过去很久，但现在的确是另一番景象：在今天的辩论中，为了不陷入老派和保守之名，里尔克属于人们小心翼翼要避免提到的名字。不妨对这一变化加以解释：里尔克作为一个时代的偶像，带着他那个时代的哲学已经消失在地平线下面，这是毫无疑问的。但这还不能解释整个事件。每个时代不仅被偶像所标记，还被对他们的驱逐所标记，里尔克只是众多名字中的一个。"里尔克作为一个时代的偶像已经消失在地平线下了吗？我们的时代，或者我们更小心点说，过去的十年，是被驱逐里尔克这一行为所标记了吗？由里尔克的后人造成的主观困难是和一个客观困难紧密联系的。雅各布·施泰纳说，里尔克的研究者克劳斯·约拿斯以及伯恩哈德·布鲁梅——他们是《致西多尼·冯·纳德亨尼》的出版人——无法继续他们的研究，因为他们无法把里尔克档案里未出版的文本进行整理，以便以资料卷的形式去引用、求证和出版，两位出版人甚至一度曾打算起诉岛屿出版社——这是一个主要困难；另一个困难则是二十世纪六十年代后半期文学和文学讨论所处的大环境。

在那些关于文学的社会关联的大讨论中，里尔克被当做是"资产阶级文学"的代言人而被一批日耳曼学者、大学生和中学生，以及——虽然这十分令人痛心——许多文学评论家和做编辑工作的知识分子所忘却。文学，特别是里尔克写的诗意文学，在我们这个时代的行家那里已经不受欢迎。他们毫不在乎瓦尔特·本雅明（这个名字也经常被意识形态化）曾经赞扬过里尔克。瓦尔特·本雅明在 1913 年 8 月 4 日写信给赫尔伯特·贝默尔，信中说道："只有在团体里，特别在信仰者结成的关系最紧密的团体里，一个人才会真正感到孤独：自我为回归自我而和理念相抗衡的孤独。您读过里尔克的《耶利米亚》吗？这点在其中得到了美妙的表达。"

在这个文学评价剧变的时代，在里尔克的后人自杀后，莱纳·玛利亚·里尔克的孙子，即鲁斯·里尔克和卡尔·西贝尔的儿子——克里斯多夫·西贝尔·里尔克，和他的夫人赫拉·西贝尔·里尔克接管了遗产。两人都读过里尔克的作品，了解里尔克和我们时代的关系，和岛屿出版社也关系颇佳。岛屿出版社突然间可以施展拳脚，在1975年里尔克诞辰一百周年之际，它充分利用了这次机会。首先是里尔克三卷本选集的再版，然后是单行本、袖珍书版、让关于里尔克的讨论重新焕发活力的资料集以及重要的新版本——比如《遗嘱》，里尔克在其中以惊人的方式总结了他的生活和创作，此外还有里尔克的诗作手迹以及十二卷里尔克作品集的编纂。这是对六卷本齐恩版的翻印，但添加了一个新的索引，读者在使用这个版本时都可以不依赖于齐恩版的索引。

今天，也就是1977年，里尔克作品的新活力在那儿呢？我认为它基于以下三点：

1. 里尔克写道，他在艰难的军事学校时期的震撼中"体验到了巨大的孤独"。在1903年给露·安德烈斯·莎乐美的信中，他又写道，巴黎"对我来说是和军事学校近似的体验"。里尔克给我们城市人在现代语境中的迷失感和孤独感提供了无可超越的表达，也给了读者承受，或者克服二者的希望。

2. 我们需要想象和感性，我们需要一种新的敏锐度，尤其是当将我们匿名化的时代受同样匿名的电脑操控,正迈向暧昧不明的决策过程。我们的当权者更多着眼于当下的需求,而不是未来。我们必须像《青年工人书简》里说的,"比它们走得更远"。我相信,彼得·德梅兹说得对。

3. 第三点和第二点紧密相关。我最爱的诗歌《远古的阿波罗残雕》里有一行:"因为它从每个角落看着你。你必须改变你的生活。"改变的呼声在里尔克的作品中并不稀见。让我们回想一下十四行诗《欲求化变》,然后想想信中的那一行和《杜伊诺哀歌》里的第九哀歌。在信中(1915年6月28日,书信,第485页)我们读到:"除了纯净、伟大、自由地创造改变的动机,我们的使命还会是什么?这点我们做得很坏,很不全面,很不自信吗?这是一个问题,这是疼痛,几乎一年过去了,人们要完成的任务更加无情。这是怎么回事?!"然后是1922年第九哀歌里,"无情"变成了:

> 尘世,这不正是你想要的吗:看不见地在我们中间站起?——这不正是你的梦吗,
> 想有一日隐而不见?——尘世!隐形!
> 倘若不是变形你迫切的委命又是什么?①

---

① 根据刘皓明的译本译出,参见刘皓明:《杜伊诺哀歌》,辽宁教育出版社2005年版,第155页。

变形的委命或隐或显地贯穿了里尔克的整个作品。在《漫步》这诞生于1924年3月初的临终之作中,他写道:

> 我的目光已经在洒满阳光的山冈上,
> 已经在我刚刚开始的道路的前方。
> 就这样我们无法抓握的,抓住了我们。
> 充满幻影,从那远方——
>
> 尽管我们并未企及它,它却将我们
> 变成几无预感地成为的事物;
> 一个信号在飘荡,回答着我们的信号……
> 我们觉察到的却仅仅是打头风。

我认为,我们当下和未来的处境在这首诗里得到了描述。当我们踏上自己决定的道路时,我们其实并不孤单,远方、过往、神秘和超越日常之物都向我们伸出援手,"我们无法抓握的,抓住了我们"。它改变了我们,并非固定、教条、成型的我们。"谁决定停留,就已经变僵"——这是《致奥尔弗斯的十四行诗》中的一行诗。有时,我们只感受到了一个信号,往往没有觉察到变化。我们只能感受到那些阻止我们和他人建立关系的障碍,那些逆风。风和存在,信号和企及,这些词语不仅在声音上，在意义内涵上也是押韵的[①]；而我们的希冀也借此得以传达。

在一封写于1922年3月13日的信中，应一位年轻人的呼吁，里尔克再一次总结了艺术的本质。他谈到，年轻人面对当下的困境不应"向外，而是要向更深处退避"；他们应当试着"用心之克拉去衡量事物"。"人的关联具有隐秘的伟大性，人在哪里将此伟大性成功地引入不显眼的卑微的物之中，赐予人的不可比拟的唯一恩惠也许就在哪里最彻底地显示出来。"接着，他对年轻的来信者说道："艺术说到底无意催生新的艺术家。它不想召唤任何人投奔它。是的，这一直是我的猜测，艺术也许根本不在乎某种影响。但是，当艺术形象不可遏地从永不枯竭的本源中涌现出来，挺立在事物中间，异常沉静，异常优秀，那时或可发生一个事件：凭借其天生的无私、自由和强度，艺术形象总之不自觉地成为每种人类活动的楷模。"[②]

无私、自由和强度，这三者意义非凡，堪比自由，平等，博爱。自由，被我们的宪法所明确规定；平等，这是个复杂的问题，必须继续加以反思；博爱，人们常常避而不谈。当里尔克谈到无私、自由和强度时，是在为我们指明道路吗？

---

① 德语中，"风"（Wind）和"是"（sind）押韵，"信号"（Zeichen）和"企及"（erreichen）押韵。
② 根据林克的译本译出，参见《穆佐书简——里尔克晚期书信集》，华夏出版社2012年版，第73—74页。

第五章
罗伯特·瓦尔泽和他的出版人

"我不去完善自己,也许我也不会发芽生枝,但总有一天我的内心会芬芳四溢。"

《雅各布·冯·贡腾》

1. 孤独者

假如我作一个题为"黑塞和他的出版人"或"里尔克和他的出版人"或"贝托尔特·布莱希特和他的出版人"的讲座,只有少数人会感到惊讶。但现在我以"罗伯特·瓦尔泽和他的出版人"为题,只是希望这个双重陌生人能引起你们的好奇。多年以来——准确地说是二十年来——每当我在文学讲演里谈及是什么激发了作家的创作时,我总会引用一位作家的话,并说明说这句话的人是本世纪人所未知的德语作家里最伟大的一位,罗伯特·瓦尔泽是这么说的:"一旦我停止作诗,我就会停止我自己。"我们等会儿会重新讨论这句话,它对我们的题目很重要。

有人立刻会问,谁是罗伯特·瓦尔泽。答案是复杂的。我热爱这位作家,德语为他创造了一个出色的名字——诗人。但直到 1976 年,我都无法获得他的作品版权。

为描绘我先前所做的努力,我先讲一则轶事。1959 年 3 月,彼得·苏尔坎普去世后,我第一次来到瑞士,想联系拜访两年前在赫利绍精神病院去世的罗伯特·瓦尔泽的监护人,也是其作品的管理人——卡尔·泽里希[①]，跟他讨论建立出版关系的可能。但是，卡尔·泽里希没有接待我，他对出版社颇为不悦，因为彼得·苏尔坎普，还有1945年后在苏尔坎普之前的所有德国和瑞士的出版商，都认为出版罗伯特·瓦尔泽的作品要承担极大的风险。当我在蒙塔格诺拉把卡尔·泽里希闭门谢客的事说给赫尔曼·黑塞听时，这位大师一下子就站了起来："他必须见你！"他起身走进工作室，在带水彩画的小信纸上敲打出一封给他的朋友卡尔·泽里希的信，友好而急切地请求他能否和他的出版人见上一面。在回国前，我得以和他谋面。我现在仿佛还能看见卡尔·泽里希就站在我的面前，这位聪慧、多识、执拗的文学家，这个和蔼可亲的老人，他可能就像我从未见过的罗伯特·瓦尔泽一样温顺、善良、优雅。我当时也算那些可能犯下了一生中最大的错误的出版人之一，因为我也没有承诺要负责罗伯特·瓦尔泽的全集出版工作；我没有能力，因为我还太年轻了，作为出版人在冒险这方面没有经验。至少我们协商好要出版罗伯特·瓦尔泽的选集，这项工作由瓦尔特·霍勒尔承担，后来这本选集于1960年被选入《苏尔坎普图书系列文集》。三年之后，我多次联系卡尔·泽里希，但杳无音讯，这位忠实的人于1962年2月15日在苏黎世的贝勒维

[①] 卡尔·泽里希（Carl Seelig, 1894—1962），瑞士作家，身前是罗伯特·瓦尔泽的好友。

广场负伤遇难,他当时想要跳上一辆有轨电车,却从车上摔了下来。多年来,瓦尔泽的作品版权问题扑朔迷离,又过了许多年,版权才被交予日内瓦和达姆斯塔特的霍勒出版社。

那么,罗伯特·瓦尔泽是何许人也?他比曾对他发表的作品赞誉有加的弗朗茨·卡夫卡年长五岁。在一份由他本人撰写的生平中,他写道:"瓦尔泽于1878年4月15日出生于伯尔尼州的比尔,是八个孩子中的倒数第二个,上学上到十四岁,此后在银行当学徒,十七岁离家,住在巴塞尔的时候,在冯·史拜耳公司工作,在斯图加特的时候,他在德国出版联盟找到了一份差事。"差不多在十四岁时,他写下了至今保存下来的最早的作品《池塘》,里面有一句是用伯尔尼语写的:"我喜欢一个人待着。这能叫人思考。"年少时,他就不断地阅读:"我读的东西,对我来说都是一种自然的东西。我开始阅读,因为生活否定了我,而阅读却好心地肯定了我的爱好和我的个性。"**一位不停阅读的人。**"这个内心无比火热的人"曾想成为一名演员,但当他在斯图加特伟大的约瑟夫·凯恩茨那儿表演朗诵的时候,这位先生只是摆了摆手。十七岁时,他写信给他的姐姐:"演员是做不成了,但是,假如上帝愿意,我会成为一名伟大的诗人。"为此他花了三十年时间。1929年,时年五十一岁的他被送进了伯尔尼的瓦尔道州立精神病院。罗伯特·瓦尔泽和弗里德里希·荷尔德林有着相同的命运,罗伯特·瓦尔泽写的有关荷尔德林的东西也相当有预见性:"荷尔德林认为,在不惑之年丧失理智是合理的,也是得体的。"他又写道:"同样的事也会把我击溃吗?"同样的事的确击溃了他,他表现得也很得体。1933年他被送往赫利绍精神病院,直至生命终结,再也没有自己的作品诞生。当然,卡尔·泽里希记录下了他和罗伯特·瓦尔泽一起散步时的谈话,但他的《和罗伯特·瓦尔泽一起散步》直到现在才被人发现并被视为一部重要的文学作品、一部透视诗意的作品、一部以它的精神高度让人想起席勒、歌德、莱辛和克莱斯特的著名谈话的作品。

这位戴着市民面具的最卑微的失败专家有两句话让我深思:"没有人有权利在我面前表现出一副认识我的样子。"另一句是他在临终前回望一生时说的:"在我周围总存在着这样的阴谋,它想把像我这样的害虫赶走,一切与自己世界不相称的东西都要被它优雅而高傲地清除出去。我从不敢硬挤入他们的世界,我甚至连瞄一眼的勇气都没有。所以我生活在市民生活的边缘,这有什么不好呢?"这些经验值得我们思考,不单单局限在罗伯特·瓦尔泽的命运上。

1976年,经过深情而悉心的编辑,《瓦尔泽全集》出版了,全集这个标签对于瓦尔泽温柔轻盈的诗歌来说显得太过沉重。这部全集共十二大册,现在又增补了第十三册书信篇。它由约亨·格雷文担任编辑,在瑞士各大基金会的支持下,在阿涅尔—日内瓦的考索多出版社得以出版。现在,这套全集完整地呈现在我们面前。世纪小说:《唐纳兄妹》《雅各布·冯·贡腾》《助手》。中篇小说,短篇小说,奇幻散文。《弗里茨·考赫的作文簿》。短篇散文诗。《诗人生涯》《玫瑰集》《湖地》《化妆舞会》,习作,随笔,剧本还有诗。所有都附有脚注、评论、阅读帮助、编者记,还有详细的后记、细心的索引和生平时间表。13部印刷精美的书册用珍贵的亚麻布做封面,印数2000到5000册,定价在35到40瑞士法郎之间。此外,还有卡尔·泽里希的一位朋友罗伯特·麦西勒撰写的生平,他用直接的见证呈现出瓦尔泽的生活轨迹。这套作品就摆在我们的面前;这套迷人、优雅、执拗、叫人若有所思的作品,这套时而滑稽、时而向死而生的作品,这套带着充满反讽和机趣的喧哗的作品,关注的是活在大城市的茫茫人海中、文明技术和技术文明下的孤独个体。

罗伯特·穆齐尔在1914年谈到瓦尔泽的《故事集》,并把它与卡夫卡的《观察》和《司炉》相比较,他几乎是带着责备的口吻说,卡夫卡太过于靠近瓦尔泽的叙事腔调了。穆齐尔写道:"我觉得,我们必须维护瓦尔泽的作品在风格上的独一无二,把它归到任何一个文学体裁下都是不合适的,而且我在读卡夫卡的第一本书《观察》时有一种不适,觉得它像是罗伯特·瓦尔泽的一个特殊案例,虽然它要比《故事集》写得早。"本雅明说,瓦尔泽笔下的人物"是那些历经疯狂的人物,如果要把他们身上那些令人喜悦和叫人害怕的东西用一句话概括,那就是：它们都被治愈了"。本雅明还散播了关于罗伯特·瓦尔泽的文学谣言："这个看上去最欢愉的诗人是无情的卡夫卡最爱的作家。"如今，瓦尔泽的英语译者克里斯托夫·米德尔顿把他和晚年的狄兰·托马斯相提并论。马丁·瓦尔泽盛赞这位"温顺的流浪汉和伟大的无用人"身上独一无二的一点："他以最温和的方式把自己带入这个游戏：让世界在他身上搁浅，然后他来描写它破散时的色彩。"

他的作品就在我们面前，接受伟大作家的集体赞美。作家们如此统一地为他唱赞歌，这非同一般。现在他的作品出版了。它发出邀请说：读我吧。为什么却鲜有人照做呢？为什么罗伯特·瓦尔泽不像本世纪其他的伟大作家那样（譬如卡夫卡、黑塞、里尔克、托马斯·曼和贝托尔特·布莱希特——这是他所归属的行列）具有存在感？诚然，接受的匮乏、文学评论的疏忽以及文学研究的无知和这位作家特殊的生活方式不无关系。按他的话说，他是"孤独的人"，"并不确定，他到底是坐着还是站着"。他的接受史和影响一定和他作品的命运、出版史息息相关，所以，我们的题目"罗伯特·瓦尔泽和他的出版人"是至关重要的。

2. "我开始写诗了"

罗伯特·瓦尔泽和与他同时代的出版人的关系极其扣人心弦。只有在优秀的侦探小说里答案才会被事先揭晓。所以瓦尔泽事件只能事先概括成：二十世纪，没有一位伟大的德语作家像这位伟大的陌生人一样，和重要的出版人、出版社之间拥有如此变化无常的关系。没有作家经历过他所经历的事情，那些重要的出版人为他出版了一两部作品之后就弃他而去：岛屿出版社的安东·基彭贝格、库尔特·沃尔夫、布鲁诺·卡西尔、S.菲舍尔、恩斯特·罗沃尔特。这些经历让他成为了一位伟大的诗人和一位赫利绍精神病院里的病人。1926年，《新苏黎世报》做了一项题为"我们这儿有被低估的诗人吗？"的问卷调查，瓦尔泽参与了调查，并拿自己充满绝望的境况打趣道："我的出版人都跟我说过，我令他们着迷。"

我们的研究基于五份研究资料：

1. 罗伯特·麦西勒出色的传记《罗伯特·瓦尔泽的一生》。
2. 罗伯特·麦西勒和耶尔格·舍费尔共同编撰的于1975年出版的《书信集》(《书信集》包含瓦尔泽的411封书信，约现存书信的五分之四;但由于大量书信佚失或被销毁,所以我们可以推测,这500封信仅仅是罗伯特·瓦尔泽书信的一部分。)

3. 卡尔·泽里希的书《和罗伯特·瓦尔泽一起散步》。
4. 约亨·格雷文在由他编撰的全集附录里给出的编者记。
5. 苏黎世卡尔·泽里希基金会下的罗伯特·瓦尔泽档案馆,也就是埃里奥·弗勒利希博士和档案馆馆长卡塔琳娜·凯尔的叙述。

1896年9月30日,在短居比尔、巴塞尔和斯图加特后,罗伯特·瓦尔泽定居苏黎世,撇开去柏林和慕尼黑的旅行不算,他在那儿住了十年:其间他搬了十七次家,换了九份工作。"我总是随性辞职,那些职位虽然许诺给我前程和鬼才知道的东西,但假如我继续待下来,它们会杀了我的。"这是《唐纳兄妹》里的一句话。在苏黎世的最后几年,他在"失业者的写字间"工作。"凡我待过的地方,我不久就会离去,因为我不想让自己年轻的力量变得消沉。"他的主业是店员,也就是商行职员,在官方文件上他是这么登记的。这个职业也成了他文学创作欲望的持续对象,作家瓦尔泽通过描写店员的行为燃烧着自己。商行职员的形象,不论是自画像还是同事的形象,成了他头几部作品里的人物。《弗里茨·考赫的作文簿》,他的第一本书,就包含了许多店员的形象。那时,瓦尔泽"开始在薄纸条上写诗"："我干这个，"《一位年轻人》里这样写道，"只是因为想安静地动动笔而已，但其间也有秘密，也许我开始写诗，是因为我很穷，需要一个美妙的副业让我感到富足。"在同一篇文章里他继续写道："可能是不安，对未来没有把握，也可能是对一种独特命运的预感让我拿起了笔，我想知道我能不能成功地描绘自己。"这儿，我们对创作的秘密——究竟是什么促使作家写作的问题有了一个珍贵的证据：不安，对未来没有把握，对一种独特命运的预感，这些都刻画出一位作家的心灵图景。

他严肃对待他的心灵，一如他严肃对待他的表达欲。写作对他来说不是一种无意识的活动，写作之于他从一开始便是一种注意力需要高度集中的活动。对此，我们从1920年他写的四份生平介绍里的一份中找到了一个重要证据，这四份生平介绍都被收录在全集的第十二册里。他的一句话极其引人注目："经历了斯图加特的一年后，他徒步经蒂宾根、赫辛根、沙夫豪森等地去苏黎世，在那儿干了一阵子保险，又干了一阵子银行的工作，在外希尔住过，也在苏黎世山上住过，还写诗，必须说明的是，**他不是利用业余时间写作，为了写作，他总是先辞掉工作，因为他相信艺术是伟大的东西。**"以这样的态度和强度，罗伯特·瓦尔泽创作了他的第一批诗歌、他的散文和他的诗歌剧。写作对他来说是死亡的一种。每当他写作的时候，他就有强烈的想死去的愿望。月亮、星辰、黑夜、树木的美丽折磨着他。我们可以从瓦尔泽1900年发表在《岛屿》杂志上的短剧《诗人》中读到这样一句话:"我的感觉是让我负伤的箭。心灵想要负伤,思想想要疲惫。我想把月亮压进一首诗里,把星星和我混在一起。我如何能开始感觉,当它如语言沙滩上的鱼一样垂死挣扎的时候?一旦我停止作诗,我就会停止我自己。这让我很高兴。晚安!"

在他十七到二十岁这段时间,他可能完成了五十首诗和其他散文。在他二十岁生日后,他把四十首诗誊写在一本本子上,然后寄给了伯尔尼的日报《联邦报》的文学编辑约瑟夫·维克多·维德曼。维德曼是当时瑞士最具威望的文学批评家。文学批评家提携年轻人,推动新文学的产生,但人们却很少花笔墨去写他们,所以这里要称颂一件事。1898年5月8日,维德曼在《联邦报》周日版以《诗坛新人》为题刊登了罗伯特·瓦尔泽的六首诗,但未署作者的名字,他还写了篇友好、口吻略显倨傲的导语,借此表达他看见在瑞士"如此经常"出现承载着未来希望的"自成一格的有天赋的新人"的喜悦。"这种认可对年方二十的作者来说应该是个鼓励,促使他通过忠贞不渝的勤勉工作,把天赋转换为大师的艺术。"刊登的六首诗的标题别有罗伯特·瓦尔泽的典型风格。它们分别是:《光亮》《忧郁的邻居》《临睡前》《小风景》《走投无路》《总在窗前》。通过这些标题,我们就可以阐释瓦尔泽的作品了。黑暗与明亮,忧郁的邻人形象,做梦的人和入睡的人,总在窗前站着的观察者,还有在生活中找不到出路的人。这些诗歌的发表产生了一个重要效应。弗朗茨·布莱——这位乐于发现的奥地利作家、批评家和随笔散文家,就是它们的读者之一。他从编辑那儿获取了这位匿名作者的地址,两人碰了面。弗朗茨·布莱和罗伯特·瓦尔泽对这次碰面都有记录。弗朗茨·布莱写道:"这就是瓦尔泽,半个出师的小徒工,半个服务生,一个诗人。"罗伯特·瓦尔泽回忆道,当弗朗茨·布莱问他是否会继续写下去的时候,他是如何作答的。"我别无选择,"罗伯特·瓦尔泽说,"灵感"很重要,"一个像我这样勤奋的人,难道不能像别人那样获得优秀的灵感吗?"

弗朗茨·布莱带走了罗伯特·瓦尔泽作诗的本子。布莱和鲁道夫·亚历山大·施罗德、阿尔弗雷德·瓦尔特·海梅尔、奥托·尤里乌斯·比尔鲍姆是朋友,他们从1897年起就筹划出版《岛屿》杂志,这份杂志终于在1899年10月1日出版了。1899年的创刊号刊登了瓦尔泽的四首诗,在以后的几期中又出现他的诗歌、散文和小短剧,属于这个杂志圈子的人还有鲁道夫·亚历山大·施罗德、胡戈·冯·霍夫曼斯塔尔、舍尔巴特、德特勒夫·冯·利利恩克龙、理查德·德默尔、莱纳·玛利亚·里尔克、弗兰克·魏德金斯、马克斯·道滕代、亨利·范德费尔德。

胡戈·冯·霍夫曼斯塔尔也是罗伯特·瓦尔泽作品的早期赞美者。

鲁道夫·亚历山大·施罗德在他 1935 年的随笔《岛屿出版社在慕尼黑的头几年》中回忆道："世纪之交是一段丰富多彩的幸运日子。许多古老的伟大遗产依然鲜活,那时,它们还带着自己本原的影响出现在人们面前,同时,不计其数的新生力量茁壮成长,许多不可忽略的运动方兴未艾。"对于施罗德来说,这些新生力量包括延斯·彼得·雅各布森、斯特凡·格奥尔格、里尔克,同样还有罗伯特·瓦尔泽,"这位当时和我们一样年轻的、我们圈子和我们杂志的常客"——施罗德描述道,他还写道在瓦尔泽的诗里"有一种诗性和魔性,诗的内容轻柔而干净,以致我不知道在我们的语言里有什么类似的作品跟他一样"。1935 年,当鲁道夫写下这句话的时候,他也认为,罗伯特·瓦尔泽作的作家名声已经销声匿迹,即便在瑞士,在这位伯尔尼人的家乡,他的作品也没有得到很好的保存。于是,为了点出这位已被忘却的无名人,施罗德在他的随笔里摘录了罗伯特·瓦尔泽的一首诗作例:

《然后走了》

他轻轻挥了挥帽子,
然后走了,这是旅人。
他把树叶从树上撕下来,
然后走了,这是寒秋。

他微笑地分发着慈悲，

然后走了，这是国王。

敲门声在夜里响了一下，

然后走了，这是心伤。

他哭着指着自己的心脏，

然后走了，这是穷人。

《岛屿》杂志不久就停刊了（三位诗人编辑在经营上过于慷慨，这种慷慨不单单表现在他们自己建了家印刷间，还体现在他们在所有事情上都大手大脚：杂志印了10000册，只卖出区区四百本，华美昂贵的装帧又让他们入不敷出）。1902年的最后一期上还发表了罗伯特·瓦尔泽的两个短篇故事。短篇故事《天才》中，一个天才在女王的餐桌前宣布"明天或者后天他有意颠覆整个世界"；还有短篇故事《世界》，它描写了一次彻头彻尾的解放，学生逮捕老师，女孩威胁男孩。但到最后一切都变为乌有，"既然一切都化为乌有，那我们也没法继续描述下去"。

罗伯特·瓦尔泽在一封信（1912年12月12日致罗沃尔特出版社）中表示，是鲁道夫·亚历山大·施罗德和比尔鲍姆向《岛屿》杂志推荐了他；施罗德替他联系了莱比锡岛屿出版社当时的社长——鲁道夫·冯·珀尔尼茨。

3. 岛屿出版社：罗伯特·瓦尔泽的第一家出版社

在现存的罗伯特·瓦尔泽早年书信里，有一封1902年1月6日从柏林夏洛腾堡写给"最尊敬的珀尔尼茨先生"的信："我谨向您证明我昨天给您写了信，今天我想询问的还是那个问题，即您能否为我当面交给您的本人的所有作品（戏剧、散文、诗歌）出一小笔钱（两百马克）。现在我手头很紧，但这个窘境不会持续很长时间。"

瓦尔泽的第一封给出版人的信就很典型。他提供至今为止他的作品，想要得到一笔在当时来说数目不小的钱，并提到了日后伴随了他一生的"经济窘境"。珀尔尼茨先生拒绝了这个要求。这是他第一次在出版人那儿遭受打击，这个打击也引发了瓦尔泽的一个典型反应：他立刻搬家，从柏林出发途经陶福勒恩到了比尔湖，他的姐姐在那儿当教师，他一生都跟她关系紧密。《唐纳兄妹》是对此最具说服力的证明。

从比尔湖他写信给编辑维德曼："我想要在这儿生活。我说的是生活。您能不能给我点东西写写，我说的是笔头上的活儿，比如抄写之类的活计。在柏林（我从那儿过来），我写诗赚钱的愿望已经破灭了。"

维德曼的回信没有被保存下来，但可以推测的是，他鼓励罗伯特·瓦尔泽继续写作，并表示将会把他的文章发表在《联邦报》上。瓦尔泽重回苏黎世，在施比格尔巷23号安家，这是条很有名气的街道：约翰·卡斯帕拉瓦特在这儿写了让歌德印象深刻的《为促进识人和爱人的相面学残篇》；格奥尔格·毕希纳在这里受苦，也在这里死去；日后，列宁在这儿筹划革命；卡巴雷特·伏尔泰于1916年在这儿缔造了达达运动。1902年3月23日，《联邦报》开始连载由瓦尔泽亲自"编排"的散文选。在导语部分他写道："写这些文章的男孩，在退学后不久就死掉了。"

又是弗朗茨·布莱鼓励了罗伯特·瓦尔泽。他于1903年11月3日给瓦尔泽去信道："您可以把您的诗歌，散文和戏剧寄给莱比锡的岛屿出版社，地址是林登路20号。"罗伯特·瓦尔泽照做了，他寄给珀尔尼茨先生一份"有可能适合在岛屿出版社出版的作品"。它们是戏剧《男孩》《诗人》《灰姑娘》《白雪公主》，还有三四十首诗歌，以及散文《弗里茨·考赫的作文簿》。《弗里茨·考赫的作文簿》引起了珀尔尼茨的特别关注。这是他"最好的散文"。不久，1904年1月，罗伯特·瓦尔泽建议珀尔尼茨，他想让他当画家的哥哥卡尔·瓦尔泽来给散文选画插图。但珀尔尼茨未作答复。这时，又是弗朗茨·布莱站了出来。他建议瓦尔泽找岛屿出版社的阿尔弗雷德·瓦尔特·海默尔帮忙。罗伯特·瓦尔泽再一次推荐了他的《弗里茨·考赫的作文簿》和他"想饱蘸爱意地给这本散文选画插图"的哥哥。海默尔把这封信转交给珀尔尼茨,并注明"极力支持瓦尔泽出这本书"。珀尔尼茨就这么拍板决定了。1904年5月,当罗伯特·瓦尔泽得到了岛屿出版社对《弗里茨·考赫的作文簿》的出版许可时,他表现得就像一位老练的作家,清楚地知道该如何设计自己的作品的外观。1904年5月,他在一封书信里表达了这样的愿望:"我认为,这本书在市场上出得越多,它取得的成绩就会越大。"1904年11月,此书出版。罗伯特·瓦尔泽当年的处女作,现在已经是物以稀为贵的珍品了。它有一个双标题:左边是"《弗里茨·考赫的作文簿》《店员》《画家》《森林》,十一幅卡尔·瓦尔泽的插画"。右边是"《弗里茨·考赫的作文簿》,由罗伯特·瓦尔泽转述。莱比锡布莱特考普夫&赫特尔印刷厂印刷"。卡尔·瓦尔泽的那十一幅插图可以被视为文学作品里配有成功插图的典范。

这本书获得了两个重要评论。编辑维德曼写道:"两年前,年轻的瑞士诗人罗伯特·瓦尔泽在我们的周日版上发表了他的文章,文中他模仿了一位极具天赋却英年早逝的中学生的习作文风,许多读者看后只会充满疑虑地摇摇头。他们认为除非编辑先生相信这位早逝的'弗里茨·考赫'的存在,并出于对死者的敬意而无法拒绝发表这位'确有天赋'的中学生所写的在教育学和心理学上十分有趣的习作,否则他们是无法原谅编辑先生的。但在《弗里茨·考赫的作文簿》后，罗伯特·瓦尔泽又在我们的报纸上发表了《店员》《画家》《森林》，其试探性的朴素文风跟先前的文章极为相似，不过他干脆承认这些文章皆为他所做。于是，那些一头漂亮鬈发、直发或压根就没有头发的脑袋摇得更厉害了。最令某些读者感到愤怒的是，他们虽然认为文章很荒唐，可却还是会一读到底。瓦尔泽的文风有一种强烈的诱惑性，它能让那些独特的想法如同绿桌布上的弹子球一般不疾不徐地滚动。读者仿佛置身于梦境，感到了一种稍纵即逝的美。"(伯尔尼，《联邦报》，1904年12月9日，第344期)

第二位评论者出现了，这位评论者即将伴随罗伯特·瓦尔泽一生——赫尔曼·黑塞。1909年9月5日，在《巴塞尔快讯》的周日版上，黑塞写道："他（瓦尔泽）的第一部小作品俏皮而优雅，还有他哥哥卡尔·瓦尔泽的有趣插画……我当时被它可爱的原创封面所吸引，就把它买下，带到一次短途旅行中读……开始，这篇奇特的、半幼稚的作文像是一篇诙谐的论文，或是一位年轻讽喻家的风格练习。它引人注目之处在于蓄意不修边幅的流畅叙事和轻巧可爱的句型，这在德语作家中是极不多见的。文中不乏对语言本身的评述。比如在一篇关于店员的文章里有这样一句话：'下笔时，这位勤奋的店员犹豫了片刻，就好像要极力集中精神，或者像一位老到的猎人要开始瞄准猎物。然后他开始写了，字母、词语、句子飞过天堂般的田野，每一句话都那么优雅，每一次表达都是那么丰美。在写作上，店员是个真正的淘气鬼。他在瞬间写下的语句足以让博学的教授击节称叹。'除了俏皮、健谈、文字游戏和淡淡的讽刺外，在他的第一部作品里，偶尔会闪现出爱的光芒，一种真实的艺术家的对所有世间之物的爱，这给散文冰冷多言的一面抹上了一层温暖的诗意光泽。"黑塞称卡尔·瓦尔泽的插画是"独特的、无忧无虑的、清新愉悦的小插画"，非常适合这本书。

人们会理所当然认为，瑞士最有名望的文学评论家操刀评论，一位成功写出受到瓦尔特·拉特瑙赞誉的《彼得·卡门青》，后又以《在轮下》被重新热议的作家称这是后起之秀的"诗意"之作，如此强烈的反响应该已经为这本书铺平了道路。这部作品囊括了罗伯特·瓦尔泽后期创作中所有重要层面：《弗里茨·考赫的作文簿》里作家自省的内心世界；《店员》里的社会面；《画家》里的艺术面以及《森林》里瓦尔泽的希望——大自然。但它的影响到底是怎样的呢？现实又是如何？这本书首印1300册，预付金250马克，卡尔·瓦尔泽分文未取。一年后，瓦尔泽得知了这本书的命运。他在一封挂号信（1905年4月13日）里要求得到合同里约定好的100马克的加付款，可出版社回答他说（1905年4月15日），"到目前为止只卖出了47册！"。瓦尔泽在《和罗伯特·瓦尔泽一起散步》中声称，他后来从未收到这笔加付款。

1905年夏天，安东·基彭贝格接管了岛屿出版社。他是一个与当代文学格格不入的人,尤其和瓦尔泽的文章格格不入。虽然出版社受合同约束,必须为瓦尔泽出第二本书,书内包含诗歌和戏剧。但基彭贝格并不准备履行这一条款。基彭贝格责成出版社尽快"贱卖"首版。在散步途中,瓦尔泽跟卡尔·泽里希讲述了他是如何在西德的柏林百货商场里找到了这种甩卖本。岛屿出版社不幸验证了瓦尔泽的"在我周围总存在着阴谋"的念头。来自施瓦布的剧作家卡尔·福尔默勒与罗伯特·瓦尔泽同年,他是马克思·莱辛哈特的宠儿,他曾对罗伯特·瓦尔泽说:"您现在是个店员,将来也会一直是个店员。"《弗里茨·考赫的作文簿》出版后,福尔默勒就在岛屿出版社大搞诡计。和一家声名显赫的出版社的第一次接触非常有典型意义。开头,作家体会了出版人的激动,当销路糟糕时,他经历了出版人的清醒;开头,出版人希望建立联系,最后,他对这段关系如对烂水果般弃之不顾,甚至不打算履行合同。我们可以在罗伯特·瓦尔泽和一家出版社以及他与一位出版人的第一段关系中看出,一本书的失败(何况是第一本书)让作者在出版人面前的地位降低了多少,作者和出版人之间关系的破裂会对作者日后的创作造成多么不良的影响。根据泽里希在《和罗伯特·瓦尔泽一起散步》一书中的描写,在这件事过去很久后,也就是在1941年3月21日这一天,瓦尔泽多次谈及这个话题。他说,布鲁诺·卡西尔苛求他应该写出"像戈特弗里特·凯勒"一样的小说。说完这句话,瓦尔泽当场就纵声大笑。接着，他说道："假如一个作家像我一样，在出第一本书时没有立即获得承认，那真是大大的不幸。因为接下来，每个出版人都有权给他提供如何快速成功的建议。这些搬弄是非的声音已经足以毁掉了一些生性孱弱的人了。"瓦尔泽没有受那些声音的影响，但他是那种生性孱弱的人，他被毁于未能及时到来的承认。

4. 布鲁诺·卡西尔
——"我亲爱的出版人"

1905年春天,罗伯特·瓦尔泽第三次来到柏林。这次,他相信自己能借着岛屿出版社出版的《弗里茨·考赫的作文簿》的东风,开始他成为一名自由作家的实验。在小说《两个男人》中,他写道:"一天,他逃离了稳固但薪资微薄的职位,为了完全献身于创作和它的必然后果。他的所作所为,如果说不是极其勇敢的,那也是大胆的。他将在这儿进行鲁莽的,某种意义上来说是致命的冒险……他羞涩地走进有少量流浪汉居住的艺术家和吉普赛人的小巷,它在黑暗中蜿蜒,前途渺茫,灯光黯淡得叫人生疑,但它通往自由作家之地……精神对他来说就是一切,生存什么都不是。他突然想大声地笑,响亮地欢呼,欢喜地跑来跑去。他爱这赴汤蹈火、被放到天平上称量的生活,他爱得如此火热,如此真切。他情不自禁换了一个坚定的姿势,面带喜悦,迈着生机勃勃的步伐继续走了下去。"他还没有预料到他的处女作将会失败以及这次失败在岛屿出版社引发的后果。在柏林,他住在他哥哥卡尔·瓦尔泽那儿,卡尔·瓦尔泽在夏洛滕堡的腓特烈大帝大街上有一套三居室的工作室。当时，卡尔·瓦尔泽已经是名气越来越响的艺术家。他给塞万提斯、克莱斯特、豪夫、E.T.A.霍夫曼的作品画插图，也给当代作家比如赫尔曼·黑塞、胡戈·冯·霍夫曼斯塔尔和克里斯蒂安·莫根施特恩的作品创作插画。他经常给马克斯·莱因哈特设计舞台布景，给日后的外交部长瓦尔特·拉特瑙、出版人萨穆埃尔·菲舍尔、艺术商保罗·卡西尔的房子设计壁画装饰。（就此罗伯特·瓦尔泽写了一篇文章叫《画家的生活》，不过他的哥哥卡尔一点也不喜欢）

《唐纳兄妹》

通过他的哥哥卡尔·瓦尔泽，罗伯特·瓦尔泽结识了艺术商保罗·卡西尔的堂兄——出版人布鲁诺·卡西尔。他跟卡西尔出版社的通信没有保存下来，我们只能依赖于如下双重猜想。是卡尔·瓦尔泽让布鲁诺·卡西尔注意到了他的弟弟。他把《唐纳兄妹》的手稿交给布鲁诺，布鲁诺·卡西尔又把手稿给了自1903年起任卡西尔出版社编辑的克里斯蒂安·摩尔根施特恩。克里斯蒂安·摩尔根施特恩读了这份手稿，他不喜欢稿子的开头，但作品整体还是给他留下了深刻的印象。他写了一封详细的带有批判口吻的信，在这封"部分不讨您欢心的信"的结尾，他还是想说一些积极的东西："我相信您能写出水准更高的语句。"克里斯蒂安·摩根施特恩和罗伯特·瓦尔泽展开了通信，两人惺惺相惜。1907年春天，第一部小说《唐纳兄妹》在布鲁诺·卡西尔出版社出版。又是赫尔曼·黑塞在一篇评论里提到了这本书："这次我全身心地读它，不只抱着对文体的兴趣，而是被诗人时而闪动、时而有意无意地隐藏在冷酷表情下的灵魂所深深吸引。我又一次享受了散文轻盈自然的流畅之风，德语作家一般对这种风格评价不高。我又找到了有趣迷人而感人肺腑的段落，而有些段落的草率和粗鄙又让我生气……我是如此喜爱这本书，以至于我必须花很大工夫来思考它的得失。"

直到1905年9月，罗伯特·瓦尔泽都生活在柏林。1905年10月到1906年1月他住在上西里西亚，我们后面会谈到这四个月。1906年1月初，他重回柏林。在这里，他要经历岛屿出版社带给他的失望。在《唐纳兄妹》获得不错的反响后，阿尔弗雷德·瓦尔特·海默尔又一次找到他，请他给岛屿出版社交一份书稿。1908年2月1日，他收到的是由安东·基彭贝格口述的拒信。他交了一篇短篇小说和一本童话故事集。基彭贝格对此写道："我是建议您把文章结集出版，但没想到作品质量如此参差不齐。特别是那些随笔，包括以前在岛屿出版的和新的这些，部分都是些轻薄的商品。"我们必须说，这种经典的误读将伴随瓦尔泽一生。

虽然阿尔弗雷德·瓦尔特·海默尔还努力想出版瓦尔泽的诗（瓦尔泽在1907年3月给海默尔的信中称菲舍尔出的文学年鉴是诗歌集的榜样），但无奈在岛屿出版社还是基彭贝格说了算。1906年秋天，瓦尔泽写出了他的第二部小说，这部小说从未出版，手稿也没被保存下来。1907年1月，他有提到过其他的小说计划，可后来都未能实现。

《助手》

1907年6月至7月，他在六周内写出了一部名为《助手》的小说。在此期间，他离开了身居柏林的哥哥，搬进了自己的住所。在日后的散文《中篇小说一种》中他写道："我当时……租了一套兴许并不昂贵但相对宽敞舒适的房子，以便能写出一部作品来。刚开始下笔很难。但大约一个月后，现实境况让我找到了合适的思路，在很短的时间内，一部小说在笔下萌生。一家公司拒绝了它，另一家则立即非常高兴地把它纳入他们的业务范畴内。"我们从卡尔·泽里希的《和罗伯特·瓦尔泽一起散步》里得知了这两家公司是哪两家。

家庭杂志《星期》和1904年创刊的《园亭》杂志所属的柏林舍尔出版社邀请瓦尔泽参加一个小说征文比赛。这对他来说是快速写下一篇小说的真正动力。他为他的小说大胆提了800马克的稿酬要求，却很快收到了退稿信，信中不带任何说明，他只身前往出版社办公室，询问这到底是怎么一回事。出版社的领导说这么高的稿费是绝不可能的，瓦尔泽评论这位领导道：他蠢得像头骆驼，压根就不懂文学。

《助手》取材于两个生活事件：1903年7月底，罗伯特·

瓦尔泽在苏黎世郊外的魏登斯威尔接受了一个助手的职位。他的雇主是一位三十二岁的机械工程师，想给他的发明申请瑞士联邦专利，后来他破产了，照瓦尔泽的说法，他后来没有给过瓦尔泽一分工钱，瓦尔泽于1904年初离开魏登斯威尔，重新在苏黎世定居。

第二件事则发生在上文提到的1905年的那四个月里。罗伯特·瓦尔泽参加了一个"仆人培训班"，之后在上西里西亚的达姆布劳宫殿接受了一个相应的职位。在小说《托波特》和散文《男仆》里，他刻画了一位在桌前必须穿带黄金纽扣的燕尾服和锃亮的低帮鞋为别人服务的"罗伯特先生"。他把城堡描绘成一个童话。"所有的房间都带着魔力，公园也带着魔力，我那灯光微弱、小心谨慎的灯对我来说就好像阿拉丁神灯。"但是他知道，"可笑的是，我在做仆人的同时还要写作"。当然，他试着不让宫殿里的人知道他在写作，因为他让岛屿出版社在寄给达姆布劳宫殿的信的封面上不要使用"公司标签"。罗伯特·麦西勒在他写的传记里引用了罗伯特·瓦尔泽写于1920年12月14日的一封信。他描述一张带塔楼和花园的别墅的照片："您在这儿能看到金星别墅矗立在魏登斯威尔的苏黎世湖畔的模样。从前，我以助手的身份踏入这栋房子，和托布勒一家住在一块儿，这就是在布鲁诺·卡西尔出版社出版的小说的情节发生之所在，它其实压根就不是一部小说，仅仅是对瑞士日常生活的节录。"在泽里希的《和罗伯特·瓦尔泽一起散步》中，罗伯特·瓦尔泽说，他完全凭对自己生活经历的回忆写出了《助手》，只加了极少的虚构和想象。"《助手》完完全全是一部现实小说。我几乎不需要虚构什么。生活帮我准备好了一切。"但在这儿，艺术创作也是十分重要的，因为就像他日后在散文《瓦尔泽论瓦尔泽》中确认的那样，当他在现实生活中给工程师杜波勒当助手的时候，他没料到"从这个经历里能诞生出一部现实小说，从真实中能诞生文学"。

这部小说的手稿——197 张字迹密密麻麻的大开纸——被幸运地保存了下来。这份手稿证明，这部小说的确是一气呵成的，和瓦尔泽的其他手稿相比，它只有很少的改动。

《助手》出版于 1908 年 5 月，封面上有卡尔·瓦尔泽绘的一幅彩色画。"再说说《助手》的封面吧：这堵用可笑的，甚至带着讽刺意味的砖砌成的花园围墙实在是太滑稽了，我应该也参与了这堵墙的绘制。那助手把伞在脑袋和帽子上撑开，模样引人发笑。也许我最好不应该插手这干净的砖头的。作为惩罚，这部写得挺妙的作品没能取得成功，还有我亲爱的出版商，每当我想到他对我越来越无言，自己也越来越消沉，我就倍感惋惜。"(《评论集》，VIII，第 183 页）

人们很难理解，为什么瓦尔泽恰恰要在这本书上承认失败，因为这部小说恰恰是瓦尔泽所有作品里最叫座的一部：布鲁诺·卡西尔印了三版（1908 年再版，1909 年第三版），每版印1000册。1936年，这本书由圣加仑的"瑞士书友"重印，1953年被收入卡尔·泽里希选编的《散文诗选》中，之后又出了读书会版本和袖珍书版本。

这本书不乏非常正面的赞誉。又是约瑟夫·维克多·维德曼，他把"罗伯特·瓦尔泽的瑞士小说"和戈特弗里特·凯勒相提并论。赫尔曼·黑塞在日后写道（《新苏黎世报》，1936年8月9日）："虽然其中充斥着世纪初的氛围，但这篇小说以它在叙事上永恒的优雅和温柔而漫无目的的魔力赢得了我们的心，这种魔力让日常小事变得生机勃勃而神秘……《助手》如瓦尔泽所有的作品一样，并不缺少语言游戏……这种语言游戏，这种当伦理变得可疑时也要追求的审美享受，不仅仅是一种对道德的敬而远之，也是一种对论断甚至是对施教的本分的扬弃，在语言游戏的背后，我们偶尔瞥见的不再是戏谑，而是真正的唯美主义，是那种肯定生活的整体的态度，因为只要人们热情不再地观察它，它就像一场戏剧一样伟大而美好。"

另一位瑞士作家阿尔宾·措林格的看法不同："我发现，瓦尔泽那难以形容的魔力归根结底来源于他对细节近乎迂腐的执着。"他谈到了罗伯特·瓦尔泽特有的一种"真实主义"："梦幻深处的真相狂热。用梦游者的率直和坚定营造出一种氛围；在它的灵魂里我们能认识自我，在它的地图里能寻到故乡……小说描绘了一个缓慢衰败的市民家庭。瓦尔泽推进故事情节的方式，以及他刻画人物的艺术手段，都是大师手笔……

他懂得用最节制的象征和暗示把一场灾祸升腾至魔幻王国。瞧瞧这里：对平行叙事的有意运用，还有重复、回旋，更准确地说是螺旋形上升！……读者在不安中要事先想象故事下一步的发展，但诗人总是把情节引向别处。"在助手约瑟夫·马尔提这个人物身上，我越来越能看到我们时代的形象。瑞士的田园表面风光，实则阴森。一场颠覆活动在这部作品里即将到来。"总而言之，它是一幅二十世纪的图景。"小说里有这样一句话。此言一语中的。正如瓦尔泽自己所说，本书作者是一个"感觉到衰败的人"，并发觉这个社会正在分崩离析。他的书只是表面看上去毫无技巧，但实际上，任何形式都在这儿被消解了，就像卡夫卡和詹姆斯·乔伊斯的作品一样。维尔纳·韦伯正确地总结道，这种"无处安放的形式"恰好符合小说中无处安放的氛围和事实。彼时的读者无法认出这部作品"地震仪式的特性"，因为事实上，《助手》有地震仪式的特征，它描写了过去、现在和将来。瓦尔泽对此（在《和罗伯特·瓦尔泽一起散步》里）说道："是的，诗人往往长着很长的鼻子，用它能感觉到未来。他们嗅着未来，就像猪嗅蘑菇一样。"(《和罗伯特·瓦尔泽一起散步》，第62页)"从一个天才诗人的嘴里能预知世界的历史"(《和罗伯特·瓦尔泽一起散步》，第78页)。我们在我们的时代经历了瓦尔泽在七十年前所作的预见。

《雅各布·冯·贡腾》

也许是受到《助手》三次出版的鼓舞，布鲁诺·卡西尔在同年罗伯特·瓦尔泽的第三部小说出版之前又出版了一本他的《诗集》。那是一版漂亮的精装版，印数300册，带编号，用手工纸装订，收录了16幅卡尔·瓦尔泽的铜版画。这本预购价为30马克的书在读者那儿的反响如何，我们没有相关资料。

罗伯特·瓦尔泽于1908年间创作了第三部小说《雅各布·冯·贡滕》，它于1909年春在卡西尔出版社出版。我们不清楚它的写作背景，在此期间没有任何通信和记录，手稿也佚失了。

第五本书的成功拥有良好的前提条件：《助手》三次出版；瓦尔泽在当时德国最好的杂志上发表过诗作；瓦尔泽认识各大报纸的出版人：西格弗里德·雅各布森和他的《戏院》，卡尔·舍弗勒和他的杂志《艺术与艺术家》，菲舍尔出版社《新瞭望报》的出版人奥斯卡·比厄，马克西米利安·哈尔登和他的杂志《未来》，威廉·舍费尔和他的杂志《莱茵地区》，埃弗雷姆·弗里施的《新水星》以及《痴儿西木》。布鲁诺·卡西尔两年来都付给他月薪。

但是，众望所归的成功却没能到来。《雅各布·冯·贡滕》的第一版卖得很艰难。之后，这本书消失了三十年之久（1950年才得以再版）。

瓦尔泽的朋友对《雅各布·冯·贡滕》褒贬不一。后来人们了解到,卡夫卡认为它是"一本好书",马克斯·勃罗德总是声称,这是卡夫卡最心仪的一本书。又是赫尔曼·黑塞赞扬道:"瓦尔泽的新书《雅各布·冯·贡滕》来了。他带来了老故事,雅各布就是考赫,是唐纳,是助手马尔提,是罗伯特·瓦尔泽自己。叙事腔调也是老的,又是那种狡黠的欢乐:一个人反思地观察着世界,同时感到此举的多余和奢侈……日记的形式符合诗人自省的需求,这种对自我本性的黑暗面周而复始、近乎铤而走险般的自省让我们想到了克努特·哈姆生的作品。瓦尔泽有他独到的叙述和坦率的态度,这是每个作家都应该具备的,但往往大多数作家都没能掌握……"

但是这样的声音寥若晨星。批评的声音越来越多,就连他的导师约瑟夫·维克多·维德曼在这部小说前也不知所措。约瑟夫·霍夫米勒争论道:"罗伯特·瓦尔泽的最新小说比去年的还要糟糕。如此无力干涩的写作是无法忍受的。"他在《南德月刊》上如是写道(1909年第2期,第253页)。

《雅各布·冯·贡滕》着实让它的作者大失所望。它使他和朋友关系疏离。这本书也渐渐淡出了市场,淡出了公众视线和文学讨论。如果人们没有发现这书的一切,那会是怎样!这部小说的法语译者马尔特·罗伯特指出,《雅各布·冯·贡滕》具有童话的结构。雅各布是把自己伪装起来或者中了魔法的王子,他必须游历世界经受考验。小说中所描写的本雅门塔学校就是具有神话色彩的考验之地。我们也能找到《圣经》里的题材，比如家境殷实的青年为穷人出力。这部日记体小说也是一部成长教育小说，本雅门塔学校就是施教的场所。罗伯特·麦西勒复述了阿尔贝特·施戴芬的一篇报道，施戴芬是一位作家，当时还是中学生的他于1907年10月30日拜访了罗伯特·瓦尔泽。施戴芬说："桌上放着一本装帧过时的歌德的《威廉·迈斯特》的大开本。"书打开着，明显被经常使用。"瓦尔泽谈到了歌德的文风，我推测，他不单在研究《威廉·迈斯特》的内容，而且也在研究它的形式。它是一本他经常拿出来浏览的教科书。"从瓦尔泽和《威廉·迈斯特》的关系中我们能获得很多启发。在他的哀叹单调的机械化、商业化和精神衰落的作品中，瓦尔泽走在了世人前面。我们今天能理解为什么瓦尔泽把他笔下的学校描绘成"生活的前厅"。

　　瓦尔泽和卡西尔兄弟的关系必须受制于这种境况。1907年，布鲁诺·卡西尔还想给他一张去印度的支票。但瓦尔泽一口回绝了。日后，菲舍尔请他"去波兰，然后就此写一部游记"（《散步》，第89页起）。瓦尔泽又是一口回绝。菲舍尔坚持提供给他一次去土耳其的旅行机会。对此，瓦尔泽说了一句话："只要作家还有想象力，他要旅行做什么？"在一篇散文里，瓦尔泽发问道："天性会跑去国外吗？"他在《散步》里写道："是的，重要的是通往内心的旅程！"艺术商保罗·卡西尔邀请他乘坐热气球从柏林飞往柯尼斯堡（这次旅行瓦尔泽在一篇文章和《散步》中均有描写），但后来他俩中断了联系。由于不满对他的作品的批评，瓦尔泽和克里斯蒂安·摩尔根施特恩交恶。1912年，卡西尔拒绝给瓦尔泽的新短篇预付300马克。又是一个阴谋：马克西·施雷沃克特在与瓦尔泽、卡尔克罗尔特侯爵和保罗·卡西尔同桌进餐时嘲笑了罗伯特·瓦尔泽，他其实完全没必要这么做。他说瓦尔泽的书都是失败之作，他让读者感到无聊。他建议瓦尔泽应该去读读司汤达。我应该如何作答呢，日后，瓦尔泽回首往事时问自己："我坐在我的失败里，只好承认他说得有理。"

从1909年到1912年11月没有任何记录性文字。我们只能从他的朋友零星的记录、瓦尔泽的观察和诗作以及他日后同卡尔·泽里希的谈话中推测他在柏林的境况。彼时，瓦尔泽承受的折磨日益加重。曾见过他的菲加·弗里施说他"不修边幅"。他没钱，"一位可爱的女士"管他吃住管了两年。那些出版商和编辑给他的建议——他应该学学戈特弗里特·凯勒是怎么写的——让他倍感受伤。他和卡尔·瓦尔泽的关系摇摆不定，当卡尔·瓦尔泽的妻子建议他应该写个体面的爱情故事时，他俩的关系降到了冰点。他尝试建立新的出版关系，但都没成功。他把《小诗集》寄给慕尼黑的格奥格·穆勒，并要求300马克的预付款，但后来他决定不把这部作品给穆勒。"穆勒没有真正表现出出版它的兴趣，这是我最大的苦恼。"日后他给罗沃尔特出版社的信里这样写道（1912年12月10日，第58页）。

1925年，他在评论《决斗一种》里回忆道："我在柏林就读了这本书，我在那儿写了六本小说，其中有三本我认为都有必要被撕毁。"这些小说里至少有一本给克里斯蒂安·摩尔根施特恩看过，得到的却只有批评。关于此事，罗伯特·麦西勒论述道："按照他哥哥的说法，销毁小说与其说是自我批评，不如说是由于出版无望。"了解罗伯特·瓦尔泽心态的人会严肃对待他哥哥说的这句话。

1917年，他在《雪中还乡》中描写了在柏林最后的那段日子：他犯了许多错，他想要太多自己无法胜任的东西。"虚弱和疲倦并肩到来……徒劳的努力让我几乎病倒了。"但也有人鼓励他重新站到"光鲜的舞台"上去，并在"欢乐慷慨的创作中寻找满足"。瓦尔泽决定重回瑞士。"我对未来感到前所未有的欢愉，虽然那是一场令人沮丧的撤退。我绝对没有认为自己被击垮了，倒是突然想叫自己胜利者……"

1913年3月，罗伯特·瓦尔泽返乡，中途在他的姐姐丽莎·瓦尔泽那儿作了短暂停留——在那儿他认识了日后的女友弗里达·默尔梅特——然后他回到比尔，一住就是七年。

5. 恩斯特·罗沃尔特和库尔特·沃尔夫

1912年的下半年,罗伯特·瓦尔泽必然是在柏林通过他哥哥的介绍认识了出版人恩斯特·罗沃尔特,并跟他谈妥要出版在柏林创作的作品。如果有人看过罗沃尔特早期的出版物,那他会对这个应允感到吃惊,因为瓦尔泽在他艰难的柏林之年创作的作品恰恰很不对恩斯特·罗沃尔特的口味。他俩早期的往来没有留下任何记录。当罗沃尔特离开罗沃尔特出版社后,瓦尔泽才开始给这家出版社写信。

故事的来龙去脉是这样的:1908年,来自不莱梅的恩斯特·罗沃尔特在巴黎和莱比锡成立了罗沃尔特出版社。一开始,出版社处在筹备阶段,直到1910年才登记注册,却在这时添了一员干将。出版社拥有了一位少言寡语、资金优厚的合伙人——库尔特·沃尔夫。恩斯特·罗沃尔特充满活力,精力过剩,乐于发现,也热衷于享受,而美学家库尔特·沃尔夫敏感内敛而富有教养。在文学上,沃尔夫长于思,而罗沃尔特敏于行,他俩的关系无法长久,因为在出版的最后关头,他们的文学见解总无法合拍。两人间长达三年的冲突的最后一个焦点就是弗兰茨·韦弗尔的《世界之友》,罗沃尔特想出版这部作品，库尔特·沃尔夫却坚持说不。最后两人闹得不欢而散，律师只能和两人分别单独约谈，库尔特·沃尔夫老成于世，占了上风。1912年11月1日，恩斯特·罗沃尔特必须带着15000马克的补偿金离开以他名字命名的出版社。罗沃尔特出版社曾像流星一样升空，当库尔特·沃尔夫在1913年2月15日以自己的名字命名出版社并登记注册时，这颗流星陨落了。

这让罗伯特·瓦尔泽大失所望，他碰到的这个出版人曾做出过承诺，但作家提醒他有过这个承诺时，罗沃尔特出版社已经名存实亡，出版人也杳无踪迹。罗伯特·瓦尔泽在柏林夏洛滕堡给出版社写的信透着无礼的腔调。1912年11月7日的这封信是这么写的："最尊敬的先生。您给我的来信可真奇怪，读起来就像是对我的嘲笑。您不能要求我向您表示我收到了根本就没收到的钱。我不知道我应该对此有何看法。我不得不告诉您，至今我没从您那儿得到一分钱。"

11月，罗沃尔特出版社给他寄去了"文集"的样张。出版社请作者尽量少做改动。罗伯特·瓦尔泽态度十分明确："关于您昨日的来信，我和您有一点是一致的，即不做任何文体上的改动，这点我以前也想告诉您。我们完全可以这样做。文章的顺序也可以按您寄来的目录进行安排。您寄来的版面样张我觉得挺好，只是觉得它有点偏重、偏大了。我希望字体能再小一点，再轻盈一点……我同意采用德式型号，我只是想让印出来的东西更轻盈一点，像薄雾一般！烦请您能再做一份样张。"（1912年11月26日）1912年12月10日，罗伯特·瓦尔泽为他的两部随笔集《小故事》（由卡尔·瓦尔泽绘制插图）和两部喜剧诗《尘雾》《白雪公主》（插图同样由卡尔·瓦尔泽绘制）向罗沃尔特出版社提交了一份报价单。他要求给他哥哥1500马克，给自己600马克的预付款（其中300马克寄给出版人格奥格·穆勒，因为他为《小故事》付了一笔预付款）。罗沃尔特出版社接受了这份报价，并声明除"文集"之外，还会出版《小故事》和这两部喜剧诗。

不久，格奥格·穆勒就制造了麻烦。罗伯特·瓦尔泽写道："他给我的信既令人生气，又叫人可怜。他有点生气，这倒像是对我们的赞扬。他在那儿瞎嚷嚷，显然也不觉得自己在理，因为合同写得一清二楚。他后来又把那300马克汇给我，我让人把钱给退了回去，退给他在莱比锡的权威人士，这件事您得记住。把别人不要的钱砸到别人的脑袋上，是多么愚蠢，多么粗暴。穆勒在这件事上的所作所为是可鄙的。我不喜欢这个人，所以我很高兴能摆脱他。"在1912年12月22日给罗沃尔特出版社的信的附注中，瓦尔泽又谈到这笔预付金："这300马克是可笑的，它绝对不会影响我们之间达成的协议。这笔钱在说：穆勒是个粗鲁的生意人。"

我之所以详尽地摘录这些段落，是因为它们很能说明罗伯特·瓦尔泽的性格特征。一方面，他不断陷入经济窘境，急需用钱；另一方面，对他来说，出一本书比预付款更为重要。

此外，他一如既往地关心纸张的大小规格和装帧设计。他再一次请求用长形开本，并用铅笔描摹了开本大小。他认为"长形开本显得更加优雅和高贵"。用纸方面，他和他哥哥赞成"使用比较薄，比较光滑的纸。烦请您寄一份样张来"。他为这三本书花了很大心血。他不想再把文章寄给报刊杂志。1914年3月，他从比尔给威廉·舍费尔写信道："出于政治、职业、经济和艺术上的考虑，我决定在一段时间里中断和杂志的往来，以便安心创作，我想说的是，我要为秘密抽屉恪守贞洁。这也因为我希望自己能做成大事……我认为，诗人必须偶尔投身到黑暗和神秘中去。"

说到神秘之物，瓦尔泽感到内心精神错乱，在失去各方信任卷铺盖回家后，他觉得这个陌生的世界对他充满敌意。他在散文《福楼拜》里写道，现在他又住在自己出生的地方，他重新成了本地人，他以前是，现在又是了，这让他很欢心。在比尔，他感觉自己开始康复。有段时间，罗伯特·瓦尔泽搬去跟他八旬的老父亲一起住，后者于1914年2月9日去世。八月，"一战"爆发，罗伯特·瓦尔泽被分配到后备军军营，被迫入伍，他必须在侏罗山和瓦莱州做边境工作。他的文章如《士兵》和《在军中》和马克斯·弗里施的《执勤手册》风格很相近："一名士兵成天在思考什么？为了让人们称之为军国主义的东西获得成功,他根本不需要思考或者必须有意识地少做思考。"他在比尔湖畔住了八年。"八年来,我每天都坐在同一个地方。八年来,我拒绝当一个讨喜的公民。"1912年11月,罗伯特·瓦尔泽给罗沃尔特出版社寄去了"文集"的手稿。弗朗茨·布莱极有可能介入了这段关系。这本书于1913年春在库尔特·沃尔夫出版社出版。罗伯特·瓦尔泽对这家出版社当时的变动毫不知情。1914年的《小故事》也是在库尔特·沃尔夫出版社出版的。

罗伯特·瓦尔泽出版的下一本书《小诗集》是一本语言优美、充满诗意的短篇散文汇编。它的素材来自比尔周边地区的风景,书中的世界充满了田园风光,却是一种通向深渊的田园风光。

这本汇编原本是为了给威廉·舍费尔过目,后来他把这本汇编寄给了"妇女联合会莱茵诗人荣誉奖"的评委会。1914年,在威廉·舍费尔和赫尔曼·黑塞的推荐下,瓦尔泽获得了妇女联合会奖。这个妇女联合会由伊达·舍勒尔领导,她是一位工厂主的妻子,同时也是有名的收藏家。据卡尔·泽里希事后回忆,瓦尔泽把这份奖的奖金(在1955年获得瑞士席勒基金会奖前,这是他唯一获得的文学奖)存进了银行,之后,他成了通货膨胀的牺牲品。库尔特·沃尔夫出版社为"妇女联盟"首印了1000册《小诗集》。作者必须在每本书里都签上名。给封面和扉页绘图的卡尔·瓦尔泽也要签上自己的名字。1915年,

《小诗集》在库尔特·沃尔夫出版社出版，书中标的却是再版。瓦尔泽和库尔特·沃尔夫从未走得很近。库尔特·沃尔夫多年的文学顾问库尔特·品图斯倒是十分欣赏《小诗集》。在《书友杂志》里（1915年第7期，第196号刊）他写道："这里有生活中残余的所有沉重，所有悲伤，所有疑难；完美与激情、贫穷和享乐交织成甜美的不带刺耳军号的和声。"但这本书没能获得成功，虽然印刷费用由妇女联合会承担，库尔特·沃尔夫无需过多花费，但他依然没有打算继续出版瓦尔泽的作品。1918年5月10日，罗伯特·瓦尔泽再次致信库尔特·沃尔夫出版社："我刚写完一部新的散文集，名叫《室内乐》，我精心挑选了27篇文章……我相信自己可以声称，这部作品整体上坚实、完整，令人满意……我自认为向您的出版社推荐《室内乐》的态度是严肃的；因为我把这部作品视为迄今为止本人最好的一部……这27篇文章讲的是精神、人性、幽默、教益和幻想，我希望每篇文章都是一个封闭的个体，都有它独特的个性。我决定，如果出版社想要出版此书的话，作为条件，应按合同付给作者500马克……"库尔特·沃尔夫出版社没有接受这项提议。库尔特·沃尔夫和今后书写库尔特·沃尔夫出版社历史的史学家都没有把罗伯特·瓦尔泽视为一股重要的力量。伯恩哈德·泽勒尔——编写《库尔特·沃尔夫，出版人书信1911—1963》一书的作者——提到卡夫卡、海姆、特拉克尔、施塔特勒、韦弗尔、恩斯特、布拉斯、施特恩海姆、希克勒、海因里希·曼和卡尔·克劳斯这些作家时总结道："这些大约就是库尔特·沃尔夫出版社留下的有影响力的作家。"罗伯特·瓦尔泽不在这份 1966 年的总结名单之列,这令人扼腕,但也很能说明问题。

6. 比尔高产期

在比尔的那段日子对于瓦尔泽来说的确是复苏时光，虽然他的财政状况并非十分理想。他向"瑞士对俄救济债权人合作社"——日内瓦的一家针对在外的瑞士人提供经济援助的机构——提交了一份预付申请。瓦尔泽这样陈述了他的申请理由：他需要钱，不光是为了写一本书，还事关让"我所有的诗作能拥有一种工整的秩序"。他觉得，恰恰在1920年左右，他完成了自己最好的作品。1921年4月，他致信默尔梅特女士："我……在去年夏天写出了个人最棒的作品，希望能在今年出版它们。我不会后悔自己在比尔住了那么长时间，因为第一，这里的生活美妙至极；第二，比尔对我来说是职业和人性再发展道路上的一个驿站。"在这段时间里，有两个特殊的地方值得一提。他的一位作家朋友，艾米尔·施布里在《忆罗伯特·瓦尔泽》里写道，他在霍廷根读书会里发起了一次朗诵会，为了让瓦尔泽能赚点儿外快。瓦尔泽于1920年11月8日从比尔步行至苏黎世前去赴会。朗诵会当天，会长汉斯·波德梅尔请他先试读了一段。随后波德梅尔发现，瓦尔泽压根就不会朗诵，于是，他就请《新苏黎世报》的编辑汉斯·特洛克替他朗读。事情就这么定了。当晚的听众被告知罗伯特·瓦尔泽因病请辞。其实瓦尔泽当晚就坐在第一排,这对他来说是多么巨大的侮辱。

在比尔时期之前,瓦尔泽在写完第一稿后都不作任何修改即交付印刷。后来,他变换了方法,在《铅笔记录》里,他写道:"有一天我发现,立刻提起自来水笔写作会让我感到神经紧张;为了舒缓情绪,我开始使用铅笔写作,虽然这明显是在走弯路,而且也更加费力。但当这种费力在某种意义上变成了一种享受后,我就觉得自己从中获得了健康。看到自己对待写作是如此一丝不苟,我灵魂深处就会浮现出满意的微笑,以及一种亲切的自嘲之笑。此外,铅笔还让我能写得更加逍遥自在、浮想联翩。我相信,上述工作方式已经成了我独有的幸福。"卡尔·泽里希提到过用这种工作方式打造的"铅笔系统",有超过 500 张稿纸被保存了下来,上面一行行全是瓦尔泽手写的微小的、几近无法阅读的铅笔字迹。约亨·格雷文在出版瓦尔泽全集时对这些微型书稿进行了示范性研究,并确定它们并不是暗号文字,而是一些精巧的、近乎个人速记的德语手迹。随着铅笔写作法的引进,瓦尔泽写稿的方式也得到了改变。在将下一本书付印之前,他都会对文章进行细致的修改加工。

1916 年 8 月底,苏黎世拉舍尔出版社为《瑞士艺术文集》丛书向瓦尔泽约稿。出版社希望获得他的一篇中篇小说。8 月

30日,瓦尔泽回答道,他很乐意为《瑞士艺术文集》"写点合适的东西……它当然是未发表过的"。接着,他提出了稿酬要求:一个印张50法郎,小版心设计。他准备写三到四个印张。

1916年10月5日。他寄给拉舍尔出版社一部题为《散文集》、长达18页的作品。他希望出版社精心对待这部作品,并希望能要尽快看到它出版。他强烈要求出版社在校对工作上不能马虎。"我认为,这本小书会给人留下深刻的印象,它在内容上不会没有影响力。我可以明确地说,我认为,我给您的这部作品是很优秀的,所以我才会信心满满地把它给您。每篇文章都靠着勤勉和审慎完成,我花了很大的功夫,就是为了能给您点像样的东西。有些文章态度严肃,有些活泼明快,我深信,在质量上它们都达到了一定的高度。"

这次又是卡尔·瓦尔泽设计了封面。1916年11月,《散文集》出版。

拉舍尔出版社的《瑞士艺术文集》丛书想要与众不同:"出版社在这个标题下收集探讨当今被热议的国内问题的文章,并以小册子或书的形式出版。"瓦尔泽的那些文章和这一套丛书并非在直接意义上相契合,但它们对瓦尔泽来说有着另一层意义。这是瓦尔泽首次把他的新作和从未出版过的散文集结成册。在这部选集中,瓦尔泽偏爱的各种主题和素材变化多端,包括典型的瓦尔泽体,比如逸闻、教育小说、幽默小品、童话寓言、回忆和想象。我们应当赞同他的判断,他的确写出了像样的东西，每篇散文的品质都达到了一定高度。

一年后，也就是1917年4月，瓦尔泽于1916年9月完稿的散文《散步》在弗劳恩菲尔德的胡贝尔出版社出版。瓦尔泽在附带的信中（1917年3月12日）又写道："我给您的东西的题目叫《习作和小说》，我可以坚定地说，它是靠勤勉和耐心完成的好作品。"他还告诉胡贝尔出版社，他把散文的另外一部分给了伯尔尼的弗朗克出版社，但到复活节才会出版，"以便第一版和第二版之间有足够的时间间隔"。这个间隔其实很短。

在这一时间段诞生的第三本合集的成文史无法被重构，因为瓦尔泽和弗朗克的通信都佚失了。这段时间所有的散文之间都有互通性，它们都带着瓦尔泽式的机巧，从虚无中找出影射关联，从小题材里写出诗性。

7. 1933 年前最后的出版物

瓦尔泽的最后 3 部散文集——他一共写了 9 部——囊括了他在 1915 年到 1924 年间创作的作品。第一本选集《诗人生活》于 1917 年 11 月在弗劳恩菲尔德和莱比锡的胡贝尔出版社出版，版本记录为 1918 年；第二本选集《西兰岛》于 1920 年在苏黎世的拉舍尔出版社出版，版本记录为 1919 年；第三本选集——也是罗伯特·瓦尔泽发表的最后一部作品——《玫瑰集》，于 1925 年在罗沃尔特出版社出版。

《诗人生活》

弗劳恩菲尔德的胡贝尔出版社虽然出版了《散步》，但在《习作和小说》上无法跟瓦尔泽达成一致，瓦尔泽索性收回了这部作品。1917 年 5 月 28 日，复活节星期一，他从比尔给胡贝尔出版社写了封信："最尊敬的先生（在所有保存下来的给胡贝尔出版社的信中，他都用的是这种称谓。仅有一次用的是"尊敬的先生"，但从未用过一次人名，这说明他和出版社的人没有私交），我刚写完一本新书，手稿共 55 页，有 25 篇散文，那篇《玛利亚》也写完了，一并收入其中。这本书的标题叫

《诗人生活》，在我看来，它是我迄今为止写得最好、最明快、最富诗意的一本书，我建议采用小而优雅的版心设计，印两百页为佳。我只挑选了那些以叙事口吻描写诗人的散文，所以整本书读起来就像是在讲述一个浪漫的故事。为了能给您最紧凑的形式和尽可能优美的语言，我把整本书都重写了一遍。第一版我想要500瑞士法郎，出版后付款，尽快出版，自然我希望能在今年出版。您对此有兴趣吗？如果有的话，烦请在十天内做出收稿或者与之相反的决定。"在附注中他又提到，他"个人非常喜欢这本书"。所以《习作和小说》应该推迟出版。"《习作和小说》也许更重要些，但《诗人生活》更显优雅。"胡贝尔出版社作出了积极的反应，他们接受了这本书，并准备在1917年出版，《习作和小说》推迟到第二年开春再出版。瓦尔泽再一次请求要看"印品样本"，他想看看排版设计以及用纸。他同意出版社在纸张上的选择，但不同意他们建议的字体。这本书要是用了这个字体，只会给他"带来不悦"。他不想用圆体字，"我建议用一种传统朴素、令人肃然起敬、诚实简单、未经改良，让人联想到学校教科书的哥特式花体，它要符合传统、亲切，最重要的是要圆润"。他不想要任何能让人想起例如彼得·贝伦斯这样的改革家的字体。他要的不是有棱有角，而是优雅柔和。他认为，字体应该看上去要柔和、圆润、朴素、亲切和诚实。"这本书看上去应该像是在1850年印的。换句话说：在这方面，我内心强烈的愿望是：不赶时髦！"他继续写道,"我们一定不能模仿过去几年里在图书业里形成的那些有品位的庸俗或者庸俗的品味。能烦请您寄给我三份不同的印品样本吗?"接下来他又谈到了不必要的装帧,谈到了大写花体起首字母,谈到了页码必须居中,印刷时应多用黑色涂料,以便印出来的东西显得更加有力。对于作者迫切、具体、细致入微的愿望,出版社以友好的方式做出了回应。工作人员在1917年6月23日给他的信中说:"我们会尽一切努力,不让您失望。"

瓦尔泽和胡贝尔出版社在六月份的通信表明,双方在图书装帧上达成了一致。瓦尔泽得到了500瑞士法郎的预付金。卡尔·瓦尔泽被邀请设计封面。瓦尔泽在边防站以士兵的身份读了校对稿。这本书于1917年11月出版,比版本说明印的1918年还提前了。

入选的25篇散文中的大多数都曾发表在德国和瑞士的报刊杂志上。但为了这一版,瓦尔泽对文章或多或少都做了修改加工。他所声称的"把整本书都重写了一遍"可能只是夸大其词。作品按照写作时间顺序排列,几乎所有的篇目都与诗人或艺术家有关。第二篇散文里有这一句话:"我们俩,你差不多也是诗人,我差不多也是画家,需要的是耐心、勇气、力量和坚持。"有一篇散文的标题叫《维特曼》,是献给他的"伯乐"的。

《艺术家》的开头如下:"本文的作者曾于数年前撰写了一出喜剧,遗憾的是,他后来把剧本撕成了上千碎片,它就此匿迹于舞台，多么惊人的损失！"然后他复述了这出戏的情节——他本人从慕尼黑到维尔茨堡的徒步旅行。在《玛丽》一文中他描写了自己在比尔两处住所其中的一处，还有他的房东阿克雷特太太，她在文中以班迪太太的身份出现："班迪太太安详而优雅，但她跟我说起话来倒不像她看上去那么聪明。她读了很多书。她喜欢的作家……却不是我喜欢的。"每当她责难他"生活放荡、居无定所"的时候，他就会给她写信和便条，把它们放进她的信箱。在《托波斯的生活片段》里他讲述了自己"彼时在一个伯爵的宫殿里当仆人"的故事。在《一部最新的小说》里，他描写了每当他与众人闲聊或在大街上被问起"您什么时候能写出来一部好小说"时所感到的愤怒、羞愧和恐惧。接下来他写道："我的出版商是一位各方面都值得尊敬的人，我渐渐成了他忧虑的中心。每当我坐在他的办公室里，他总用忧伤而萎靡的眼神看着我，好像我在他眼里就是个让人惊恐不安的孩子。不难理解，这可把我激怒了。"然后他复述了出版商和他的对话，出版商说："假如您再不给我写出一部畅销小说来，那您压根就不必来我这儿跑一趟。总是承诺要写出一部鸿篇巨作、却总也写不出来的小说家，我一看到他就浑身犯疼，所以我求您在把一部最新的好小说放到我桌上之前别来找我。"文中的"我"体会到了一位光说不写的小说家的痛苦。他的结论是："我被击垮了。"下一篇散文的题目是《天才》：一位天才被富人供养着，他总能定期收到一笔钱,这位天才因此成了安逸的少爷;但后来他终于认清,没有人有义务必须供养他,于是他决定做一个正直和勇敢的人;这位天才振作了起来,他"单单因此而免于被悲惨地毁掉"。一位作家在找房,当被问及职业时,他给出的回答是,他是诗人。在《房间》这篇故事里他描写了一位徒劳寻找着灵感的作家最终想到了一个滑稽的念头,"在他的床底进行一次发现之旅。结果正如每个人能预言的一样,他一无所获!"从这一无所获中,罗伯特·瓦尔泽写出了他的《房间》。一位作家回家后感到绝望不安,这时他看到了火炉,这个软弱的胆小鬼,便对火炉发表了一段讲演,讲演的结尾是:"你要知道,我的使命比什么名声更重要,它比号称从未失败过的愚蠢名声更重要。因为谁从未失败过,那他极有可能也从未做过什么好事。"在下一篇散文中,他又做了一次《对纽扣的演讲》。在缝纽扣的时候,他突然想到纽扣一直在为他效劳,他却从未为此表示过感谢。"你是幸福的,因为谦逊会给自己带来幸福,忠诚就是对自己的奖赏"。还有一篇伟大的散文《工人》,是一幅纯粹的自画像。"他本身是一个敏感、高尚的人……他卑微的出身使他可以穿着朴素的衣裳出门。没人尊敬他,也没人注意他。他认为这挺好,为此而高兴……一本书能让他数周,经常是数月感到简单的幸福。精神和思想像好心肠的女人们一样和他缠绵。说他活在世上,倒不如说他活在精神里,他过着一种双重生活。"接下来是对这位工人一天的描写:"他活着,安静得像一位士兵,为别物而活多过为自己。晚上,他开始思考。他所掌握的知识日渐精妙……他太孤单了,以至于无法获得一点政见……他爱所有美的东西。他爱女人。他就是如此活着,爱着","他的身体里住着一个贵族。他写下了如下《两篇小散文》"。接下来,他虚构了荷尔德林和"女房东"的对话,这个对话和他与他的房东的对话很相似。"这是不可能的,荷尔德林,"女主人对他说,"你想要的东西是不堪设想的。"这个故事以这句话结尾:"她就是这么跟他说的。于是荷尔德林走出房子,在世间漂泊了一段时间,然后陷入了无法医治的精神错乱中。"在全书的最后一篇文章《诗人生活》中,他追问,一个人如何能成为一个诗人。这关乎外在条件。"我们所谈论的对象"必然是"很努力的"。"他自然很早就开始趁着空闲在纸上写点诗"。他为什么要这样做?这也值得研究一下。然后他又说到,一个诗人在生活中会有不断换工作,不断换住所。这点也很好理解,因为"一颗年轻的心感觉到了作诗的义务,就需要自由和随遇而安"。在创作的发展道路上,没有自由是不行的。苗条和诗人两者相宜。"作诗不是意味着发胖,而是节食和匮乏"。在生活上他不能大手大脚,支出要惊人的少。裁缝和医生在他身上挣不到一个子儿,鞋匠却要把他走得千疮百孔的破鞋一补再补。诗人靠自己成长。这种"我们几乎想说是无产者的生活"关乎各种辛劳,也关乎"自由和囚禁,关乎毫无牵挂和桎梏羁绊;关乎贫困、需求、节约和粗鲁,关乎欢快的挥霍和纵情享受，关乎艰苦的工作，又关乎游手好闲碰运气般的生活，关乎严苛地履行义务，也关乎如赤、如绿、如蓝一般的散步和流浪"。这本书无法产生很大的直接影响。当时是战争时期，接下来又是战后重建。但有两个回应还是应该提一下。再一次地，它们不是出自职业批评家之口，而是出自作家和诗人的口中。奥斯卡·勒尔克1913年11月凭借诗歌创作获得了克莱斯特奖，1916年在菲舍尔出版社出版了个人诗集，1917年10月1日成了菲舍尔出版社的编辑，当时他和莫里茨·海曼共事。奥斯卡在《新瞭望报》上（1918年，第二册，第1238页）评论了《诗人生活》：瓦尔泽"几乎发明了一种无对象的叙事……瓦尔泽给人物和他的周遭世界找到了一首匿名诗。他可以不去雕琢人物个性，因为每个时辰、每片森林、每个房间、每次旅行和每次停留对他来说都是一种个性，他笔下的主人公凭借着目力描绘一切，是如此深刻、深情、有力、巧妙、宽容、谦虚、无忧、轻柔、粗鲁、狂热和宽容——哦，这样的目光还需要些什么呢——他笔下的主人公和诗人几乎就被忽略了……瓦尔泽用带有灵魂的词语深化着事实，有时他变得絮絮叨叨，就是为了不让他的文字变得简洁：有意识，但无意志；坚定，但不惹人耳目；明亮，但不刺眼，每一个字眼看似都在漫无目的地闲谈。如此天然的质朴，以至于它经过意识的打击后还是如此稳健、完满地被表现出来，浑然天成。"奥斯卡·勒尔克在此成功给出了对这部散文集、对一个诗人的生活乃至对罗伯特·瓦尔泽心灵图景的合理描述。

现在来谈谈第二种声音。在赫尔曼·黑塞去世后，妮农·黑塞夫人允许我从赫尔曼·黑塞的藏书里挑选一本书作为纪念。我选了《诗人生活》的第一版。这本书里有一行献词——"献给赫尔曼·黑塞，良好的祝愿，罗伯特·瓦尔泽"，还有黑塞手写的一篇评论。评论开头写道："罗伯特·瓦尔泽是我这代人中最可敬的瑞士作家。"书中还附有赫尔曼·黑塞于1918年11月发表在《新苏黎世报》上的评论文章（格雷文认为是1917年11月25日）。黑塞在文中把《诗人生活》里的主人公和艾辛多夫笔下的"无用人"相比："如果我只谈一位作家的一部作品，而这位作家的这部作品会让我不时联想到艾辛多夫和《一个无用人的生涯》，那这句话所包含的内容已经很多了，不同寻常地多。我们经常会被误解，所以这么说会让人产生一些错误的印象。假如我把罗伯特·瓦尔泽这本令人激动的小书《诗人生活》和《一个无用人的生涯》相提并论，我并不是要说，罗伯特·瓦尔泽是浪漫主义者或者什么'新浪漫主义者'，他凭借才情和运气重新按古早的诗学烹调法烹调，我说的是：这位已经演奏了数首精美的室内乐的罗伯特·瓦尔泽，在这本新书里演奏得比以往更加精致，更加甜美，更加飘逸。"这又是一种对瓦尔泽文风的清晰刻画。黑塞又以一种独特的见解为他的观察画上了句号："假如像瓦尔泽这样的诗人能成为'精神领袖'的话，那世间将不再有战争。如果他能拥有成千上万的读者，那这个世界会变得好一点儿。不管它现在怎样，将来何如，有了像瓦尔泽这样的人和像《诗人生活》这般美好的东西，这个世界就有了存在的理由。"

罗伯特·瓦尔泽于1917年间给赫尔曼·黑塞写的两封信被保存了下来。第一封写于1917年11月15日——当时黑塞在战俘救济机构工作，他有可能向瓦尔泽提到过，时下作家必须做出点积极的事情来。对此瓦尔泽写道："有一种声音越来越响，它说：瓦尔泽不去'奋斗'，而是过着游手好闲的小市民生活。政治家对我很不满。但人们到底想要什么呢？报刊杂志上的那些文章能取得什么大成绩呢？当世界土崩瓦解的时候，两千个哈姆雷特的努力也是甚微的，或者说是徒然的。"他坚信曾表达过类似观点的黑塞会理解他。但在1917年12月3日，他又给黑塞写了一封信："亲爱的赫尔曼·黑塞，刚才我在侏罗山的雪地里散步，现在带着美好的回忆和长途跋涉所致的体热回到了家。上周我拜读了您在《新苏黎世报》上发表的对《诗人生活》精彩异常的短评。肯定已经有许多人跟您说过，您评论任何一部作品的文风都异常优美。此外我也坚信艾辛多夫笔下的'无用人'身上所具有的无与伦比的巨大价值。那是一本多么德国、多么优雅的小说。但读者羞于做出如上评价，是因为这部杰作的主人公只是一个蠢笨心善的小伙儿，一切都是那么自然，没有交错的情节，没有可怖的、斯特林堡式的东西，没有欺诈和病态，没有厚颜无耻和背信弃义。我衷心感谢您,在欧洲战时大厅,以委员会的名义向您致以崇高友好的祝福。"

我之所以如此详细地讨论《诗人生活》,是因为当时除了以上两种重要的声音外,这本书别无其他反响。这两种声音表现了瓦尔泽作品中的"美",同时也呈现了一个依然极具现实意义的问题。一个个体,一位艺术家,是处在和周遭环境的斗争中的。在这些散文里,没有一位艺术家融进了这个社会;相反,每一行每一句讲的都是疏远和异化。约亨·格雷文说,当瓦尔泽涉及具体社会关系的时候,他的叙事态度是反讽的,充满了反思性的疑虑。此言不虚。当他作为叙述者故意显得懵懂幼稚时,当他直接从经历与回忆中汲取素材的时候,其实他的叙事是他的内心世界被艺术化、被精妙地风格化后的一种投射。

《西兰岛》

在《诗人生活》出版后不久,瓦尔泽重新和弗劳恩菲尔德的胡贝尔出版社取得了联系。他于1917年春天和出版社沟通过,在《诗人生活》之后出版社要出版他的存稿里的六部篇幅较长的作品。他的附函很有趣,也颇具他的风格:"我认为这个标题从各种角度看上去都很恰当,因为它听上去简单、考究,而且很感性,具有天然的活力。我觉得,它听上去也很客观、多彩和优雅。它用最简洁的方式描述了一个它想描述的地名。这个词还有一种魔力。希望能得到您的同意。"他催促出版社尽快做出决定，1918年2月18日起他就必须开始服兵役。他给胡贝尔出版社算了一笔不错的账。书中的每一句都是他花精力写出来的，都是他细心修改过的，相较于先前已发表的文章，本书在形式和内容上都有极大的改动加工。他花了一个半月时间把精力只放在"这一件让我精疲力竭的事上"。所以他为这部新作开价800瑞士法郎。他表现得还很大方：他写道，除了胡贝尔出版社，他不会和任何一家出版社接洽。他想和胡贝尔出版社做长远打算，现在就想计划下一部小说。"这会是一部长篇叙事小说。"1918年3月28日，他向胡贝尔出版社提出了抗议。对于一名作家来说，和对自己的提议置之不理的出版社打交道是很困难的。一般来说，出版社需要花两到三周时间来审议一份手稿。为了表示他良好的合作态度，他又多给了胡贝尔出版社一段时间。但他催促道，《西兰岛》"必须找个稳当的落脚之处"。胡贝尔出版社的迟疑让他心神不宁。"您表现得好像我一点儿也不在意《西兰岛》。我很在意这部作品，虽然我现在表现得心平气和，不想、也不愿做一些出格的事情。从这些您可以看出，我很珍视和您的关系。您尽可以心平气和地说，是退稿还是采纳。我住的不是空中楼阁，谈的也不是海市蜃楼。如果过了一段时间我还没得到音讯，那我就只能被迫收回此书。致以崇高而友好的敬意。"胡贝尔出版社对此反应迅速，他们拒绝了这份稿子。第二天，也就是1918年4月1日，瓦尔泽就把《西兰岛》送到了拉舍尔出版社。他写道，此书印200到300页为佳,它收录了"我在比尔创作的六篇重要的散文"。他又解释了一遍标题,说它简单而感性,"我想说,它听上去很欧洲,或者很世俗。《西兰岛》可以在瑞士,也可以在任何地方,在澳大利亚,在荷兰或其他地方"。他提的条件很清楚:两周审稿时间,800瑞士法郎的稿酬,签约后付款,盈利后提成。

在罗伯特·瓦尔泽写给拉舍尔出版社的信和明信片中,被保存下来的超过40封。我没有找到瓦尔泽对出版人马克斯·拉舍尔私人的称呼,一般都是"最尊敬的先生"。但瓦尔泽的这些信有一点非常有趣。一方面,瓦尔泽在出版社面前所表现出来的沉着冷静肯定是演出来的;另一方面,他又有着一种自信,一种对自己的作品的巨大信心。但令人惊讶的是,他在信里表现得如此长于经营。

拉舍尔出版社接受了稿件,一部分也是出于生意上的考量。作为艺术家,卡尔·瓦尔泽在当时要比他当作家的弟弟成功,于是出版社猜想卡尔·瓦尔泽是不是可以为本书贡献一些插画,这对藏书家来说是个很大的吸引力。罗伯特·瓦尔泽同意得很勉强。他在1918年4月17日写道:"坦白讲,我一直坚信,《西兰岛》根本不适合配插图,或者只在极小,也即极小极小的程度上适合配插图。不适合的原因是,作者给它留下的空间很小,换句话说,诗人已经亲自用笔、用语言做了画。"他认为,《西兰岛》是一本"智慧之书",最好不要配插图。此外，他也怀疑出版社提议的酬劳数目能否满足他的哥哥。他提议这本书不配插图，并把它收入拉舍尔出版社已出版的《欧洲丛书》中。他再次告诫道："这会给专业人士和艺术家留下——我应该怎么说好——一种兄弟私营的印象。"信件来来往往，瓦尔泽有时会变得闷闷不乐，为他哥哥开出高价，声称他哥哥在图书插图领域现在是大师级的人物，在海外名气也很大。他指出，他哥哥压根就不喜欢许多他写的东西。他不在意《西兰岛》，他不想给身为兄长，同时又是艺术家的卡尔·瓦尔泽平添压力。这件事只有他自愿，并"在由您提供的良好的生意基础上"才能完成。罗伯特·瓦尔泽不想采用出版商提议的圆体字。但出版社坚持了他们的意见。卡尔·瓦尔泽最终答应了，他创作了 5 幅铜版画，但它们——这点罗伯特·瓦尔泽是对的——没有直接取材于《西兰岛》，而只是描绘了与文章不相干的比尔的周边风景。由于卡尔·瓦尔泽的病情，这本书的出版一拖再拖。虽然计划 1919 年出版，但一直拖到 1920 年秋天才问世。600 册面向藏书爱好者的编号"精装版"，每一册都附有签名，但不是文章作者的签名，而是插画作者的签名。瓦尔泽后多次向出版社请求把稿酬和剩余的报酬寄给他，他在 1919 年 5 月 8 日的信里写道："如果今年还能作为一个诗人讨上生活的话，我会很高兴，不朝任何人发火，然后从这舞台上退下来。这就意味着，找一份差事，消失在人群中。住在这儿的六年里，我竭尽所能的勤俭节约。我祝愿任何一位想仿效我的人能成功。"

在这段时间他还写了一部题为《托伯德》的小说。他把手稿寄给了拉舍尔出版社,称赞它是一部"很瑞士的作品,一部具有瑞士风格的作品"。拉舍尔出版社把稿件退了回来,瓦尔泽把它弄丢或者干脆销毁了。同样失踪的还有瓦尔泽寄给拉舍尔出版社的一部题为《小老鼠》的手稿。

在比尔的最后几年对瓦尔泽来说是危机之年。他在伯尔尼瓦尔道精神病院的哥哥恩斯特于1916年11月17日死于精神分裂。1919年5月1日,他的第二个哥哥、地理学教授赫尔曼·瓦尔泽由于精神错乱无法继续教书。两位哥哥的命运必然给他带来极大的震撼,他清楚地意识到,他也"必须退出了"。也许这就是他在这段时期想要结婚的原因。在《比利时艺术展》的手稿里,我们发现有一个句子能刻画他的经历:"在爱情这件事上,任何的无果都几近幸福。"

所以他继续独自一人,仰赖他的创作。比尔对他来说是"职业和人性再发展道路上的一个驿站"。但贫穷和忧虑折磨着他。比尔无法继续给他提供创作上的灵感。当卡尔·泽里希(在《和罗伯特·瓦尔泽一起散步》中)问他为什么要离开比尔时,他回答道:"我当时很穷。我从比尔和它的周边地区汲取到的素材也渐渐枯竭了。"

当伯尔尼国家档案馆向他提供一个图书馆二级管理员的职位时,他马上就接受了,并于1921年1月搬去了伯尔尼。

在《散步》里瓦尔泽说："我来伯尔尼的时候，穷得像只老鼠，我存在银行的几千马克因为通货膨胀全都丢了。是的，当时我活得相当孤独，换住处的次数肯定超过了十二次。"今天我们知道，他住过十四个地方。他说的"几千马克"，就是妇女联合会奖励给他的奖金。

他在图书馆管理员的职位上没待多长时间。他因顶撞上司，半年后就被解雇了。他又过上了自由自在的生活，贫穷，但富有生产力。他写出了一篇篇散文。"我在宏伟雄壮、充满活力的大城市的影响下，少了点牧童气，多了点阳刚和国际化的气息，在比尔，我使用的是一种扭扭捏捏的文风。"这些作品被冠名为《特奥多尔》和《恋人们》。

散文集《恋人们》并未出版，同题散文被刊登在1921年7月号的《世界舞台》上。

1922年3月，瓦尔泽朗读了《特奥多尔》的片段。罗伯特·麦西勒对这场1922年3月8日的行会朗读会做了详细的记录："朗读时，瓦尔泽不时停下来喝口红酒，听众对此微微一笑。朗读会结束后，他们报以热烈的掌声。"但他没能在出版商那儿收获到掌声。我们无法一一确定，瓦尔泽把手稿给了哪些出版商。但他肯定把它给了拉舍尔出版社，却立刻收到了退稿信。随后瓦尔泽转投瑞士作家联合会："最尊敬的先生：笔者想向您询问，您是否愿意接受两篇手稿，或者是两篇中的一篇作为贷款抵押。手稿至今未获出版合同。您应该熟悉我已经出版过的书。我还有一些小散文,但它们应该不适合拿来作抵押。给这些东西找个出版商很难。"瑞士作家联合会作出了积极的反应:瓦尔泽立刻从他们的艺术品抵押贷款金里获得了1500瑞士法郎,之后还会得到1000瑞士法郎。一旦瓦尔泽或者协会获得了出版合同,这笔贷款就要还清。作品收入在贷款数额以下的部分均归协会所有。协会还要求瓦尔泽必须向卡西尔要回前三本小说的版权。在1924年春的一封被保存下来的信中,瓦尔泽向卡西尔表明他想要回小说的版权。卡西尔的回复没有保存下来。在此期间,经协会介绍,一家新的出版社——苏黎世的格雷特莱恩出版社表示了兴趣,出版社社长豪斯希尔德领事却无法和瓦尔泽达成一致。所以这番努力也以失败告终。之后,马克斯·吕希内尔在他的杂志《知识与生活》刊印了20页瓦尔泽的作品。瑞士作家协会便据此依照与瓦尔泽的合同要求获得酬金。这可让瓦尔泽无法承受。虽然协会的做法合乎法理,但官牍纸案上的锱铢必较伤害了他。所以1924年7月22日,他致信作家协会:"尊敬的先生:经过一番心平气和的考虑,我决定退出协会,致以崇高的敬意!"罗伯特·瓦尔泽又一次尝试为他的小说《特奥多尔》找一家出版社。也许弗朗茨·布莱再一次联系到了恩斯特·罗沃尔特,瓦尔泽肯定是把手稿寄给了出版社。罗沃尔特出版社没有接纳这篇稿子,它消失至今!从女作家丽莎·温格给瑞士作家协会写的推荐信里我们能获悉这部作品的大概内容。瓦尔泽自己在

1927年5月17日给奥托·皮克的信中说:"几年前我写了一部缺点很多的小说,一个在苏黎世成立的作家协会给了它一笔数目可观的抵押贷款,但在那之后,我没有再写出一部好小说,我写的更多的是无数轻松快活、不带成见的短文,所以那些苏黎世人觉得自己有理由告诉世人,瓦尔泽是个懒鬼。"他显然没有偷懒。他写了许多短篇散文,瓦尔泽总是努力把它们发表在杂志上。他成了一位"渴求酬劳的短文投稿人"。一个至今不为人所知的好例子就是瓦尔泽于1926年12月27日写给不莱梅舒乐曼出版社的信:"最尊敬的先生!我很乐意把我的一篇文章以100马克预付金的价格卖给贵刊。我天生就让人感觉信得过。在伯尔尼,花上上百法郎只能得到一个吻。有些杂志只是把文章'保留'着,然后它就不知所踪了。里卡达·胡赫当然值得鄙人的尊敬。对此我要向您担保吗?如果这几行字没有伤害到您,那么罗伯特·瓦尔泽会倍感欣慰。"(我们不知道出版社有没有回复这封信;瓦尔泽的卡片在女作家阿尔玛·罗格的遗物"库里奥萨"文件夹里被人发现,她当时是《下萨克森》杂志的主编。)

《玫瑰集》

终于,在《西兰岛》出版的五年后,瓦尔泽又出了一本书,这也是他最后一部作品——《玫瑰集》。我们不知道这份手稿是如何被寄到罗沃尔特出版社的,也无从知晓这部绝唱出版过程的来龙去脉。罗伯特·瓦尔泽在1925年3月给马克斯·勃罗德的信中说道,恩斯特·罗沃尔特不日到访伯尔尼,他问马克斯·勃罗德能不能跟弗朗茨·布莱谈谈,他跟罗沃尔特关系甚密,看他能不能帮忙打通关节。但这封信之后就再也没有任何信件,也没有任何手稿保留下来。早期,罗沃尔特确实很欣赏瓦尔泽,是他在瓦尔泽经历了岛屿出版社的失败后把他纳入出版社(日后的库尔特·沃尔夫出版社)旗下。后来,罗沃尔特离开了出版社,但罗伯特·瓦尔泽的版权还是为库尔特·沃尔夫出版社所有。所以,罗沃尔特应该是唯一至今还没有对瓦尔泽说过不的出版人!1924年春,瓦尔泽把一份最新创作的散文和对话的手稿寄给了他,这些都是从未发表过的文章。罗沃尔特采纳了这份稿子,赫勒劳的雅各布·黑格纳印刷厂负责印刷,封面图案再次由卡尔·瓦尔泽设计。但罗沃尔特出版的这部作品没能获得成功。瓦尔泽想把一本名为《水彩画》的散文集推荐给苏黎世的奥雷·菲斯利出版社,同样也没成功。瓦尔泽在1925年12月给特蕾莎·布赖特巴赫的信中说:"我给一些温柔体贴的人写了一些奇怪的,甚至是有点粗鲁的信,我的作品发表在报纸上,但那些编辑先生或者那些出版社大人却不想听到我的名字,因为他们忧心忡忡、郁郁寡欢、态度悲观。我的作家同行们从出版人那儿挣足了钱,所以已经没瓦尔泽的份儿了。"1926年1月,瓦尔泽给奥托·皮克写道:"有些德国文学出版社根本不给我的作品付账,比如罗沃尔特……我的小作品《玫瑰集》完全被剥夺了权利。因为这本书的失败,罗沃尔特用尽一切粗鲁的方式对待我,他算得上一个真正的日耳曼人。"

我们可以把《玫瑰集》看成作者对失败的一种反抗,他要坚守离群索居的决心。但同时,这些文章也出卖了作者。文中描写的私人场景变得不那么重要,因为作者通过他戏谑的语言在现实背后建立了一个第二世界。如让·保尔所说,他是"此在第二世界"的创造者。

8."失败是一条邪恶而危险的毒蛇"

1926年1月,出版人布鲁诺·卡西尔的弟弟保罗·卡西尔饮弹自尽。瓦尔泽在1926年1月15日给特蕾莎·布赖特巴赫的信中说:他一想到保罗·卡西尔,就会想到他的失败。有一天晚上,卡西尔说他是个"诙谐鬼"。《唐纳兄妹》"是个巨大的成功同时也是巨大的失败。"相比于生意之道,保罗·卡西尔更精通诗学。瓦尔泽永远无法忘记,1913年,布鲁诺·卡西尔拒绝出版他的文章,同时也拒绝如他所愿地把300马克预付金付到他手上。

他在伯尔尼的创作效率绝非低下。他一篇接着一篇完成了很多散文,今天出版的瓦尔泽全集可以证明这点。但他找不到出版人了。杂志对他的稿子也是拒绝多过采纳。他仿佛是命中注定要失败一般。

罗伯特·瓦尔泽感觉失败开始麻痹他,但他要继续奋斗。"我要守住我的创作",他在1926年5月14日给奥托·皮克的信中这么说道。他听说瓦尔特·穆施格在奥雷·菲斯利出版社当编辑,于是便写信询问他能否在出版社那儿帮他做个引荐。但穆施格之前已经离开了那家出版社,希望再次落空。1926

年4月13日,他写道,德国已经不再出版他的诗歌了,而捷克斯洛伐克恰恰相反,因为那儿有他的朋友奥托·皮克和马克斯·勃罗德。形势越来越严峻。1927年5月30日,他写信给特蕾莎·布赖特巴赫:"我现在过得有点糟糕,我的写作陷入了危机,它每时每刻都在缠着我。一个人,他小有名气,在别人眼中也是勤奋刻苦的,但就像艺术圈或其他什么圈的时髦话讲的那样,有一天,他突然就被抛弃了。"他抱怨出版人都不可信:"比如,我把一堆手稿寄给一个出版人,也就是说,一个以出版人自居的人,然后他就销声匿迹了。"1927年5月,《柏林日报》在发表了他的27篇文章后,给了他"一记耳光,我被扫地出门。看来在德国我是无法交上好运了……"他在奥地利也上过别人的当,在风景如画的维也纳,"伯爵夫人们以穿着漂亮鞋子的脚踩我的手稿为乐。有一家叫'明镜'的出版社,它可能只是个暗娼聚集地,它邀请我给他们投稿。可现在它好像从未存在过一般,我再也没有从维也纳获得一点消息"(致吕希纳的信,1927年5月31日)。现在,"出版人"对他来说变成了一个粗野的词。奥托·皮克和马克斯·勃罗德想联系出版人佐尔纳,后者声称愿意出版罗伯特·瓦尔泽的诗。罗伯特·瓦尔泽在给马克斯·勃罗德的信中说:"佐尔纳也就是个流氓式的小说编辑,他一听说要出版诗歌,就会吓得像兔子一样逃窜。假如您要顺便在这个小坏蛋面前推介我,我自然会高兴,也同意您这么做,他跟其他任何出版界的流氓一样,一听到诗歌就开始颤抖……如果您真的要给这个懒鬼写信，那请您把信写得尽量简短、严肃、大方，最好是夸夸其谈，而不要表现得是在求他办事。出版人要是把作家当无赖看待，那我们对待他就要像对待一头生疥癣的猪一般。请您在跟这个维也纳的文化代理人谈起我的时候，要表现得趾高气扬、漫不经心、夸夸其谈。我暂时不想把我的东西给这个懒鬼，不然他就会躲进暗处。我认为，我们跟他们这种人打交道的方式很重要。再者，我觉得，一部作品只要一经出版，就变得不那么美、那么有趣。对于诗人来说，每一部公开发表的作品都是一座坟墓。"谈到书的效用，还有哪位作家发出了比这更悲观的论调吗？难道罗伯特·瓦尔泽可以不必这么说吗？他的上一部作品"完全被忽略"；他的许多手稿被出版社弄丢；佐尔纳后来也拒绝出版他的诗歌；柏林布劳赫·埃尔本出版社的《播种和收获》丛书的作品目录里曾对他的一部诗集做了出版预告，可后来这部诗集还是没能出版，就连编辑也让他感到深受侮辱。"请您想象一下我的恐惧，"他对卡尔·泽里西说道，"有一天我收到了《柏林日报》编辑部的来信，他们在信中建议我搁笔半年。我当时就绝望了。的确，我彻底被人利用了，就像一个被烧得只剩灰烬的火炉。我努力不顾这个警告，勉强写出了一点东西，但它们都很糟。我只能写那些发自内心、亲身经历的东西。当时，我还做了几次拙劣的尝试，想要上吊，一死了之，但我甚至连个绳结都打不好。"(《和罗伯特·瓦尔泽一起散步》，

第26页）

赫尔曼·黑塞得知并描述了"这位五十岁上下的男人的危机",今天,我们给了它一个名称——"中年危机"。

瓦尔泽"有严重的恐惧感",他时常能听到"有人在嘲笑他"。两位年长的女士跟瓦尔泽的姐姐说,他可能得了抑郁症。她连忙赶过来,带她的弟弟去看精神病科医生瓦尔特·摩尔根塔勒博士。就在当天,即1929年1月24日,医生就把瓦尔泽送进了伯尔尼的瓦尔道精神病院。他所谓的诊断书只有七句话:"我认为瓦尔泽先生极度抑郁,非常拘束。他认为自己患病了,抱怨自己无法工作,时而会感到恐惧。这位病人认为自己患病了,这是一种双重疾病:一是他感到恐惧,二是他无法以作家的身份继续写作。"奇怪之处就在这里:罗伯特·瓦尔泽是自己意识到自己患病才住进精神病院的。如院方所陈,他一开始就被确诊为患有精神分裂症,但根据今天我们所能得到的诊断书来看,连一个粗通精神病理学的人也知道,上述诊断是多么武断。精神病院院长穆勒博士写道,从"隔离的第一刻起,病人就不再创作"。但是他错了。瓦尔泽在这个精神病院里继续写作。约亨·格雷文在他1970年出版的研究报告中称,在这一期间,瓦尔泽创作的散文不少于83篇,诗歌不少于78首,而且这些作品比"以前的某些作品显得还要'正常'",它们"少了一点狂躁的风格,先前瓦尔泽在伯尔尼创作的散文中让某些批评家头疼的跳跃式连接也很少出现"。

罗伯特·麦希勒在他撰写的细节丰富的传记里合理地指出，这些作品表现出的连贯的自我认知让我们很难把作家瓦尔泽"和'精神分裂症患者'联系在一起"。1933年4月，瓦尔泽还能跟拉舍尔出版社商议再版《唐纳兄妹》的事宜。1933年3月，瓦尔道精神病院的院长退休了，瓦尔泽跟他相处融洽，他的继任是雅各布·克莱西教授——他对精神病院进行了重整。他想把罗伯特·瓦尔泽调到另外一个精神病院去。他怀疑这位病人想留在瓦尔道而不想被送进其他精神病院的原因是想获得自由，因为一个作家只有在自由下才能写作。1929年2月24日，病历卡上有这样一条记录："今天他表达了想尽快出院的意愿，这是由于经济上的缘故，他想去谋生挣钱，他怕自己被宠坏了，因为他在这儿过得很安逸。他必须重新开始写作；在这儿，他认为，他无法工作，他必须获得自由，到外面的世界去。"（穆勒至泽里西的信，1957年5月14日）

瓦尔道精神病院不想继续留下瓦尔泽。在转院过程中出现了费用问题，这引发了瓦尔泽一家的家庭矛盾。卡尔·瓦尔泽不同意把他转到赫里绍精神病院，但他最爱的姐姐丽莎坚持这一决定。1933年6月，瓦尔泽拒绝被转送至赫里绍。"在一切准备停当后，他突然拒绝出发，他解释道，自己没有理由再去另一家精神病院，他可以自己做出选择，他想出院，绝对不想转院"。这位"精神病患者"的反应是如此理智！如果那些人听从了他的想法，那我们将获得一位诗人的再生。罗伯特·麦希勒对那些人接下来不负责任、甚至是令人愤慨的行为未作描述。我们从穆勒给卡尔·泽里西的信中得知："最终，他多多少少是被强行送上了路。"

1933年6月19日，罗伯特·瓦尔泽被转送到家乡的赫里绍精神病院。这是他作家生涯的终点。几天前，他还给编辑寄去了新作。几天后，他再也没有任何手稿留下，他甚至没提笔写过一行。他告诉泽里西："要求我在精神病院里写作是无理而粗暴的，一位诗人只有站在自由的大地上才能创作。"（《和罗伯特·瓦尔泽一起散步》，第26页）

这里，我不能、也不想描述罗伯特·瓦尔泽的精神状况，这项任务有朝一日自会有人完成。但我认为，导致他走向危机和疾病的诱因和我们所谈的题目密切相关，所以，我想进一步谈谈五点推测，即：

罗伯特·瓦尔泽对生活的一般性恐惧。他无法熟悉他人、适应社会。他和出版人的关系。他与其他作家的关系。他自感毁灭性的失败。

罗伯特·瓦尔泽对生活的一般性恐惧

瓦尔泽一位的细心读者——艾利亚斯·卡内蒂，今天是这样看待这个问题的："罗伯特·瓦尔泽作为作家的特殊之处在于，他从不透露他的动机。他是所有作家中把自己隐藏得最好的一位。他总是活得挺好，总是对一切着迷。但他的狂热是冰冷的，因为它把他的一部分人格给忽略了，因此，这种狂热也是阴森的。对他来说，一切都成了外在的自然，而对他身上最本原的，也就是藏匿在内心最深处的恐惧，他却终生一字不提。直到后来，才有了一点声音，这些声音好像是为了所有被他隐瞒的东西而前来找他寻仇。他的写作就是一种不断隐瞒恐惧的尝试。"（卡内蒂，《人之域》，第250页）我们在瓦尔泽的许多作品中（虽不是所有的作品中）都能找到他对生活的恐惧的明证。比如他尝试大胆地扭曲："再也没有什么能比把我的一个错误形象传递给我的心上人而更让我感到舒服的事了。这也许不公平，但很大胆，所以这么做没什么不可以。"（《雅各布·冯·贡滕》）短篇故事《费德李奥》里是这么说的："今天的我是自私的，不，我不想把自己说得那么坏。我收回这个词，它不允许被使用。我只是还没为献身找到合适的理由。"在《一个男人的画像》中（当然这也可以被当成作者的自画像）我们读到："最强大的人总是那些一丝不苟、忠诚、正直的人，他们会从内心进行自我监督，同样，还有那些博学、有同情心的人。这样的人，假如他能无所谓一点，那他就能看上去更合群、很快乐，也能更加轻松地摆出一副热心肠的模样。但这么一来，他的本质就无法被显露，他表现出来的东西也不是他的本质。"在《赫尔伯林的故事》结尾，我们能清清楚楚地体会到瓦尔泽对生活的恐惧："我本该孤独地活在这世上,世上只有我,赫尔伯林,没有别的生物。没有太阳,没有文明,我赤身裸体躺在一块高高的石头上,没有风暴,甚至没有一丝波浪,没有水,没有风,没有街道,没有银行,没有金钱,没有时间和呼吸。这样我肯定就不再害怕,不再拥有恐惧和疑问了……"在这里,瓦尔泽把他的恐惧表露得一清二楚。"我是病了吗?我缺少那么多,我缺少一切。我是一个不幸的人吗?"这是同一篇短篇里的一句话。他一直是个独行者。他承受着无依无靠的生活。在他最后的一本书《玫瑰集》里藏有一段对话录,这段对话对我启发很大。这段对话题为:《恋爱中的男人和陌生女人》。他们擦肩而过,他们停下了脚步,他觉得和一位陌生女人擦肩而过有点儿"不自然"。陌生女人问他是不是总是一个人散步。他回答道:"真是这样。没有一个姑娘觉得我是个危险。我不属于我,从未独行,我被人拴住,还可以胡闹,这真是太幸福了。一位对我并不关心的姑娘始终陪伴着我,她是谁,是怎样的一个人,这些问题一直萦绕在我心间。她和我说话,我只让她跟我进行严肃的对谈。我对她随意处置,经常把她赶走,也无需担心会失去她。假如她知道,我是多么喜欢她,我是如何待她的,她就会闷闷不乐起来,但她能禁止我思考吗?和她有关的,哪怕是最微小的一个想法都能让我变得强大。"这里诗人谈的不是他的缪斯,而是诗歌的力量,诗歌才是他本真的对象。对他来说,这段关系就是真实的,周遭的环境才是不真实的。使用戏谑的吊诡是他的强项,也是他的保护伞。吊诡在他的书信中要比在他的作品中还要常见，比如他在信中说"鄙人居高临下"，在给马克斯·吕希内尔的一封信中他的署名是"您殷勤的主人，您高贵的仆人"，另一封信的署名为"您忠实的仆人仁慈地向您致以最友好的问候"。夸张、嘲讽、扭曲事实、插科打诨，甚至是偶尔闪现的口是心非，都是他对生活的恐惧的挡箭牌。1949年，他和卡尔·泽里西有一次散步时路过一座修道院，院里恰好有位年轻的牧师在向外张望；瓦尔泽评论道："我们都有乡愁，他是想出来，我们是想进去。"《和罗伯特·瓦尔泽一起散步》，第122页）

他无法熟悉他人、适应社会

瓦尔泽难以跟他人建立关系是和上述问题联系在一起的。怀疑是他的一个最本质的特征；从一开始起，这一特征就决定了他的生活。"在我周围总存在着这样的阴谋，它想把像我这样的害虫赶走。"另一处："内敛是我唯一的武器，以我的身份来讲，它也是适合我的。"这位独行者和追求绝对的人清楚，他无法寻到和社会的衔接。在1907年的散文《库切》中我们可以读到，库切把三个未写完的剧本藏到了衣橱里，他是一种更高级的人，"他的态度是怀疑的，也许这有他的原因，因为他追求完美，所有追求完美的人可能就不会对他人抱着信任的态度……库切是那么穷，那么孤独……他跟其他的人不一样，因为大多数人跟别人都不一样"。这一句话很具启发性。罗伯特·麦希勒在他撰写的瓦尔泽传记中说道:"他显然觉得社交生活是一种病态,也许因为他是健康的,所以是社会把病传染给了他。"(第231页)

他和社会之间的距离是显而易见的。瓦尔泽甚至要求艺术家必须"和人类社会保持紧张关系"。假如这种关系不存在,那他们很快就会衰亡。他们不允许被社会所宠爱,"不然他们就会觉得有义务融入到现状中去"。罗伯特·瓦尔泽和戈特弗里特·凯勒观点相同,他们都认为作家应该为大众举着一面镜子,他们能感觉到"即将发生的事情"。他告诉卡尔·泽里西:"即使在我最贫穷的时候,我也没把自己出卖给社会。我更爱我的自由。"(《和罗伯特·瓦尔泽一起散步》,第126页)从不出卖自己也是瓦尔泽的本质,是他的一种抗议态度。他的"稿酬要求"都是经过深思熟虑的、合理的,他宁愿不出书,也不去接受不合理的稿酬。但有一次,他对瑞士广播公司做出了让步。但他严厉地指出:"现在到处都存在着对诗歌的剥削体制。要反抗它是不可能的。"

他在1926年10月4日给图恩艺术协会会长阿道夫·舍尔里斯的信中写道,他"为了生存在奋斗着……假如我有钱,假如我是富人,那我就能确信自己是受人尊重的。但事实不是这样,何况我还是个单身汉,人们经常喜欢对一个单身汉进行道德非议,所以我担心自己看上去像个可怜的魔鬼。您自己也清楚，今天的人是多么重视外表，他们只从外表论断人……我要请您考虑到，我的名字既非标牌，也非坚固的房子和城堡……那些打算把我当成乞丐的市民促使我向您开诚布公（诽谤是世上最强大的东西），假如我在您那儿开一场阅读会的要价少于两百法郎，那我会觉得有失体面。因为我的诗在几年前就被伯尔尼的当地报纸攻击得一无是处。"当卡尔·泽里西在1944年5月告诉他，他在为身处困境中的剧作家格奥格·凯泽筹款的时候，罗伯特·瓦尔泽认为，他原则上只应该接受大数额捐款。"小数额几乎就是嘲笑和侮辱。与其必须跟卑劣的捐款人说谢谢，我宁愿躺在淤泥里。自助总比靠别人的施舍强。"

瓦尔泽有他的标准；有一次他被问到，他需要多少钱才能作为一个作家过活时，他回答道，每年1800法郎。他也研究了其他作家的标准，比如戈特弗里特·凯勒和康拉德·费迪南德——"两位在我们国家前无古人、后无来者的民主人士和作家。""您应该去读读歌德和莫里克的作品，学学他们是如何自嘲的。"他在1940年9月10日跟卡尔·泽里西这样说道。他一直在读歌德，他特别赞赏歌德某一方面的才能："歌德的社交直觉总是那么伟大，还有他总善于在生命的每一个阶段找到合适的工作领域。在这点上，没有人能跟他相提并论。他要是作诗作累了，就会通过研究地质学、植物学或者从政、创作戏剧来使自己重新振作。他总能找到让他重返青春的源泉。"

他和出版人的关系

我们已经研究了他和"编辑先生们的悲惨经历"。我们还记得,他把出版人希望说服他成为畅销作家的态度说成"诱惑性的搬弄是非","这已经毁了一些生性孱弱的人"。他抱怨和出版人的交往中充满了"几乎是传染病般的不可靠"。遍地都是出版社所设的"捕鼠夹和捕狼的陷阱",到最后,要么手稿遗失,要么上当受骗。1927年他写道:"那些想要我东西的人都是笨蛋,因为他们什么也得不到,他们根本就不诚实。"佐尔纳是个"流氓式的小说编辑",罗沃尔特由于他的"粗野"堪称"真正的日耳曼人"。大多数出版人都不懂文学。这是创作中的罗伯特·瓦尔泽,被侮辱、被损害的罗伯特·瓦尔泽。当他脱离创作的时候,另一个瓦尔泽会重新公正地对待出版人。还是1949年9月10日,泽里西在《和罗伯特·瓦尔泽一起散步》中记下了伟大的一笔。瓦尔泽回忆了许多往事、一打人名以及腓特烈大帝、拿破仑、歌德、凯勒和其他许多人的生活细节。接着他说道:"您注意到没有,每个出版人只会在特定的时代发光发热:比如中世纪的弗罗贝尼乌斯和弗罗绍尔;伴随市民阶级兴起的科塔;卡西尔兄弟在战前甜蜜的时光;菲舍尔在德国脱离皇权统治后的状况,还有恩斯特·罗沃尔特在战后所经历的冒险。每个人的所为都需要一个大环境,在这大环境里他才能施展身手。"(《和罗伯特·瓦尔泽一起散步》,第29页)很少有作家能对出版人的秘密做出如此准确的描述。出版人和他的时代紧紧相连,和时代中的作家紧紧相连。如果他成功地经营了他的出版社,那么他的出版社的历史也会和时代的文学史紧紧相连。在和出版人诸多不愉快的经历后,瓦尔泽还能做出这样的判断,不得不说是惊人的。这难道是一个病人、一个疯子的想法吗?1940年9月10日还有更令人吃惊的对谈。泽里西和瓦尔泽谈论到为什么待在精神病院里的多是单身汉。被排斥的感观享受对大脑不利吧?"也许您是对的!"罗伯特·瓦尔泽对泽里西说,"没有爱,人就会迷失。"(《和罗伯特·瓦尔泽一起散步》,第30页)但在这一晚,罗伯特·瓦尔泽也像往常一样,回到了精神病院。

他与其他作家的关系

他的态度从他的经历中来。对他鼓励最大、最常公开赞扬他、积极为他和他的作品发声的作家赫尔曼·黑塞,倒是最常遭瓦尔泽讥讽。他对待其他作家也毫不手软。"诗人"汉斯·米伦施特恩,这位"天才"花着他的富太太的钱四处游历,把他"最高端"的想法透露给了一位摄影师。阿尔宾·佐林格曾褒奖过瓦尔泽的文章,但也没能逃脱他的讽刺。包括卡尔·施皮德勒,这位"伟人"和"楷模"由于在一封给卡西尔的信里贬低了瓦尔泽,也遭其批评。罗伯特·瓦尔泽管托马斯·曼叫"成功保健学家"："从青年时期起，托马斯·曼就拥有了一切——安宁、稳定、家庭幸福和社会认可。即便流亡也没把他击倒。他在陌生的土地上继续写作，就像一位勤奋的代理人在他的事务所里办公，就拿以约瑟夫为主人公的小说来说，它们干巴巴的，早就不如他的早期作品那样令人惊艳。人们能从他的晚期作品里闻到起居室的空气味，它们的作者看上去就像在一堆文件后面终日伏案。但是他市民般的有条不紊，和他近乎自然科学家一般的把每个细节安放到正确位置上的努力，是值得尊敬的。"我们很清楚地看到，瓦尔泽在这里把自己描绘成托马斯·曼的对立面，他对他又是赞美，又是嫉妒，但又不想成为他——可他毕竟是成功的。罗伯特·瓦尔泽接下来写了一句话："失败把多少人提前送进了坟墓！"1952 年的圣诞节，泽里西和瓦尔泽谈到了"来自贡腾的凶手——安娜·考赫"。这位杀人犯并不是出于卑鄙目的而行凶，但被判死刑。罗伯特·瓦尔泽是激进的死刑反对者，他对这种自以为是的行径深恶痛绝。午饭时，瓦尔泽一边切鱼一边问道："什么样的人算是凶手？——您能告诉我吗？"泽里西回答道："不能，因为界定的范围总在变动。"过了良久，罗伯特·瓦尔泽又问："一位成功作家算不算是凶手？"(《和罗伯特·瓦尔泽一起散步》，第135 页）书里没有说明罗伯特·瓦尔泽到底在说谁。但我们可以猜测，他把哪些成功作家看成了是"把失败者提前送进坟墓的凶手"。

他对待赫尔曼·黑塞的态度最具侵略性。1904年,《彼得·卡门青》和《弗里茨·考赫的作文簿》同时出版。当《彼得·卡门青》如胡戈·巴尔所说,让黑塞"在德国一举成名","黑塞站在属于他的位置上,站在一个平台上,为后人所知"。而《弗里茨·考赫的作文簿》却是个彻头彻尾的失败。赫尔曼·黑塞是这样描写罗伯特·瓦尔泽的:"假如像瓦尔泽这样的诗人能成为'精神领袖'的话,那世间将不再有战争。如果他能拥有成千上万的读者,那这个世界会变得好点儿。"但瓦尔泽上哪儿找成千上万的读者,我们在读他对黑塞的评论时感觉到,他认为自己的失败要归根于黑塞的成功。1943年5月,他谈到了"苏黎世人":"苏黎世人根本就没注意到我写的诗。当时他们全都沉浸在黑塞热中。他们让我从他的背上悄无声息地滚了下来。"话说得很明白了。这几乎就是敌人的形象。瓦尔泽的爆发很能说明他的个性,因为他认为是黑塞让他碰了钉子。不仅仅是嘲笑,他的语言还带着很大的恶意。1937年6月27日,泽里西和瓦尔泽在铁石桌饭馆吃午餐,放眼窗外能看到博登湖区。我们必须赞叹瓦尔泽的想象力并理解他所遭受的打击,恰恰是这一风景让他想到了一个重要的问题:"您知道,谁是我的灾难吗?"他问这个问题时很严肃,谁是他的灾难,谁让他住进了精神病院:"您听好了!所有那些认为可以指使和批评我的可爱的人们都是赫尔曼·黑塞的狂热支持者。他们不信任我。对他们来说只有一个非此即彼的关系:'你要么写得跟黑塞一样，要么就一辈子当一个失败者。'他们对我的评价是如此极端。他们不信任我的作品。这就是为什么我今天要待在精神病院的原因。"他继续说道："我总是缺少一点光环。不管是英雄的光环，还是受难者的光环，都能架起通往成功的梯子……人们无情地看着我，谁也不把我当回事。"他被送进精神病院的原因是：对他风格的怀疑，对他作品的怀疑。他不应该去做罗伯特·瓦尔泽，而是要去当赫尔曼·黑塞。卡尔·泽里西当天的记录也以一个伟大的评论结尾。失败是他的不幸，但他可以借着失败写出东西来。"幸福对于诗人来说不是一个好东西。幸福就是安于现状，幸福不需要评论者，它就是蜷缩起来睡觉的刺猬。与之相反的是痛苦、悲剧和喜剧：它们充满了爆炸力。人们只要在适当的时候点燃它们，它们就能像火箭一般升空，照亮大地。"(《和罗伯特·瓦尔泽一起散步》，第17页)在这份记录的两页纸上，痛苦被看作是深渊和失败，是"我为什么今天要待在精神病院的原因"。另一方面，痛苦又被看作是燃料，在恰当的时候点燃它，人们就可以照亮世界。

作为未来的失败

我再一次引用瓦尔泽最后一部作品《玫瑰集》中的一篇散文，文章标题叫《库尔特》，库尔特曾是个粗人，至少他给别人的感觉是这样的。他苦心经营自己，成了一位附庸风雅的绅士。他先看了歌舞剧，里面的人物全是已婚的人。然后，他在咖啡馆碰到了库尼贡德。他立刻萌生了如下信念："我的精神将在婚床上欢庆它的重生。"他收到了一封信：他不想跟随凯勒的坏范例（也就是不婚）。库尔特反应很快，他很快找了一个丰满的乡下女人。现在他要去找他的妻子了，就像去找一件艺术品。然后我们读到了这样的句子："最好的未来即将到来，生一个孩子，写一份稿子交给出版社，让出版社无法拒绝：充满希望的未来啊！"

瓦尔泽精通于对他的失败进行反讽。在 1925 年夏天的散文《废墟》中，他写道："我们知道，一位年轻人为了写诗而放弃经商。对此，上天和人类社会对他进行严厉的惩罚。他成了一名作家，并永远是一名失败的作家。"作家，并永远是失败的作家——这样的标签和特征对他来说肯定是摧毁性的打击。

他懂得如何反抗那些职业批评家。1946 年 7 月 17 日，他和卡尔·泽里希谈到了文学批评："微笑和沉默，这是我们在这件事上能做的最好的东西。我们必须能忍受住一丝异味。"批评家是危险的："就像强大的红尾蚺一样，它们缠住作家的身躯，随心所欲地压迫他，最后使他窒息。"

瓦尔泽特别敏感于那些对他语言的攻击。要想理解和尊重他的语言，也许需要一个经历了变迁的时代，在这样的时代里，人们已经懂得如何欣赏本世纪的现代艺术。曾有一位女演员把他送的书退还给他，并告诉他说："您在写小说前最好先学学怎么说德语。"这对他是多么大的伤害。即便是在精神病院里，他也必须忍受主治医师辛里齐森的伤害：这位自视为一名不凡诗人的医生看似爱护有加地批评《唐纳兄妹》的语言，说前几页还可以一读，后面"不成体统"。

在精神病院，失败依然尾随着瓦尔泽。他在卡尔·泽里西面前的总结很有道理："失败是一条邪恶而危险的毒蛇。它无情地扼杀了艺术家的本真和创造性。"（《和罗伯特·瓦尔泽一起散步》，第66页）

这里，我们找到了一个主题。第一次进精神病院时，罗伯特·瓦尔泽还意识到自己患病了，他是一个被"搬弄是非者"毁掉的失败者，对邪恶而危险的毒蛇听之任之。但当它扼杀了他的本真和创造性，当世界不再给他机会解放自己时，在他们强行把他送到另一家精神病院后，罗伯特·瓦尔泽停止了创作。"一旦我停止作诗，我就会停止我自己。这让我感到高兴。我欣然于此。晚安"。

1933年6月19日，他被转送进赫里绍精神病院。他在那儿住了二十三年。他彻底停止了创作，死于1956年12月25日的一次散步途中。

9. 从第一次死亡到第二次死亡：罗伯特·瓦尔泽的生活（1933—1956）

罗伯特·瓦尔泽的作品能在其作者放弃写作、断念生活后得以流传，全靠一个人的功劳。此人便是卡尔·泽里希，他欣赏罗伯特·瓦尔泽的作品，在得知了这位作家的命运后，他决定伸出援手。卡尔·泽里希想帮助他的作品获得影响力。在他们二人第一次一同散步时，他就提出了出版一部选集的计划。瓦尔泽拒绝了，他认为自己的书已经过时，在文学界他也不想扮演任何角色。后来，他作了让步。1937 年秋，苏黎世的欧根·伦奇出版社出版了《大小世界——一部选集》，编者是卡尔·泽里希。瓦尔泽从未留意过这本书，只是有一次带着干涩的嘲讽口吻询问泽里希，伦奇出的选集"是不是大卖了"。1940 年，阿劳的藻厄兰出版社出版了瓦尔泽的选集。1944 年，《安详的快乐》作为"奥尔特纳书友"系列的一本出版，编者是卡尔·泽里希。同年，《论不幸和贫穷中的幸福》在巴塞尔的施瓦布出版社出版，编者同样是卡尔·泽里希。他的手记《和罗伯特·瓦尔泽一起散步》刻画出了一位诗人独一无二的形象、一位艺术家的形象、一位隐藏在癫狂面具后的智者形象，这份手记从1937年7月26日泽里希第一次见到时年五十八岁的作家开始,一直延续到瓦尔泽去世。没有这些我们在此经常引用的手记——因为它传达了作家真实可信的形象,也提供了其作品的诗学结构——那么之前流传下来的瓦尔泽的形象就是不完整的,他有可能真的会以一个精神病院的疯子的身份被载入文学史。假如泽里希没有提出一同散步的要求,泽里希就无法鼓励瓦尔泽发声。他是如此小心翼翼地对待朋友的疾病,他让瓦尔泽谈论此事时感到如此放松。这本书给我留下的一个最为令人激动的印象是,这位精神病院的病人思考问题是多么周全,在政治上他是如此有主见,评判也是如此准确到位(他关于瑞士人,关于德国人,关于纳粹的兴起,关于斯大林神像的言论;关于斯大林他评价道"被一堆奴才包围着,他最终走上了神坛,无法像一个正常人一样生活。也许在他身上存在着某种天才般的东西。但最好还是把人民交予一个中庸者统治。天才中总是潜藏着邪恶,为这种邪恶,人们往往必须付出痛苦、流血和耻辱的代价"。)(《和罗伯特·瓦尔泽一起散步》,第147页)他还是那么懂得颂扬,懂得去爱,他是多么令人肃然起敬("人们不必知道所有的秘密");他是多么热爱饮食(泽里希的书绝对也是一本美食书,全书163页中有70次提到吃喝饮宴),但每一次散步结束后,每一天结束后,瓦尔泽都得重归精神病院。

在被送进赫里绍精神病院后,瓦尔泽通过继承所获的财产共计6296瑞士法郎。它可以支付七年的治疗费用。泽里希帮他组织阅读会，申请文学奖，并向瑞士作家协会申请长期资助（赫尔曼·黑塞为这项申请陈明了原因：通过这项资助能帮助"瓦尔泽确立他在文学史和德语语言中的重要地位"，这位作家"丰富了瑞士文学，为它平添了至今不为国民所知的一笔"）。这个请求当然被拒绝了。卡尔·泽里希在和瓦尔泽的交谈中总是小心翼翼地试图劝他——这违背医生的建议——离开精神病院。但瓦尔泽现在不想这么做了。当初，周围的人违背他的决定，迫使他从瓦尔道转到赫里绍，现在，他也要违背周遭的意愿。他的住院费能得到保障，全靠泽里希的功劳。他的姐姐丽莎对此事一直心怀愧疚，便把瓦尔泽的作品版权交给了泽里希。之后，1944年5月26日，卡尔·泽里希成了瓦尔泽的"官方监护人"，这对于《和罗伯特·瓦尔泽一起散步》的记录员来说是个好称号。

在他六十、六十五和七十岁生日当天，"我们肯定会去散步"。1953年4月15日，这一天，瓦尔泽情绪不太好，当他谈到荣誉时，他回答道，"这些都与我无关！"像往日一样，他认真地做了家务，打扫了地板，下午折纸袋。卡尔·泽里希写道，生日当天开始下小雪。"当施泰纳女士告诉她的孩子们，罗伯特·瓦尔泽把冬天、白雪和严寒描写得多么美时，她说，现在之所以在下雪，只因为瓦尔泽先生是那么喜欢冬天，今天是他的生日。"

1953年夏，罗伯特·瓦尔泽依然健在，泽里希在他不知情的情况下为他做了一件必要的事情：他在日内瓦和达姆斯塔特尔的霍勒出版社找到了一位欣赏瓦尔泽的编辑——乌尔里希·里梅尔施密特。卡尔·泽里希和这家出版社签订了一份散文诗全集的合同。当时，霍勒出版社的共同拥有者是赫尔穆特·科索多，他在1956年以自己的名字命名了出版社并取得了罗伯特·瓦尔泽全集的版权。第一册《散文诗》于1953年出版。第二册（包括泽里希保管的瓦尔泽未发表的文章）于1954年出版。一年之后——即1955年，《助手》的再版作为第三册出版。（第四册和第五册分别出版于1959年和1961年。）虽然微薄，但稿酬开始源源不断。1955年，瓦尔泽获瑞士席勒基金会奖。在泽里希的倡议下，瓦尔泽还获得了退休金。这个居无定所的人的晚年生活得到了保障。

在最后的一次散步的记录中，卡尔·泽里希——当然是无意的——为我们的观点提供了一个重要的证据：1955年圣诞节，一个阴霾的早晨，关于克莱斯特细致入微的谈话，瓦尔泽回忆道，他在斯图加特的书店当学徒时曾读过《洪堡亲王》……然后谈到了年轻作家获得文学奖的话题。七十七岁的瓦尔泽论证道，如果人们"过早溺爱一个年轻作家，那他永远都只能当个小学生。要成为一个男人，他需要忍受、错认和奋斗。国家不能成为一名诗人的助产士"。多么精辟！这是真的，瓦尔泽需要的只是信任和支持。然后泽里希写道：瓦尔泽认为冰岛作家哈尔多尔·拉克斯内斯——1955年诺贝尔文学奖获得者——的行为"十分有趣"。他从未读过拉克斯内斯的书,但在一本杂志里他看到了一张他认为很典型的图片。现在,"拉克斯内斯在斯德哥尔摩的庆典上摇晃着瑞典公主跳舞时的活泼劲儿"还会让瓦尔泽忍俊不禁。瓦尔泽在一条林中小道上说,穿着晚礼服的拉克斯内斯像一个农家小伙儿一样把她摆来摆去,好像要宣布自己的胜利:"现在继东方后,西方也在我的怀里了。"因为不久前拉克斯内斯曾接受了苏联的一个文学奖。又一次,在瓦尔泽最后的生命时刻——一年之后瓦尔泽去世——他的嫉妒之情反射出了他的失败,那些成功人士都是腐败的,因为在投向东方后,他们又向西方投怀送抱!

(泽里希)对瓦尔泽的死亡的描述是那么扣人心弦。瓦尔泽独自散步,这次没有卡尔·泽里希。那是1956年12月25日。"在雪坡里躺着的死者是一位诗人,他为带着轻盈欢快的雪花跳舞的冬天感到着迷——一位真正的诗人,他曾像个孩子一样渴望安详、纯洁和爱的世界。"在他的胸前口袋里,人们发现了三封信和一张寄给他的明信片。上面写着罗伯特·瓦尔泽的名字。

谦虚的卡尔·泽里希这里没有注明,在这些人们从上衣口袋找到的信和卡片里(给他的姐姐和他的情人梅尔美),还有一张卡尔·泽里希给他的朋友、他的被监护人和将遗稿交给他的作家的稿酬的收条。

维尔纳·韦伯在《新苏黎世报》上如是评论瓦尔泽的离世:"这是一个令我们困惑的新闻;我们和他的作品生活过,觉得他早就离开人世了。"

10. 罗伯特·瓦尔泽和罗伯特·瓦尔泽档案馆

罗伯特·麦希勒的传记前言是这样开始的:"1962年2月15日,作家、评论家卡尔·泽里希在苏黎世贝勒维广场想跳上一辆刚开走的有轨电车,却摔了下来,遭受危及生命的重伤。"罗伯特·瓦尔泽应该也能设想到这样的死法。在卡尔·泽里希去世后,罗伯特·瓦尔泽的版权情况变得不再清晰。艾里奥·弗勒里希律师创办了卡尔·泽里希基金会,并自己出资建立了罗伯特·瓦尔泽档案馆。档案馆的任务是做好全集出版的编辑准备工作,以及收集、整理和编辑遗作。

1976年,我们能记下这笔:罗伯特·瓦尔泽的全集出版了。编辑精确,具有示范性。假如没有玛尔塔·杜塞尔女士,科索多出版社的工作是无法完成的。她在科索多出版社身陷囹圄时买下了出版社的股份。玛尔塔·杜塞尔为瓦尔泽的作品所做的资金援助和个人努力值得尊敬。

基于和科索多出版社的版权协议,1975年和1976年,苏尔坎普图书系列出版了《唐纳兄妹》《助手》和《雅各布·冯·贡滕》。1977年苏尔坎普图书系列通过和卡尔·泽里希基金会签署的版权合同,出版了卡尔·泽里希的《和罗伯特·瓦尔泽一起散步》,作为该图书系列的第544号。

罗伯特·瓦尔泽档案馆的馆长卡塔琳娜·凯尔写了一篇报道叫《自罗伯特·瓦尔泽1956年逝世后对他的接受》(这篇文章之后被收录进《追忆罗伯特·瓦尔泽》,法兰克福,1976)。卡塔琳娜·凯尔认为,我们能观察到罗伯特·瓦尔泽研究的"重要的繁荣"。该评价有它的道理。文学评论、文学研究和读者们开始能放心引用一个经过悉心编辑的版本。卡塔琳娜·凯尔确认道:"自1956年以来,关于瓦尔泽和他的作品,出版了十三篇博士论文、专著和硕士论文,一篇教授资格论文,一部传记,一系列长文和批评评论。"这些收益就是所谓的"重要的繁荣发展"吗?——真正的繁荣总有一天会到来的。

本书的最后一段在临交付印前写就。作为本文作者的出版人由于和印刷厂关系紧密,所以可以在临印前的最后一分钟补上一个消息:1977年11月24日,艾里奥·弗勒里希博士在一份合同上签了字,在科索多出版社的玛尔塔·杜塞尔把版权交还给卡尔·泽里希基金会后,这份合同又把罗伯特·瓦尔泽作品的版权交付给苏尔坎普出版社。苏尔坎普出版社将会在1978年罗伯特·瓦尔泽诞辰一百周年之际出一套袖珍版《瓦尔泽全集》。从1960年算起,这真是条漫长的道路!

罗伯特·瓦尔泽的作品将以一个价格低廉的版本呈现在

广大读者面前。之后,他的作品不再神秘,而是自然地被列入本世纪最伟大的作品行列中。我们可以回想一下《雅各布·冯·贡滕》中的一句话:"总有一天,我的内心会芬芳四溢。"

后 记

　　这本书的五篇文章写于不同时间和不同场合。付印前，我又重新进行了审读。

　　《文学出版人的职责》要追溯到1968年11月6日不莱梅文学协会邀请我作的报告"我们如何做文学图书？"。之后，在此基础上，1971年11月12日适逢图宾根奥西安德书店成立375年周年之际，我在图宾根大学的节庆礼堂作了题为"论今日的出版"的讲演。二十年前，我就是在这个礼堂被授予了博士学位。当维也纳文学协会于1975年5月15日邀请我前去作题为"文学出版人的职责"的报告时，我又重写了一稿，但这份报告一直没有发表。一直以来，我都在思考这个和我有着切身关系的主题，不时地把一些新的观点补充进来，所以，这份报告逐渐发展成为了一篇详论，但它依然从未发表，除了若干简短的段落曾成文出现在我尊敬的同事约瑟夫·卡斯帕·维奇和海因里希·玛利亚·罗沃尔特的贺寿文集中。现在为了交稿付印，我对这篇论文又做了微调，但内容和形式上我不想再作改动。自然，随着时间的推移，笔者对他的职责的理解与感知会变，这些职责的权重会变，相应的表达和措辞也会改变。因此，把这篇文章付梓出版，算是我对自身职业所作的既往思考的扬弃（在这个词最著名的意义上）、挥别和留存。

其余四篇文章是我有幸在一些大学做的讲座。美因茨大学的汉斯·魏德曼（Hans Widmann）教授邀我在他的图书史研究的框架内组织讲座和研讨班，我当时作了"黑塞和他的出版人"和"布莱希特和他的出版人"两场讲座。黑塞的那篇论文是为那次讲座写就的，用于布莱希特讲座的讲稿则可以追溯到早些时候我撰写的关于布莱希特影响史的若干论文，其中的一篇是我值布莱希特诞辰75周年之际对他的创作之道和他作品的出版史进行的论述。若干节选已出版，在此基础上，我于1974年受邀多伦多布莱希特国际协会之邀，作了相关报告。本书中的全文是首次出版。

1976年，A. 莱斯利·威尔森（A.Leslie Willson）教授邀请我去奥斯汀的德克萨斯大学做访问学者。访学期间，我做了"里尔克和他的出版人"和"瓦尔泽和他的出版人"两场讲座。同年，我在维也纳召开的"今日里尔克"的学术研讨会上曾以论文的形式宣读过"里尔克和他的出版人"中的一个章节。瓦尔泽讲座的讲稿是我在奥斯汀开始着手写的。德州大学竟有那么多瓦尔泽作品的读者和书友，这让我既惊讶，又难忘。1977年5月，我从瓦尔泽讲座的讲稿中节选出一段，以报告的形式在沃尔芬比特尔的奥古斯特公爵图书馆作了宣读。

本书的五篇文章希望能在尚显薄弱的文学社会史研究领域做出相应贡献。

1977 年 12 月
S.U.